侠客 上

池波正太郎

角川文庫 14638

俠客（上）目次

下巻目次

暗殺

そのとき……。

塚本伊太郎は、主人の使いに出ての帰途であった。

芝・増上寺に近い、葉山左近《さこん》という旗本の屋敷へ主人の手紙をとどけ、そこを出たのは申《さる》ノ上刻というから、現代の午後四時ごろにあたる。

夏のことで、まだ夕闇がたちこめるには間もあることだし、

(ひと走りして、父上のお顔を見て帰ろうか……)

葉山屋敷を出るとき、伊太郎は、そうおもっていた。

伊太郎の父で、いまは浪人暮しの塚本伊織《いおり》は、ここから程近い芝の源助町に住む八百屋・久兵衛という者の家に身をよせている。

(あ……これは、いかぬ)

屋敷外へ出たとき、空を仰いで伊太郎が顔をしかめた。

黒い雲が、あわただしく疾《はし》り、残照のあかるい空へひろがりはじめていた。

(雨が来る……父上のもとへ立ち寄ることはやめにしよう)

気を変えて、伊太郎は急ぎ足になった。

袖《そで》の短い、茶の麻の小袖から若い伊太郎の体軀《たいく》がはち切れそうに見えた。

背丈は六尺に近かったし、筋肉もみごとに引きしまっている。

巨体、といえよう。

濃い眉《まゆ》や、まなじりの切れあがった両眼、ふとい鼻など、伊太郎の顔貌《がんぼう》もまた、その体軀にふさわしい男性的なものであったけれども、肌は白い。

少年のころから、父と共に長い流浪の旅をつづけていたときも、ふしぎに肌が陽に灼《や》けなかった。

「伊太郎の肌の白さは、亡き母ゆずりじゃ」

と、よく、父の伊織が眼を細めていったものだ。その母の顔を伊太郎は知らぬ。

道を行く人びとが小走りになった。

稲妻が光った。

伊太郎は袴《はかま》をたくしあげ、葉山左近の返書が入った文箱《ふばこ》を懐中にふかく仕まいこんだ。

いかにも、武家屋敷の足軽《あしがる》といった風体《ふうてい》の伊太郎が腰にさしている大脇差《おおわきざし》の黒ざやに、雨の粒が点々と落ちてきた。

伊太郎が走り出した。

両側の大名・武家屋敷のつらなりは、ほとんど江戸城の外濠《そとぼり》までつづいている。

雷鳴と共に、しぶくような雨となった。

このとき二十歳の塚本伊太郎は、自分が後年に、幡随院長兵衛《ばんずいいんちょうべえ》となって、その俠名《きょうめい》を世に残そうなどとは、夢にもおもってはいなかったろう。

烈しい雨にたまりかね、伊太郎が傍《そば》の武家屋敷の勝手門のひさしへ飛びこんだとき、近くで異様な人の叫び声をきいた。

つづいて、刃《やいば》と刃が打ち合う音が、たしかにきこえた。

伊太郎は、

(斬り合いか……?)

門柱の蔭《かげ》へ身をよせ、耳をすまし、あたりを見まわした。

人通りは、まったく絶えていた。

雨音が、あたりいちめんに響《とよ》みわたっている。

人の叫びも、太刀打ちの音も消えている。

(おれの耳の、ききちがえか……)

驟雨《しゅうう》である。

(すぐにやむだろう)

そのまま、雨やどりをすることにきめた。

頭から足の先まで、ずぶぬれの伊太郎であった。

塚本伊太郎の主人は、桜井庄右衛門といい、本多内記政勝《まさかつ》の家臣である。

本多政勝は大和《やまと》・郡山《こおりやま》十五万石の城主で、江戸藩邸は大手口にある。

だから桜井庄右衛門は本多屋敷内の長屋に住まい、伊太郎も、そこの桜井家へ奉公しているわけだ。

雨は、強くなるばかりであった。

主人の友人である葉山左近の返書が入っている文箱に異常はないか、と、伊太郎が、ふところへ手を入れたとき、

「えい!!」

「おう!!」

まぎれもなく、闘争の叫びが、すぐ近くできこえた。

伊太郎は身を乗り出した。

通りをへだてた向うの武家屋敷の築地塀《ついじべい》の曲り角から、抜刀した武士がひとり、突き飛ばされるようにあらわれ、

「う、うう……」

うなり声をあげつつ、よろめきながら伊太郎の眼の前まで来て、

「あ、ああ……」

がくりとひざをついた。

顔が血で真赤だ。

その血を雨が叩《たた》き落してゆく後から、また血が噴出し、息をのんで伊太郎が見つめ

ていると、その武士が、のめりこむように倒れ伏した。

（斬り合いだ。どうしたらよかろう）

武家地にもうけられた辻《つじ》番所も、まだ数が多くない時代《ころ》だったし、こうした場合は、最寄りの武家屋敷の者が出て、喧嘩《けんか》さわぎを取りしずめることになっている。

伊太郎は、いま、自分が軒を借りている屋敷へ急を告げようとおもい、彼方《むこう》の表門へ向って走り出そうとした。

白い雨の幕を割って、数個の人影が路上へ走り出て来たのは、このときである。

「えい、おう!!」

五人の武士が白刃をぬきつれ、一人の武士へ斬りかかっている。

雷鳴が、すさまじくとどろきわたった。

またひとり、斬り倒された。

残る四人を相手に、浪人らしい一人のはたらきは相当なもので、手傷を負っているらしいが、

（強い）

伊太郎は瞠目《どうもく》した。

しかし、その浪人が、ついに肩を斬られ、横ざまに倒れつつ、ぐいと顔を上げて刀をかまえた……その顔を雨の中に見たとき、伊太郎は愕然《がくぜん》となった。

「ち、父上!!」

叫んだ伊太郎は、雨やどりをしていた屋敷門のひさしの下から飛び出した。

夢中である。

四人の白刃につつみこまれ、泥しぶきをあげて路上をころげまわりながら苦戦している浪人者は、まさに伊太郎の父・塚本伊織ではないか。

斬り合っている五人は、伊太郎の叫びにも、存在にも、まったく気づいていなかったようだ。

「父上、父上!!」

わめきざま、駈《か》け寄った伊太郎は腰の大脇差を引きぬき、父を包囲している敵の一人の背へ叩きつけた。

「ぎゃあ……」

そやつは、大刀を放り捨ててのけぞったが、すぐに立ち直った。

伊太郎が、猛獣のように脇差を振りまわした。

真剣をぬいて闘うのは、はじめての経験なのである。

「……伊太郎……」

どこかで、父の声をきいたようにおもったが、それも瞬時のことだ。

豪雨のけむっている中に、ちらちらと黒い敵の影と白刃の光りがぼんやりと見えるだけで、伊太郎のあたまの中は真空状態になってしまっている。

自分の足が地についていず、躰《からだ》が、ふわふわと空間に浮いているようで、しかも、喉《のど》が引きつれるように痛かった。

敵の、すさまじい白眼や、唇からむき出された歯が、伊太郎の眼前にせまったり遠のいたりしている。

右腕のつけ根や、躰の諸方に、伊太郎は強烈な、それでいて鈍い衝撃を感じながら、

「おのれ、おのれ……」

狂人のように、あばれまわった。

当人は無我夢中なのだが、少年のころから、かなりきびしく、父が剣術を教えこんでくれていたので、無意識のうちにも、伊太郎の剣のさばきは迫力をともなっていたのであろう。

それに加えて……。

重傷を負った塚本伊織も必死で立ち向って来る。

四人が二人をもてあまし気味になったところへ、さらに、

「やめい、やめい、やめぬか!!」

増上寺の方角から馬を飛ばせて来た武士が、大声をかけた。

「ひけい」

四人のうちのだれかがいい、四人は、いっせいに刃を引き、仲間の死体を捨て置いたまま逃走しはじめた。

伊太郎の足が、もつれた。

伊織は、雨と泥に埋めこまれたようなかたちで、うつ伏せに道へ倒れ伏している。

その父の姿が、ようやく伊太郎の視界に入った。

「ち、ち、父上……」

右手につかんだ大脇差の柄《つか》をはなし、父を抱き起そうとしたが、手も指も硬直していて、柄からはなれなかった。

手綱を引きしぼり、馬足をとめた武士が、馬の背から飛び下りた。

その武士は、小袖の両肌《もろはだ》をぬぎ、たくましい上半身を豪雨にさらしながら、悠々として馬をうたせて来たものである。

そして前方に、四対二の決闘を目撃するや、

「卑怯《ひきょう》な!!」

と、むろん数の少ない方へ味方をするつもりで馬腹を蹴《け》り、駈け寄って来たのであった。

伊太郎が、脇差の柄を何度も地に叩きつけ、ようやく硬直した手をはなし、父を抱き起すさまを、武士は凝《じっ》と見まもっている。

小袖も袴も立派なものだし、腰の両刀も派手やかなつくりで、身分も名もある武士と見えた。

三十がらみの、塚本伊太郎をひとまわり細身にし、小づくりにしたような美丈夫である。

「父上……父上、父上」

伊太郎は、叫びつづけた。

雨音が弱まってきたようだ。

父が着ているねずみ色の質素な小袖は、ひどく切り裂かれてい、五十二歳の年齢よりは十も老けて見える塚本伊織のしわのふかい顔貌《がんぼう》に、もう血の気はなく、くろずんでいた。

「父上。伊太郎でござる。おわかりか、わかりましたか、伊太郎でござる……」

伊織の、とざされた両眼がひらいた。

死魚のような眼のいろであった。

「ち、父上……」

「伊太郎……」

武士が見ていて、両腕をさしのべようとしたが、やめた。

塚本伊織の重傷は、どのような手当てもうけつけまい、と、見てとったからであろう。

伊太郎は尚《なお》も叫びつづけている。

「父上。いったい、何事です。ただの喧嘩でござるか。それとも……そ、それとも、ふかい意趣あってのことでありましたのか……」

「む……う、うう……」

「父上、父上」

「むう……こ、これは……これは、何とでござる？」

「う、うう……」

伊織は、意識が混濁してゆくのを懸命に堪え、たった一人の息子に、なにか、いいのこしたいらしい。

「父上。しっかりなされ、伊太郎これにおります」

「あ……うう……」

「父上、父上」

このとき、伊織が、わずかに、

「か、ら、つ……」

といった。

〔からつ〕というからには、もと塚本伊織の主人だった寺沢志摩守《しまのかみ》の居城がある肥前《ひぜん》国・唐津のことにちがいない、と、伊太郎は感じた。

「父上。唐津……肥前唐津がことでござるな？」

伊織が、かすかにうなずいた。

「で、その唐津が、どうだと申されますか？」

伊太郎が、ひくひくとうごく父の口のあたりへ耳を近づけたとき、塚本伊織のくびが、がくりと折れた。

「父上。父上……」

だが、伊織のこたえはなかった。

そのとき、

「息が絶えたと見ゆる」

伊太郎の背後で、声がした。

このときはじめて、伊太郎は傍に立つ武士に気づいたのであった。

武士が、伊太郎へ安心をさせるためか、かすかに笑い、

「身どもは、水野百助《ひゃくすけ》と申す者だ。曲者《くせもの》どもを追いはらってくれたぞ」

「は……」

「おぬしが父ごか？」

「はあ……」

「気のどくに……」

伊太郎は、父の死顔を、まじまじと見入った。

この父が、唐津十三万石の大名・寺沢志摩守広高《ひろたか》の家来としてつかえていたころのことを、伊太郎は、ほとんどおぼえていない。

ただ、そのころは生きていた母の、あたたかくておもい乳房の感触を、まぼろしのように、おぼえているような気もする。

そして、玄界灘《なだ》の海面のひろがりと、その海のにおいを、かすかにおもいうかべることができる。

伊太郎が父・伊織と共に唐津の城下を出て、流浪の旅へ出たのは、

「お前が五歳の夏であった」

と、父からきかされている。

(なぜ、父上は浪人になられたのか?)

成長するにつれ、伊太郎は何度も、その疑問につきあたったけれども、父は、

「きかずともよい。また、わしも申したくない、だれにもな」

伊太郎の問いに、そうこたえるのみであったのだ。

しかし、そのときの父の顔には得体の知れない暗い翳《かげり》がよどむのを、伊太郎は見のがさなかった。

父と、足軽の塩田半平と、伊太郎の三人は、唐津を出てから、先ず大坂へ住みつき京都にもいた。

だが、一ヵ所に一年を暮すことはなく、暮しになれたかとおもうと、また旅立つのを、子供ごころにも、

(つらい)

と、おもったものである。

すでにそのとき、伊太郎の母・みねは、この世にいなかった。

江戸へは、前に三度ほど来ていたが、昨年の春に、四度目の江戸入りをしたとき、

「伊太郎。お前もそろそろ身をかためてゆかなくてはなるまい。江戸へ住みつこうかな」

伊織が、こういってくれた。

伝手《つて》があって、伊太郎の奉公口がきまってからは、

「これでよい、これでよい」

伊織は、八百屋・久兵衛方の離れに住み、めったに外出もせず、読書をたのしんだりしていたのだ。

その父が、今日、どこかへ出かけて行き、路上で、六人の刺客に襲撃をされた。

息絶えるにあたり、父は、たしかに、

「唐津……」

ということばを、口にのぼせた。

これは、父の死と肥前国・唐津とが深い関係をもつものと見てよい。

（なにかある……）

伊太郎の血が、さわぎ出した。

彼の知らぬ秘密が、父の死顔の底にふかくしまいこまれているにちがいない。

塚本伊織の死様は、異常であった。

水野百助と名のる武士は、まだ立ち去ろうとはしない。

「見たところ、おぬしは主人《しゅう》もちのようだな。どこかへ使いにでも出たのか？」

「はい……」

「そりゃ、いかぬ。何事も先ず、その役目を果してからのことだ」

「さ、さようでござりました」

伊太郎も、はっと気づいた。

父の死が、まだ実感にならぬ。いまの伊太郎は、いわば公用の途中であるし、いかに肉親の死に出会おうとも、それは私用と見なされる。

寛永十八年（一六四一年）のそのころの武家社会の掟《おきて》のきびしさは、踏みちがえると、武士は取り返しのつかぬことになった。

現代から、およそ三百三十年も前の時代である。

塚本伊太郎も足軽という低い身分ながら、武士の〔はしくれ〕なのであった。

「よし」

水野百助が、栗毛の乗馬の手綱を引きよせながら、

「わしが引きうけよう」

と、いった。

「は……？」

「その父ごの遺体を、わしが引きうけようというのだ。どこへとどければよい？」

水野は雨びたしになった小袖《こそで》へ裸の腕を通し、

「遠慮するな」

塚本伊織を抱え起し、馬の背へ乗せた。

「かたじけなく存じます」

伊太郎は、その好意にあまえることにした。

源助町の八百屋・久兵衛方を水野百助にいい、

「私、主人へ復命をいたし、すぐさま暇《いとま》をいただき、後から駈《か》けつけます」

「おう、わかった」

水野は、そこで自分の身分を告げた。

伊太郎を尚も安心させようという気づかいからである。

水野百助は、三千石の大身《たいしん》旗本・水野出雲守成貞《いずものかみなりさだ》の長男で、このとき二十九歳だ。

父、成貞が元気なので、まだ家をついではいないが、その家柄は徳川将軍とも関係のふかい名門であることを、伊太郎も知っている。

この百助が、のちに水野十郎左衛門成之《なりゆき》となって、伊太郎と激しく拮抗《きっこう》すべき宿命をになっているとは、いまの二人、考えてもみなかったろう。

「では先へまいるぞ」

父の遺体を乗せた水野百助が遠ざかって行くのを合掌して見送った塚本伊太郎は、泥道をまっしぐらに駈け出した。

雨が、ほとんどやみかけている。西方の空が、あかるい残照を見せ、ぼつぼつと道へあらわれた人びとが、駈け去る伊太郎と、刺客の死体とを見やりながら、あつまりはじめた。

塚本伊太郎が、江戸城・大手口にある本多屋敷へ駈けもどったのは、それから間もなくのことだ。

本多政勝は、徳川家康の股肱《ここう》の重臣として世にうたわれた、かの本多平八郎忠勝《ただかつ》の孫にあたる。

譜代大名のうちでも名門中の名門といってよかろう。

政勝は、一昨年に、従兄《いとこ》・本多政朝《まさとも》が亡くなり、その子の政長《まさなが》がまだ小さかったので、本家の主に迎えられたばかりであった。

伊太郎の主人・桜井庄右衛門は、この本多政勝の家臣である。

宏大《こうだい》な本多邸内の東側の塀にそった一隅に、桜井庄右衛門の長屋がある。

ここへ伊太郎がもどり、庄右衛門に使いの返事をさし出してから、

「実は、帰り道に……」

すべてを語ると、

「何という……」

庄右衛門はおどろいた。

血と泥にまみれ、軽い手傷を負って帰って来た伊太郎を見たとたんに、異変を感じていた桜井庄右衛門だが、まさかに、伊太郎の父が暗殺されたのだとは、おもっても

みなかったようだ。

「それは……それは、まことに一大事じゃ」

塚本伊織にも二、三度会ってい、その人柄に好意をいだいていた庄右衛門だけに、

「で、その刺客の死体は、そのままに打ち捨てておいたのか？」

「は……」

ここで伊太郎が、はっとした。

いかに死体であっても、あの刺客の面体《めんてい》をあらため、所持の品物などをしらべて見るべきではなかったか……。

若い伊太郎だけに、突然の異変へ直面し、やはり動転していたものであろう。

桜井庄右衛門は、すぐさま、

「よし、わしが出向いてくれる、案内《あない》せい」

と、いった。

そして、庄右衛門は、自分の主家である本多家へ〔この事件〕をとどけ出て、外出の許可を得るや、

「つづけ」

伊太郎のほかに、家来・小者を合せ五名ほどを引きつれ、長槍をかいこみ、騎馬で、本多屋敷を出た。

すでに、夜であった。

雷雨に洗われた江戸の町が、しばらくは夏の夜の暑さを忘れているかのようだ。

空に星がまたたいている。

外濠《そとぼり》の道へ出たとき、桜井庄右衛門は、鞍《くら》の上へのび上るようにして、

「孫十郎」

家来の関口孫十郎をよび、

「伊太郎はわしを斬り合いの場所へ案内《あない》してから、すぐに八百屋・久兵衛方へ駈けつけるが……それより先に、おぬしが源助町へ行き、水野百助殿が、まだ亡き塚本伊織の遺体の傍につきそっておられたなら、よしなにあいさつをしておいてくれい」

と、命じた。

関口孫十郎が、外濠に沿った町すじを東へ駈け去った。

馬上の桜井庄右衛門をかこむようにして、伊太郎たち五名が、まっすぐに南へすすむ。

やがて……。

松明《たいまつ》をかかげ、先へ走り出た伊太郎が、

「このあたりでございます」

「死体は、刺客の？」

「ございませぬ」

「ふうむ……」

庄右衛門が馬足をとめ、

「早や、奉行所が出張《でば》ったものと見ゆる」

と、つぶやいた。

周辺は武家屋敷ばかりで、いずれも黒々と静まりかえっていた。

まわりが町家ならば、気やすく〔聞きこみ〕もできるところだが、武家地となればそうもゆかぬ。

いろいろと手つづきがめんどうであるし、

「まさかに、その刺客の死体を引き取った武家が、このあたりにあるとはおもえぬ」

桜井庄右衛門は、いったん引き上げることにし、伊太郎へ、

「さ。すぐに源助町へ駈けつけよ。後のことは、わしがよしなにはかろうておく」

「はい」

「行け。水野殿へよろしゅう。わしからも明日にはあいさつをいたす、と、申しあげてくれい」

「ありがとうございます」

「よいか、伊太郎。これは、只事《ただごと》ではないぞ」

「は……」

「お前が父、塚本伊織は他人にうらみを受けるような人物でない、と、わしは見ておる。これには何か、いろいろと、ふかい事情があろう」

足軽奉公に出ている伊太郎のことで、本多家に「その人あり」と知られたほどの桜井庄右衛門が、みずからここまで出張って来てくれたというのは、いずれ、伊太郎を一人前の武士として、

(取り立ててつかわそう)

ということろが、庄右衛門にあったからだ。

亡き塚本伊織は、以前に寺沢志摩守へつかえていたころ、旗奉行をつとめたほどの立派な武士であった。

それほどの武士が、何故に、

「浪々の身となられたのか?」

と庄右衛門が伊織に問うたことがある。

そのときに伊織は、

「おきき下されますな。ただ、武士として恥ずべきことを起し、それによって主家をはなれたのではござらぬ」

きっぱりと、こたえている。

庄右衛門も伊織を信頼し、それ以上のことを尚《なお》も問いただそうとはせず、伊太郎の奉公を承知してくれたのであった。

だが、それだけに桜井庄右衛門は、塚本伊織が寺沢家を浪人した事情について、

(他人にはいえぬ事情があるにちがいない)

と、考えていた。

もっとも、子の伊太郎にすらその事情をもらさなかった塚本伊織なのである。

主人の桜井庄右衛門と別れ、塚本伊太郎は小者から受け取った箱提灯《はこぢょうちん》を持ち、暗い武家屋敷のならぶ町すじをぬけ、源助町へ急いだ。

源助町は、町内草わけの名主が〔源助〕という名だったため町名になったというが、現代の新橋駅から浜松町へ向って少し行った左側のあたりになる。

いま、汐留《しおどめ》の貨物駅となっているあたりも江戸湾の海であった。

そこの八百屋・久兵衛というと、現代の、どこの町にでもある八百屋の店を想像されるであろうが、そうではない。

そのころは、町の諸方に商品を売る店がならんでいたわけでなく、野菜にしろ、魚にしろ、町民の食べものは荷売りが多い。

だから、魚屋、八百屋、酒屋など、店をかまえて商いをしているところは、おおむね商品を卸す問屋《といや》といってもよい。

八百屋・久兵衛の店がまえも、間口が四間半もある堂々たるもので、商品の野菜が店先へならべられているわけではない。

商品は、表がまえの通路を入った奥の広い土間へ、それぞれの容器におさめられて整然と置かれてある。

下働きの男たちも多い。

庭もあり、母屋から渡り廊下でむすばれた茶室ふうの〔離れ〕に、塚本伊織の遺体が安置されていた。

すでに、関口孫十郎は到着してい、伊織の遺体のそばで、水野百助と語り合っているところであった。

「いま、関口うじからきいたが……」

と、伊太郎を迎えて水野百助が、

「あの刺客の死体をしらべたところで、なにもわからぬよ」

と、いう。

「あれは、浪人だ」

水野は、彫りのふかい顔貌《がんぼう》に苦笑をうかべ、

「天下に戦《いくさ》の用がなくなったので、諸方にあふれた浪人どもが、いろいろと、つまらぬことにあばれまわる。あやつらは、な、だれかに金をもらい、おぬしの父ごを殺す役目を引きうけたにちがいない」

「では、父を殺害せよ、と、だれが……？」

「そりゃ、おれも知らぬわ」

「はい」

「おれよりも、おぬしに、こころあたりはないのか？」

水野が反問してきた。

伊太郎は沈黙した。

あのとき……

塚本伊織は息絶えんとしつつ、辛うじて、

「か、ら、つ……」

の、ことばを我子・伊太郎へ残した。

これを水野はおそらく聞きとってはいまい。

また伊太郎も、このことだけは桜井庄右衛門にも語っていない。

それは、あまりにも重大なものをふくんでいるように考えられたからである。

〔からつ〕すなわち肥前の唐津ということなら、父を殺したものは、唐津藩・寺沢家に関係がある人物、と思ってよいのではないか……。

考えに沈んでいる塚本伊太郎へ、

「おれは帰るが……」

と、水野百助がいった。

「おれはな、伊太郎殿。まだ父が元気ゆえに家督もしておらぬし、三十という年になろうというに、妻も子もない気楽な身の上じゃ。ひまをもてあまして困っておる」

「はあ……」

「これでも、ちから自慢よ」

さっぱりと自信をほのめかし、

「おれに手つだえることがあったら、いつでも来てくれ。おれが屋敷は三番町にある」

「おこころづくし、かたじけのうござりました。後日、あらためまして……」

「なあに、しんしゃくは無用のことだ」

水野百助が、去った。

伊太郎は、関口孫十郎にも帰ってもらうことにした。

あとは、八百屋久兵衛夫婦と、家の者たちがあつまり、塚本伊織の通夜をおこなった。

久兵衛夫婦に二人の子がある。長男を小平《こへい》といい、十八歳になり、次男の忠太郎は、十歳の少年であった。

「父は今日、どこへ出かけると申しておりましたか？」

白布におおわれた伊織の枕頭《ちんとう》で、ようやく落ちつきをとりもどした伊太郎が、八百屋久兵衛へ問うた。

「はい。昼すこし前でござりましたが……むかしの友だちをたずねると、かように申され、お出かけでござりましたので」

「むかしの友……？」

「さようで」

「近ごろの父に、何か、変ったことでもありませぬでしたか？」

「さて……」

久兵衛夫婦が顔を見合せた。

別に、おもいあたることがないらしい。

長男の小平が、傍で泣きじゃくっている。

小平は伊織にかわいがられ、文字を教えられたり、剣術の稽古《けいこ》をつけてもらったりしていただけに、悲しみも格別なのだ。

伊太郎も、あらためて、

(もはや、父上は、この世におわさぬのだ……)

強い悲しみが、わきおこってきた。

(父上。伊太郎は、父上のおうらみをはらさずにはおきませぬ)

悲しみが、烈しい怒りに変ってくる。

翌日になって……

本多家から、

「当家の臣・桜井庄右衛門方に奉公中の塚本伊太郎の父・伊織儀、昨日、横死いたし候……」

公儀へとどけたが、依然、刺客の正体はわからぬ。しかし数日を経て、あの日の雨後の路上へ出て、刺客の死体を見物していたものの中に、近くの旗本・吉田大膳《だいぜん》方の門番がおり、これから吉田家を通じ、

「見物しているうちに、どこからともなく、笠《かさ》に顔をかくした武士五人ほどが駕籠《かご》をかつがせてあらわれ、死体を、その駕籠の中に入れ、あっという間に立ち去りました」

という、届け出があったそうである。

塚本伊織の葬式は八百屋久兵衛方で、ひっそりとおこなわれた。

伊織の遺体は、上野・池《いけ》の端《はた》にある幡随院《ばんずいいん》・新智恩寺が引きとってくれた。

幡随院は、三十七年ほど前の慶長九年に、神田《かんだ》の台地（現駿河台《するがだい》）へ寺地を拝領したが、十余年後、池の端へうつされた。

背後に、上野の山と森を背負い、前面の不忍池《しのばずのいけ》をのぞむこの寺は、十八間四方の大本堂をかまえ、神田台にあったころよりは層倍の立派さである。

幡随院は浄土宗で、京都・知恩院の末寺だそうだが、開山を白道和尚《はくどうおしよう》という。

この白道上人《しようにん》は二十年ほど前に九州へ下って病歿《びようぼつ》したと、伊太郎は父からきかされている。

亡父・伊織のことばによると、

「白道上人は、わしの母……すなわち、お前の祖母様の義理の兄御にあたられるのだ」

白道は、相州（神奈川県）に生まれ、もともと小田原の北条一族ともかかわりあいのある家柄だとかで、北条氏が豊臣秀吉にほろぼされてのち、白道は仏門に入り、後年、上州・館林《たてばやし》の善導寺の開祖となった。

徳川家康が征夷《せいい》大将軍として江戸幕府をひらいてから、白道上人も江戸へうつり、幡随院を創建したわけであるが、

「わしも少年のころ、京で一度、上人様へお目にかかったことがある」

と、伊織はいっていた。

伊織の母にあたる〔りよ〕という婦人も、義兄・白道上人と同様に、北条氏との関係があり、北条の家臣で志賀与惣兵衛《よそべえ》という武人のむすめに生まれた。

そして、志賀は後に豊臣秀吉につかえ、寺沢志摩守の家来・塚本新兵衛正種《まさたね》の息・主計《かずえ》へ、むすめのりよを嫁がせたのである。

この塚本主計とりよの夫婦の子が、塚本伊織ということになるのだ。

幡随院と塚本家の関係は、およそこのようなものであったが、いまの幡随院の住職である良碩《りょうせき》和尚は、別に塚本家と縁をつなぐ人物ではない。

けれども、白道上人のころから塚本家との文通は絶えていず、二代目の良碩となってからも、塚本伊織との間に数度、文通があった。

で……。

塚本伊織が、江戸へ居を定め、息・伊太郎を世に出し、自分も江戸で余生を送ろうと決意したとき、先ず、池の端の幡随院をおとずれ、良碩和尚へあいさつをおこなったのは当然であったろう。

良碩和尚は、

「よう、まいられた」

歓迎してくれ、伊織が浪人となった理由などを問おうとはしなかった。

徳川の天下統一が成ったいま、戦場に必要な武人が、どこの国、どこの大名の家でも減らされてゆくことを知らぬ者はないのである。

塚本伊太郎が、桜井庄右衛門方へ足軽《あしがる》奉公に出られたのも、顔のひろい良碩和尚が口をきいてくれたからだ。

塚本伊織と庄右衛門を引き合せてくれたのも、和尚である。

「伊織殿は、当寺へおとどまりなされ。少しも遠慮はいらぬ」

そのとき、和尚が親切にすすめてくれたものだが、何故か伊織はこれを辞退した。

それではというので、幡随院が神田台にあったころから出入りをしている八百屋久兵衛へ、

「御浪人じゃが、りっぱな仁《じん》ゆえ、よろしゅうにたのむぞよ」

と、良碩和尚が伊織の住み暮す場所を見つけてくれたのだ。

それだけに、

「これはまた、おもいもかけぬことになったものじゃ。わしも、伊織殿と折々に会い、茶をのみながら、ゆるりと語り合うのが何よりのたのしみであったものを……」

老和尚も、伊織の暗殺を知ったときには、ひどく嘆いたそうである。

伊織の骨をほうむった日。

「さて……伊太郎よ。これからどうする？」

和尚が、幡随院の居間へ伊太郎をまねき、

「父の死を忘れ、このまま、桜井家へ奉公をつづけるか……それも悪《あ》しゅうはないとおもうがのう」

伊太郎は、くちびるを噛《か》みしめ、うつ向いたまま沈黙していた。

和尚は白い眉毛《まゆげ》の下の細い眼を、一瞬、するどく光らせ、伊太郎を凝視したが、そのまま無言でうす茶をたてはじめた。

境内に、蟬《せみ》が鳴きこめている。

不忍池の南面から吹きわたってくる風が、涼しい。

「さ、茶をあがれ」

「はい」

伊太郎が茶をのみ終え、茶わんを置いて、なにか屹《きっ》としたかたちに顔を上げ、和尚を見たとき、

「うむ……」

良碩和尚は、すばやく、伊太郎の胸に秘めた「決意」がうごかぬものと察知したらしく、こっくりとうなずき、

「それもよかろう」

つぶやくようにいった。

伊太郎はだまっている。

「亡き父、伊織殿の敵《かたき》を討つ……その決意なのじゃな」

「はい」

「おもいきわめたのか……」

「はい」

「よかろう。武人の子なれば、な」

「和尚様の御親切には、なんのおむくいもできませぬままに……」

「若いものが、そのようなことに気をつかうものではないぞよ」

「は……」

「して、どうする?……桜井家へ奉公しながら、敵をさがすつもりなのか?」

「それはなりませぬ。武士の敵討《かたきうち》なれば、いざというときに桜井様へ御めいわくがかかってはなりませぬゆえ……私は、おひまをいただき、父同様、一介の浪人となって敵をさがすつもりでござります」

そのころは、徳川家康が大坂戦争によって豊臣家を討ちほろぼし、名実ともに天下統一を成しとげてから二十六年を経ている。

将軍も三代目の家光となり、徳川幕府の威光の下に、封建の制度がようやく完成しつつあった。

封建の制度というのは……。

日本の領土を、徳川将軍に忠誠をちかう諸大名に分けあたえ、それぞれに治めさせるという国家組織をいう。

それらの諸大名を統括するのは、むろん徳川幕府であり、徳川将軍なのだが、大名たちは、自分にわけあたえられた国を、責任をもって統治しなくてはならない。ゆえに……。

A国とB国とでは、領主もちがうし、したがって政治も法律もちがうということなのだ。

たとえば、信州・松代《まつしろ》の城主・真田《さなだ》伊豆守《いずのかみ》の領国で人を殺し、その犯人が真田領国内でつかまらず、同じ信州の松本の城主・戸田丹波守《たんばのかみ》の領国へ逃げこんでしまえば、

「真田家の権力が、およばなくなる」

のである。

これを現代でいうと、日本で犯罪をおこなった者が外国へ逃げてしまうのと同じことで、日本の警察が外国へ多勢の警官を派遣するのがむずかしいように、A大名の国からB大名の国へ、警吏がみだりに押しかけるわけにはゆかないのである。

ここに、敵討の発生がある。

つまり、武家の間では殺された者の肉親が、殺した者を追って行き、これを討つ。

それには、肉親自体のうらみや復讐《ふくしゅう》もこめられていようけれども、もっと大事なこ

とは、自国の法律がおよばぬ他国へ逃げた犯罪者を見つけ出し、これに、

「懲罰をあたえる」

ことなのである。

だから、正式に届け出られた敵討に対しては、幕府も諸国大名も、これを表向きでなくとも、はっきりみとめることになっている。

そのかわり、敵を討つ者は、その目的を果すまでは、いっさい主人にめいわくをかけぬのが〔たてまえ〕であった。

逃げた敵と同様に、自分が所属するいっさいの立場からはなれ、敵を追うのである。

塚本伊太郎も、この武士の心得をわきまえていたから、主人の桜井庄右衛門の手もとからはなれることにしたのだ。

「よし。相わかった」

と、庄右衛門もすぐれた武人だけに、すぐ承知をしてくれ、

「なれど、しゅびよく敵の首を討ったる後は、ふたたび、わしがもとへ帰ってくるように」

「かたじけのうござります」

「で……父の敵の目星は、ついておるのか？」

「いえ……なれど、いささかおもうところもござりますゆえ、大坂へ出向くつもりでござります。なれど、このことは、どなたさまへも、おもらし下さいませぬよう」

伊太郎が大坂へ行こうと、こころをきめたのは、ほかでもない。

大坂には、むかし塚本家の家来だった塩田半平がいる。

半平は、亡き父と同年輩の足軽で、肚《はら》のすわった、実に、たよりがいのある男であった。

塚本父子は、五年前に塩田半平と別れた。

それまでの半平は、父子につかえ、共に諸国を旅して歩いていたのだ。

塚本伊織は、五年前のそのとき、京の町の旅宿の一室で、

「もはや、これ以上、おぬしの身を、わしがもとへしばりつけておくことはできぬ」

と、半平へいいわたしたのだ。

そのときの情景を、十五だった伊太郎は次の間で、そっと見ていた。

塩田半平は、これまでに何度も、父がすすめた別離のことを承知しなかったのである。

二人は切迫した声を低め、かなり長時間にわたって語り合っていた。

(父上も半平も、自分にきかせたくないことがあるのだ)

少年ながら、すぐに伊太郎は直感したものだ。

二人は真剣に談合しつつ、絶えず隣室の伊太郎へ神経をつかいながら、

「半平。お前も四十をこえた身じゃ。もう自分ひとりのことを考えてくれ」

「おじゃまでござりますか」

「なにを申すか……お前が供をしてくれたればこそ、唐津を出てより十年、われら親子が無事にここまで……」

「それでは、これからも私めを……」

「そりゃ、ならぬ」

そしてまた伊太郎の耳へはとどかぬ低声となって語り合うありさまには、たしかに何か秘密めいた、異様な雰囲気《ふんいき》が、かもし出されていたことを、いまにして伊太郎はおもいうかべるのであった。

しかし……。

塚本伊織の決意が、今度は強固をきわめていると知って、ついに、塩田半平は、あきらめたものであろう。

伊織がわたした餞別《せんべつ》の金をうけとり、その翌朝、半平は京の地をはなれて行った。

そのとき半平は、伊太郎を抱きしめ頬ずりをし、泪声《なみだごえ》で、

「りっぱな……りっぱな武人となられますよう」

といった。

「父上。半平は何処《どこ》へまいったのです?」

後で、伊太郎が問うと、伊織は、こうこたえた。

「近江《おうみ》に、半平の縁者がある。そこへ、ひとまず落ちつくのであろう」

塩田半平が、大坂に住みついたことを幡随院あてに手紙で知らせてよこしたのは、

三年ほど前のことである。

それで、江戸に暮すようになった塚本父子との文通が可能になった。

（半平に会おう。半平にきけば、かならず……）

かならず父の死の原因がわかるにちがいないし、それが父の敵をつきとめるための、もっとも早い近道だ、と、伊太郎は考えたのだ。

江戸を出発する前日に……。

塚本伊太郎は、番町の水野屋敷をおとずれた。

父の死後……水野百助へは、桜井庄右衛門代理として、家来の木村佐五兵衛があいさつに出向いているし、伊太郎も単独で礼をのべに行った。

三千石の威容をほこる水野家の、堂々たる長屋門で案内をこうと、門番が見おぼえていてくれ、すぐに通じてくれた。

邸内もひろい。

大名屋敷のように立派であった。

「おう、伊太郎殿か」

水野百助は折よく在邸してい、中庭に面した自分の居間で、今日も双肌《もろはだ》ぬぎとなり、冷酒をのんでいた。

もりあがった胸肉が酒のほてりで赤々と光っている。

胸毛が濃い。

もっと後年になると、いやしくも三千石の徳川旗本の屋敷で、いずれはその家の主人となるべき人物が、このような行儀のわるいまねをすることもなくなるのだが……。

いまは、日本に戦乱が絶えてより三十年にもならぬことだし、武士たちは身分の上下を問わず、荒々しい戦国の気風からぬけきっていない。

現に、百助の父・水野成貞なぞは、つい十年ほど前まで、髑髏《どくろ》の模様をそめぬいた衣裳《いしょう》を身につけ、鎖じゅばんを着込み、袴《はかま》もつけぬ裾《すそ》を高々とまくりあげ、江戸の町を闊歩《かっぽ》していたという。

いわゆる旗本奴《はたもとやっこ》とよばれた〔あばれもの〕で、大小の刀の柄へ、白くさらした棕櫚《しゅろ》の皮を巻き、

「白柄組《しらつか》じゃ」

などと、大威張りなのである。

こういう道化者のような姿かたちをし、吉原《よしわら》の遊里へも出かけて行くし、武士同士の喧嘩《けんか》さわぎなどがあれば、

「おれにまかせろ！」

よろこび勇んで飛び出して行くという……戦争がなくなった世の中に、おのれが武勇をもてあましている旗本たちが、いまでも後を絶たぬ。

こういう水野成貞であるから、

「わしが死ぬまでは、きさまに家などつがせるものか」

息子の百助にまで威張っているとかで、百助もまた、父と口論したあげく、親子共に裸体となって庭へ躍り出し、一刻(二時間)の余も、ちからのかぎりの相撲をとったりするのだそうな。

「そうか……大坂へ行くのか」

水野百助は、伊太郎の別れのあいさつをきくや、しばらく沈思していたが、ややあって、

「なれど……また江戸へもどってまいるのだな。そうなくてはなるまい」

伊太郎の顔をするどく見つめ、なにもいわせず、

「よし。そのときは、ちからになろう。水野百助を忘れるなよ」

こういうや、つかつかと奥へ入り、五十両という大金を持ち出して来て「餞別じゃ」と、むりやりに伊太郎へ押しつけてしまった。

辞退をすれば、水野百助が激怒しそうなので、

「では……かたじけなく……」

伊太郎は、金五十両を押しいただいた。

水野屋敷を伊太郎が出たとき、まだ陽は高い。

このごろ、とみに大がかりとなった赤坂の山王祭がすんだばかりの江戸の町は、いまが炎暑のさかりといってよい。

五年前に、江戸城の外濠《そとぼり》が完成したとき、四谷《よつや》御門から市《いち》ヶ《が》谷《や》御門の濠際一帯を整

地し、これを旗本たちが拝領をした、その一角に水野屋敷はある。

俗に土手三番町とよばれるところだ。

伊太郎は、道を南へとり、麴町《こうじまち》の通りへ出るつもりであった。

両側は、みな旗本屋敷で、少し行くと右側に広大な空地がある。

いわゆる火除地《ひよけち》であって、いちめんに夏草が生い茂っていた。

火除地の彼方に、心法寺の大屋根がのぞまれる。

ここまで来て、伊太郎は、

(や……?)

ぎくりと、足をとめた。

火除地の草の中に、人影が一つ。

その男は、うす茶の帷子《かたびら》を着流しにし、編笠《あみがさ》をかぶっているので顔貌《がんぼう》は全くわからぬが、骨張った躰《からだ》つきの浪人であった。

伊太郎が、この火除地へさしかかるのを見て、それまで草の中に埋もれていた躰を、急に起したのである。

(おれを、見ている……)

たしかに、編笠をかぶったまま、浪人は伊太郎の歩むにつれて、その姿勢をこちらへ向け、笠のなかから、ひたとこちらを見つめている。

空は真青に晴れあがっていた。

どこかで新築をしているらしい槌《つち》の音がきこえ、木立では蟬が鳴きこめている。

(何者か……?)

父の死様が死様だけに、伊太郎は緊張した。

腰に帯した父の形見の、来国光《らいくにみつ》二尺二寸六分の大刀の鯉口《こいぐち》へゆびをかけ、伊太郎は浪人から眼をはなさずに、わざとゆっくり歩いた。

と……。

浪人が草の中でうごいた。

これも、ゆっくりと、火除地から道へ出て来ようとしているのである。

いきなり、伊太郎が斬りつけるような声を投げかけた。

「おれに用か?」

浪人が、立ちどまった。

そのまま、うごかない。

二人は、約四間(七メートル)をへだてて、にらみあった。

炎天の昼下り……。

番町の屋敷町に人影はない。

「おぬし……」

と、伊太郎は国光の柄へ手をかけ、すさまじい血相となって、

「おれが父、塚本伊織を斬った者か」

浪人、こたえず。

「父のみか、このおれも殺そうというのか!」

叫ぶなり、伊太郎は刀を抜きはらった。

東海道

その翌朝……。

塚本伊太郎は、江戸を発った。

八百屋久兵衛が、二人の息子をつれて高輪《たかなわ》まで見送ってくれた。

暗いうちに源助町を出たので、高輪へさしかかると、朝の陽が海からのぼりはじめた。

「これで、お別れにございますな。そこの茶店で……」

久兵衛が海岸を背にした茶店へ、伊太郎をさそった。

街道沿いに、七軒の茶店があり、これをのちに〔七軒茶店〕とよんだ。

「くれぐれも、お気をつけなさいますよう」

「はい。ありがとうござる」

「大坂へおつきなされたら、すぐに便りをよこして下され」

と、久兵衛も塚本伊織暗殺のことがあたまにあるので、しきりに心配をしている。

せがれの小平は十八歳になっているだけに、

「おれが伊太郎さまのお供をする」

いい張ってきかなかったのを伊太郎がことわるのに骨を折ったものだ。

小さな子が生まれたので〔小平〕と名づけたのだと、八百屋久兵衛がいうように、小平の体軀《たいく》は小さい。伊太郎が大きな躰《からだ》だけに、並んで立つと、小平のあたまが伊太郎の〔あご〕の下になる。

「伊太郎さま、きっとまた江戸へおもどりになりますね?」

小平は、熱い茶をすすりながら、何度も念を押した。

「すぐに、もどる」

伊太郎も、はっきりとこたえた。

敵《かたき》が大坂にいるわけではないのだ。

大坂の塩田半平の口から敵の手がかりをつかむことが出来たら、すぐに江戸へ引返して来るつもりであった。

「伊太郎さまがおもどりになるまでに、おれも、もっと剣術に強くなっておきます」

小平が、まだ少年のおもかげが濃く残っている顔を、真赤にして、いった。

伊太郎を桜井家へ奉公させていただけに、故塚本伊織は小平を親身になって可愛がったようだ。

それまでは、我身から片時もはなれたことのない息子を手ばなしたので、非常にさびしかったし、そのさびしさが、自分へなついてくれる小平への愛情に転化したものであろう。

それだけに、(伊太郎さまは、きっといまに、塚本さまの敵を討つにちがいない。そのときは、おれも助太刀する)

と、小平は力みかえっているのだ。

弟の忠太郎は、高輪へ来るまで、伊太郎の手をつかんではなさなかった。

「では……」

伊太郎は立ち上って、久兵衛に別れのあいさつをしかけた。

しかけて……ふと、おもての道を見て、はっとした。

昨日、番町の火除地《ひよけち》にいた浪人が、茶店の前を通りぬけて行ったからである。

昨日は、抜刀して近寄って行く伊太郎へさからわず、浪人は急に背を見せて立ち去ったのだ。

その浪人の行手から、家来数名をしたがえた馬上の武士が伊太郎のほうへやって来たので、伊太郎もあわてて刀をおさめ、麹町の方向へ駈《か》けぬけたのである。

品川の宿駅へ向って行く浪人の背を見つめ、伊太郎の顔色は、たしかに変っていた。

「伊太郎さま、どうなされた?」

八百屋久兵衛も、伊太郎のただならぬ顔色に気づき、

「どうかなされたか?」

「いや……」

伊太郎は、くびをふってみせた。

唇から白い歯が、ちらりとのぞき、不敵な微笑がうかんでいる。

「なんでもありませぬ」

「そ、そんならよいが……」

いいさして久兵衛が、

「どうも……どうも、今日の旅立ちは不安でならぬ。よしになされ。ともかく今日は源助町へもどりなされ。な、そして、日をあらためて……」

伊太郎の腕をつかみ、

「以前に、亡き伊織さまからうかがったこともあれば……」

と、いった。

伊太郎はうなずいた。

それは……。

伊太郎が父と共に唐津の城下を出てから二年ほど経た秋のことで、上州・高崎の城下へ入ったとき、同じ旅籠《はたご》へ泊り合せた旅の老僧が、

「ふうむ……」

廊下であそんでいた七歳の伊太郎を、まじまじとながめ、くびをひねっているのを見た伊織が、

「もし……」

声をかけた。

それがきっかけとなり、旅の僧は伊織の泊っている部屋へも来て、いろいろと語り合った。

「先刻、せがれの顔をよくよくごらんになっていたようじゃが……」

という伊織の問いに、しばらくいいよどんでいたが、

「顔の相に、剣難が見ゆるで」

きっぱりといった。

「せがれの？」

「さよう」

「ははあ……」

「先ず、生涯に二度も三度も……」

「剣難を？」

「さよう」

「では、それがしの相は？」

「それは……」

いいさして、僧は顔をそむけ、

「申さずとも、おわかりであろう」

と、いった。

それに対し、伊織は何度もうなずき、それ以上、あえて問おうとはしなかったのである。

自分のことはいわず、伊太郎に剣難の相があるそうな……と、茶のみばなしに、伊織が八百屋久兵衛へ語ったのは、半年ほど前のことで、そのとき、

「さいわい、あれまで無事に育ちくれましたのでな」

伊織も、何かほっとした様子で、久兵衛へ洩《も》らしたという。それを伊太郎は、父の通夜の晩に、久兵衛からきいたのである。

ちなみにいうと、十三年前のあのとき、旅僧と父との会話を、伊太郎は耳にしていなかったのである。

やがて……。

しきりにひきとめる久兵衛親子へ別れを告げ、塚本伊太郎は大坂へ向って、東海道を上りはじめた。

あの浪人の姿は、もう行手に見えなくなっていた。

江戸を出て四日目。

塚本伊太郎は、駿河《するが》の国・原の宿駅を通りすぎた。

前夜は三島《みしま》泊りで、この日の早朝に旅籠を出た伊太郎は、沼津をすぎて三里ほどの道のりを一気にすすんでいる。

宿駅の名を〔原〕とよぶように、街道の右側はひろびろとした原野のつらなりであった。

この原野を〔浮島原《うきしまがはら》〕という。

往古《むかし》は、このあたりまで海だったといわれ、沼や池が点在する湿地帯である。

沼津を出てから約五里ほどは、この曠原《こうげん》を右に見て行くことになる。

浮島原の彼方には愛鷹《あしたか》山のすそが、その向うの富士の裾《すそ》野と混じて展開し、街道の左は駿河湾の海鳴りであった。

空がどんよりと曇っている。

太陽は雲にさえぎられていたが、風絶えて、むし暑かった。

伊太郎は急ぎに急いでいる。

東海道は何度も父と共に往来していたし、伊太郎の二十歳の巨体は真夏の旅の苦しさも、まったくうけつけなかった。

(あの浪人者は、どこへ行ってしまったのか……?)

江戸を出るときに見かけたきり、編笠《あみがさ》の浪人は街道に姿を見せない。

伊太郎より先にすすんでいるのか……それだとすると、非常な速足《はやあし》である。

または、伊太郎をやりすごし、後からつけて来るのか……。

この四日間、伊太郎は少しも油断をしていないが、浪人と出合えば、ためらわずに闘う決意であった。

（あの浪人が、父を襲った刺客の一人だとしたら）

こちらから斬りつけ、相手に編笠をとらせ、しかと顔を見とどけてやるつもりである。

あのとき……。

父を助けて夢中に闘ったが、刺客たちの顔を、伊太郎は切れぎれにおもいうかべることができる。

はっきりとではないが、もう一度見れば、

（かならず、わかる）

と、信じていた。

街道をすすむにつれ、愛鷹の山肌の切れ目から、富士山が見えはじめた。

だが、山容の上部は鉛色の雲におおわれている。

柏原《かしわばら》という村へ入った。

ここには小さな茶店も出ていたが、伊太郎は見向きもしない。

もう昼に近いのだが、当時はまだ一日に三食するという習慣がない時代であった。

朝食を食べ、あとは夕飯の二食である。

夜になって闇が下りると、人間はねむるより仕方がない。

灯火のあぶらは、それほど大切にされたし、生産も少なかったのである。

柏原をすぎると、左手にひろがる海岸がゆるやかに曲線をえがきはじめる。田子浦《たごのうら》であった。

海岸の松林の蔭《かげ》から、突如、三つの人影があらわれ、ぐんぐんと伊太郎へ接近して来た。

街道を行く旅人の姿も絶えていた。

伊太郎は、急ぎ足の満身にびっしょりと汗をかき、ここまで来て一息入れた。

といっても、足をとめ、笠をかぶったまま、手ぬぐいで顔やくびすじの汗をぬぐっただけにすぎない。

海鳴りが、ゆったりときこえている。

そこへ……。

松林の蔭から飛び出した三人の浪人が、伊太郎へ殺到したのだ。

彼らに背を向け、汗をぬぐっていただけに、

「あ……」

背後に異常な気配を感じてふり向いた伊太郎へ、

「たあっ！」

編笠をかぶったままの浪人のうちの一人が、抜き打ちに斬りかかった。

もし、このとき伊太郎が、あわてて飛び退いていたなら、それを予測して間合をはかり、斬りこんできた浪人の一刀をうけてしまったろうが、

「あっ」

叫びざま、伊太郎はわれから、その浪人へ組みついていったものだ。

打ちこんだ浪人の刃風を左頬へするどく感じながら、伊太郎はちからまかせに相手を突き飛ばした。

「うわ……」

浪人は、巨体の伊太郎の必死な強力《ごうりき》をまともにうけ、二間もはね飛ばされ、仰向《あおむ》けに倒れた。

「こやつ!」

「おのれが……」

残る二人の浪人も抜刀していたが、伊太郎の逆襲に計算が狂ったらしい。

「斬れい!」

「逃《のが》すな!」

わめきざま、笠をむしり取るようにして投げ捨て、斬りかかった。

ばさっ……と、伊太郎の笠のへりが切り飛ばされ、よろめきながら、

「曳《えい》!」

伊太郎は、父の形見の来国光を引き抜きざま、横へはらった。

「うわぁ……」

浪人の顔をななめに、伊太郎の一刀が切り割っていた。

これは、伊太郎にも思いがけぬことで、二人の浪人に襲いかかられたときは、

（斬られた……）

伊太郎は両眼をとじ、半ば覚悟をしながら抜き打ったほどであった。

「こ、こ、こいつ！」

飛びぬけた伊太郎へ肉薄しつつ、

「山口。うしろへまわれ」

と、一人が怒鳴った。

山口とよばれた浪人は、伊太郎に突き飛ばされた男だ。

こやつも、すぐさま飛び起き、笠をとって捨てるや、

「応《おう》！」

満面に怒気を発し、砂を蹴《け》たてて、伊太郎の側面へまわりこむ。

「おのれら、何者だ」

伊太郎は、笠をはねのけ、すばやく走って松の木を背に、ぴたりと刀をかまえた。

三人とも、見おぼえはない。

街道を先へ行ったあの浪人は、まじっていない。

父を襲った刺客でもない。

故・塚本伊織は、若いころに微塵《みじん》流の祖・信田朝勝《しのだともかつ》に剣法をまなび、のちには同流の曾我祐章《そがすけあき》につき、錬磨《れんま》をかさねたという。

この父に、幼年のころから手をとって教えられた伊太郎だけに、

「おのれ、こやつ……」

「くそ!」

二人の浪人は、歯がみをしながらもつけこめなかった。

伊太郎に斬られた浪人は両手で血だらけの顔をおおい、砂の上をころげまわっている。

彼の手のゆびの間から、噴出する血がふりまかれ、

「早く……おい、早く、助けて」

悲鳴をあげていた。

「いえ。だれにたのまれた?」

伊太郎が正面の敵にいった。

「うるさい」

「もしや……」

と、伊太郎がいいかけ、声をのんだ。

側面の敵が、じりじりと迫って来たからである。

伊太郎は自分でもふしぎなほどに落ちついていた。

先日、父と共に闘ったときの無我夢中にくらべると、敵に声をかけるだけの余裕が出てきているのだ。

前に父が、実戦を一度でも切りぬけてくることは、数年の修行にまさる……と、よ

く伊太郎へいったものだが、たしかにそうだ。

伊太郎は、ぴゅっと刃を横にふり、迫る敵を牽制《けんせい》しておいて、

「もしも……お前たちは、寺沢家と関《かか》わりあいのある者ではあるまいな」

するどく訊《き》いた。

浪人二人、こたえない。

こたえないが、正面の一人の顔に微妙な表情のうごきが見られた。

「そうか……やはり、そうか？」

「だまれ！」

側面の敵が刃を突きこんできた。

それにかまわず、

「む！」

伊太郎が、正面の敵へ斬りこんだ。

伊太郎の闘い方は、あくまでも敵の意表をついている。

たった一度の実戦の経験を、このように身につけてしまったのは、おどろくべきことであった。

どこまでも逃げない。

敵の攻撃をかわすよりも、これに応じて同時に、こちらから攻め撃つのである。

刃と刃が嚙《か》み合い、すさまじい音をたてた。

敵が、こちらの刃を受けとめた瞬間に、伊太郎は尚《なお》も猛然として体当りをくれていた。

よろめく敵の前面を右へ飛びぬけつつ、すくいあげるように、伊太郎が斬った。

刀を放り捨て、その敵は、がくりとひざをついた。

二人の敵を斬って倒して、刀の柄をにぎる伊太郎の手が重くなった。まるで、鉄のかたまりを片手で提げているような重さであった。

「待て」

伊太郎のうしろで、だれかの声がした。この声は伊太郎に向けたものではない。顔面蒼白《そうはく》となり、伊太郎の前の刀をかまえている残った浪人へかけた声であった。

伊太郎は、おもいもかけぬ背後の声をきくや、とっさに右へ飛びぬけ、またも松の幹を背にして、屹《きっ》と見た。

（あ……あの浪人……）

江戸から伊太郎をつけねらっていた、あの浪人なのである。

今日も、彼は編笠《あみがさ》に顔をかくしていた。

「井上……おい、井上」

と浪人が、ひとり残って伊太郎に相対していた刺客へ声をかけた。

「は……はっ？」

「山口は、もう死んでいるらしい。大辻《おおつじ》は顔を斬られて、ころげまわっている。大辻をたすけて去れ」

「な、なれど……」

「こいつは、おれ一人でよい」

「は……」

「行けい。早う行けい」

「心得た」

刺客は、刀をさやへおさめ、血みどろの顔を手で押え、砂の上で苦しみもがいている仲間を肩へかつぎ、

「では、では、たのみましたぞ」

いいすてるや、彼方の街道へ向って引きあげはじめた。

気がつくと、いつの間にか、伊太郎たちの斬り合いは、街道からはるかに離れてしまっていた。

松林の向うにのぞまれる街道を行く旅人の姿も見えるが、声もとどかぬほどの距離になっている。

「さて……」

編笠の浪人が、ゆっくりと歩《ほ》をうつし、伊太郎の前、二間ほどのところをまわりながら、

「塚本伊太郎とやら、今日が、いよいよ最後だな」

こういって、足をとめた。

浪人は、街道の方向を背にしている。

したがって、伊太郎は、駿河湾の海を背に、敵と向い合うかたちとなった。

「おのれ、何者だ」

伊太郎は、懸命に呼吸をととのえつつ、

「名のれ！」

「きまり文句だな。死ぬる身が、おれの名をきいてどうなる？」

「ではきこう」

「なに？」

「死ぬる身ゆえ、ぜひともききたい」

「なにを？」

「私や、私の父が、なぜ、いのちをつけねらわれねばならぬのだ？」

「はて……」

浪人は編笠の中で、ほろ苦く笑い、

「そりゃ、このおれも知らぬわ」

と、いった。

「なに、知らぬ……」

「知らぬとも」

「うそをいうな!」

「まことじゃ、おれはな、金をもらい、おぬしを斬り殺すことをひきうけた。それだけのことだ」

「だれに、金をもらった。いえ、いえ!」

「ふ、ふふ……金をくれた人の名を他へもらさぬ約束よ。それも、もろうた金の中へふくまれている。さて、そろそろ、始末をつけようか……」

浪人が、編笠をぬぎ捨てた。

塚本伊太郎は、はじめて、その顔を見た。

おもったよりも若い。

三十そこその、頬骨の張ったきびしい顔だちの武士であった。

眼が大きく、くろぐろとした眸《ひとみ》の光りは意外に明るい。

「名のれ!!」

「またか、うるさい男だ」

「名のるが武士の定法《じょうほう》だろう」

「おりゃ、武士のかたちをしてはいるが、武士ではない」

「なに……?」

「いや、武士のこころをうしのうてしまった男よ。金をもらって、わけも知らずに人殺しをするのだからな」

きらりと、浪人は大刀をぬきはらい、

「めいどのみやげにきいておけい。おれが名は、笹又高之助《ささまたたかのすけ》」

叫ぶや、一気に間合をせばめて来た。

「うぬ!!」

伊太郎は、松の幹からはなれ、刀をかまえたまま、じりじりと後退をしはじめる。

この相手は、いままでの浪人たちとは全くちがう。

飛びこもうとおもっても、飛びこめないのだ。

痩《や》せて骨張っている笹又高之助の躰《からだ》が三倍も四倍もの大きさに見え、その全身からふき出してくる剣気に、伊太郎は胸がつまるほどの圧迫をおぼえた。

「それ!!」

だらりと下げた大剣を片手なぐりにふるって、笹又浪人が肉薄して来た。

伊太郎を見くびりきっているらしい。

「来い。斬って来ぬかよ」

笹又が、にやりと笑った。

伊太郎の全身は、あぶら汗にまみれていた。

どこかで、人の叫び声がしたようだ。

伊太郎には、その余裕がなかったけれども、笹又高之助は、ちらとその声がした方角へ視線を走らせるや、かるく舌うちをもらし、

「ゆくぞ!!」

両手にふりかぶった大刀を、ふみこみざまに伊太郎の脳天へ打ちおろした。

その、するどい刃風に目がくらみかけた伊太郎だが、

「あっ……」

われから、横ざまに砂浜へころがり、笹又の打ちこみをかわした。

「こやつめ!!」

つづいて二の太刀が突きこまれた。

伊太郎は左手に砂をつかみ、笹又の顔へ投げつけた。

「あっ……」

伊太郎をあまく見ていただけに、笹又浪人もゆだんをしていたにちがいない。

伊太郎の投げた砂が、まともに彼の顔面をはらった。

飛び起きて逃げようとする伊太郎へ、

「おのれ!!」

すこし無理な姿勢で、笹又が斬りつけた。

「あっ……」

伊太郎の左の股《もも》から血が、ほとばしった。

よろめいて、倒れて、尚《なお》も刀をはなさず、逃げようとする伊太郎の背中を、笹又が、
また斬った。

（もう、いかぬ……おれは、父上のかたきも討てぬまま、死ぬのか……）

背中を斬られたときの、まるで火に焼けた鉄棒を突きこまれたような衝撃で、塚本伊太郎は、一瞬、気をうしなってしまったようである。

やがて……。

伊太郎の耳へ、夢のように、海鳴りの音がきこえてきた。

「もし……もし、しっかりしなされ」

どこかで、人の声がきこえる。

伊太郎の両眼がひらいた。

伊太郎は、たくましい男の両腕の中にいた。力士のように筋肉のもりあがった若者である。

「気がつかれたようじゃ」

こういって、伊太郎の顔をのぞきこんだのは亡父・塚本伊織と同年輩の老人で、二人とも町人の旅姿であった。

「もう大丈夫。安心なさるがよい」

と、老人がいった。

若者は、この老人の供の男らしい。

伊太郎を横たえ、若者が惜しげもなく自分の着物を引きさき、血どめのほうたいをしはじめた。粉の傷薬もふりかけてくれている。

「海の景色をながめながら、ぶらぶらとやって来たので、少し前からお前さまの斬り合いを見物していたのじゃが……なに、さむらい同士の喧嘩《けんか》なぞ、このごろめずらしくもないのでな」

と、老人がいう。

「ところが……見ているうちに、どうもおかしい。お前さまのほうに理があり、相手には非があるように見えてきました。しかも、はじめは三人でお前さまを押しつつみ、卑怯《ひきょう》な立ち合いでござった」

語る老人のことばつきには、町人ともおもわれぬふしがある。

「それで、おもいきって飛び出して来ました。ほれ、ごらんなされ。街道のほうから旅の人びとを呼びあつめてもろうてな」

伊太郎は、老人が指ししめす方向をくびをあげて見た。

なるほど、数名の旅人が松林の中へ駈けこんで来て、こちらをながめている。

それを見て、笹又高之助は伊太郎を斬ることをあきらめたものらしい。すでに彼の姿は見えなかった。すばやく立ち去ったものであろう。

「呼びにまいったのは、わしがむすめでござる」

こういい、老人がさしまねくと、見物の中から、これも旅姿の少女が走り出して来た。

「わしがむすめ、お金《きん》といいます」

老人が、十三、四歳に見える美しい少女を伊太郎へ引き合せ、

「わしの名は、山脇《やまわき》宗右衛門と申す」

と、名のった。

「は……かたじけのうござる。そ、それがし……塚本伊太郎……」

いいさして、伊太郎は傷の痛みの激しさに、うめいた。

「お、よしよし。しずかにしていなされ。これ権兵衛《ごんべえ》。そっと塚本さまを背負うのじゃ」

権兵衛とよばれた若者は、巨体の伊太郎を背にして、

「こりゃ、ひどい重さだ」

と、いった。

山脇宗右衛門と名のる老人は、町人の風体ながら、腰に帯した大脇差《おおわきざし》といい、口のききようや態度のすべてが只者《ただもの》でない。

従者の権兵衛も、大脇差をさしこみ、左の頬からあごにかけて刀の傷あとがある。

宗右衛門のむすめ・お金という少女は、十三歳になるというが躰つきもりっぱなもので、この時代の同じ年ごろの少女とは、とてもおもえぬし、沼津の旅籠《はたご》〔ひたちや〕へ入ってからも、

「さ、傷の手当てをしておきましょうね」

部屋に寝かされた伊太郎へ、てきぱきと取りよせた傷薬をぬったり、熱さましの粉

薬をのませたりしながら、

「おじいさん、このお人を、早うお医者に見せなくては……」

と、いった。

宗右衛門は笑いながら、

「また、おじいさんというのか。よいかな、お金。お前はもう、わしのむすめなのじゃ」

「はい、そうでした」

「浜松で、お前の両親が亡くなり、それを、このわしが引き取りに出かけたときから、もう祖父と孫ではないのだよ。父とむすめになったのじゃ」

「はい。わかりました」

宗右衛門とお金が語り合っているのを、伊太郎は熱にうかされつつ、夢の中のはなしのようにきいていた。

(大坂へ、一刻も早う行きたい……だが、この躰では……もしやすると死んでしまう)

権兵衛が、医者をつれて来た。

「大丈夫でござる」

と、医者が手当てを終えてから、山脇宗右衛門にいった。

「さようで。それはよかった」

「なれども、当分はうごけませぬぞ」

「いかさま」

「若いし、このような大きくりっぱな躰つきの若者ゆえ、恢復《かいふく》も早いと存ずるが……なにぶん、夏のことゆえ、傷口が膿《う》まぬようにせぬと」

「いかさま」

「では、明日また」

医者が帰ったあとで、お金が権兵衛と共に夕食をはこんで来た。

このころ、街道の旅宿では、客を泊めはするが食事の仕度までしてくれるところは少なかった。

むかしの旅人がしたように、宿へつくと、そなえつけの食器や設備をつかい、宿から米や魚、野菜などを客が買い、それぞれに台所で仕度をするのである。

旅宿のすべてが食事を出すようになるのは、もっと、後年になってからである。

「う、あ、ああ……」

塚本伊太郎が、なにか〔うわごと〕をいい出した。

宗右衛門たちが箸《はし》をとめて、伊太郎の顔を見た。

「あ、ああ……は、半平……大坂……」

「これ、どうなされた。苦しいか、痛むのかな」

「おお、大坂……」

「大坂とな？」

「ち、父の、かたき……」

「いま、父の、かたきというたな」

と、山脇宗右衛門が権兵衛にいった。

伊太郎は、また深いねむりにおちいったらしい。

「親のかたき討ち、となれば、打ちすてておくわけにもゆくまい。できるかぎりは、このわしもちからになってやりたい」

ずっしりした重味のある口調になって、宗右衛門が、

「とにかく権兵衛、わしが江戸へ帰る日が少し遅れることを、お前が先へ帰って、みなに告げておいてくれ」

「へい。明日の朝、早く発ちます」

「ごくろうだが、そうしてくれ。そしてのう、お前はまた、すぐに引き返してもらいたい」

「承知でございます」

「それからな、今日のことは他人にはなすなよ。うむ、そうだ。放《はな》れ駒《ごま》の四郎兵衛《しろべえ》だけには、わけをそっとはなしておけ。わしが帰るまで引きつづいて四郎兵衛に留守をたのむというておけい」

「へい、わかりました」

「ここへ、このお人を一人で置いてゆくわけにはゆくまい。今日のような刺客が、ここにいることを嗅《か》ぎつけて来るやも知れぬからのう」

「それで……？」

と、権兵衛がお金を見やった。

宗右衛門が口をきる前に、お金が、

「わたしも、おじい……いえ、父《てて》さまとここへのこる」

元気よく、こたえた。

「そうか……それもよかろう」

宗右衛門はうなずいた。

山脇宗右衛門の父は、もと、小田原の北条家につかえた武士である。

北条家が豊臣秀吉にほろぼされてのち、幼児だった宗右衛門と妻をつれ、浪人の身となって諸方をめぐり歩いたが、秀吉亡きのち、石田三成《みつなり》の重臣・島左近《さこん》につかえた。

ところが、あの関ヶ原の大戦である。

徳川家康を総大将とする〔東軍〕と、石田三成を総帥にいただく〔西軍〕との大決戦であった。

ときに慶長五年九月。

宗右衛門は十四歳であったが、

「わしも父と共に戦う！」

といい、父・重五郎と共に出陣をしたものだ。

このとき、すでに母親は病死してしまっている。

関ヶ原の決戦は〔東軍〕の大勝利となり、ここに徳川家康は、名実ともに天下を制し、徳川幕府の基《もとい》をきずくことになった。

山脇重五郎は戦死をし、宗右衛門は生き残って近江の山中へかくれた。

「それからもう、武士になるのが、つくづくいやになってのう」

と、後になって宗右衛門は、塚本伊太郎へ語ってきかせたものである。

そして……。

いまの宗右衛門は、江戸で〔人いれ宿〕というものを経営しているのだ。

徳川家康が江戸へ〔本城〕をかまえたのは、山脇宗右衛門の主家・北条家がほろびた後であった。

豊臣秀吉が、家康に、

「江戸に本城を置き、関東をおさめていただきたい」

といったからである。

それまでは、江戸湾をのぞみ、森と林と、高低の複雑な丘のつらなりと、いくつかの村落をかかえたのみの草深い江戸の地であったが、

「徳川の名に恥じぬ城下町としたい」

徳川家康が、町づくりにかける情熱は、実に大きなものであったといわれる。

江戸城の曲輪《くるわ》も次々にひろげられてゆき、城下町も、そこへ住む人びともふくれあがった。

秀吉が死に、家康が天下へ号令をするようになってからは、江戸湾の海がどしどし埋めたてられていった。

そのころまでは、現代《いま》の日比谷《ひびや》公園のあたりまで、東京湾の海面が入りこんでいたようである。

大坂戦争がおこり、徳川家康が故秀吉の遺子・豊臣秀頼《ひでより》を討ちほろぼしてからは、日本全国に戦乱が絶えた。

ながい間、戦争さわぎにしいたげられていた国民に活力が生まれ、平和な生活のための新しい職業が、いくつも生み出されはじめた。

「江戸へ行こう」

「これからは江戸じゃ」

「江戸は、天下をおさめる徳川将軍の御城がある町だ。これからは、どこまで繁昌《はんじょう》するか知れたものではないぞ」

その通りであった。

家康が大坂戦争後に病死し、二代将軍・秀忠《ひでただ》から、いまの三代将軍・徳川家光の世になっても、江戸の町づくりはやむことがない。

海が埋めたてられる。

川が掘りつくられる。

舟が行き交《か》い、さまざまな商品をはこぶ。

江戸城の外濠《そとぼり》の工事も、つい先年に完了したばかりである。

物資が、いくらあっても足りない。

人がいくら江戸へ入って来ても足りないのだ。

諸国から、さまざまな種類の、さまざまな人間たちが、江戸へながれこんで来る。

山脇宗右衛門がやっている〔人いれ宿〕も、こうした時代の要求から生まれたものである。

落ちつく先もなく江戸へながれこんで来る男たちを、そのままにしておくと、どのようなことになるか知れたものではない。

人は先ず、ねむる家があり、食事をととのえる場所があったのち、職業につかねばならぬ。

それでないと浮浪者となり、そこにはかならず暴行と暴力がつきまとう。

〔人いれ宿〕は、こうした人びとを受け入れ、ねむる場所と食事をあたえ、いろいろな職業を斡旋《あっせん》するわけだ。

幕府も、これを便利なものとしてゆるしている。

いますこし、山脇宗右衛門と〔人いれ宿〕についてのべておきたい。

なぜなら、このことは、塚本伊太郎の生涯を決定的なものにした重要なことであるからだ。

宗右衛門の〔人いれ宿〕は、江戸・浅草の舟川戸《ふなかわど》（のちの花川戸）にある。

江戸の〔人いれ宿〕は、宗右衛門のほかに二つほどあるが、何といっても宗右衛門は、もとが武士あがりだけに、ここから入る労働者は、いずれもよく訓練がゆきとどいてい、

「山脇から入った者ならば心配はない」

土木業者の評判もよい。

また、幕府直轄の工事や、諸大名や旗本へ人をいれるときなどは、

「山脇でなくてはならぬ」

ほどの評判である。

それもこれも、山脇宗右衛門が欲得をはなれ、見ず知らずの者が自分をたよってくるのを親身になって世話をしてやると同時に、

「新しい土地、新しい国へ来てはたらくには、何よりも身状《みじよう》をつつしみ、あの男ならば、という信用を得ねばならぬ」

いちおうは身近くつかって見て（これなら……）と思う者でなければ、外へはたらきに出さぬ。

現代から三百何十年も前のそのころは、人と人が助け合い、ちからを合せ、たがいにゆずり合わなくては〔生活〕がなりたたぬ時代であった。

これは、武士、百姓、町人を問わず、そうであった。

その半面には、戦乱の世が終ってから、まだいくばくもたっていないし、法律も道徳もしっかりと定まってはおらず、諸方に〔無法〕の行動が頻発《ひんぱつ》している。

幕府も懸命に世の中をととのえようとしているけれども、まだ日本の政権の座についてから四十年足らずで、諸大名を屈従せしめるための努力が精いっぱいというところだ。

現に、つい四年前には、九州の島原に、キリシタン宗徒の叛乱《はんらん》がおこり、その強烈な抵抗を押え、これを討ちやぶるため、幕府は非常な苦心をした。

とにかく……。

まだ戦乱の名残りは絶えていない。

武士たちも、徳川の世になってから、うまく身を立てることが出来た者たちは別として、諸国にあふれ出た浪人たちは、

(徳川の天下というても、まだまだ、これからいくらも動乱《さわぎ》がおきるにちがいない)

そのときこそは、わが刀や槍《やり》をふるい、甘い汁にありつこう、などと考えているものも少なくないのである。

ぶっそうな世の中だけに、人と人は助け合わねばならない。

たとえば……塚本伊太郎が重傷のまま、あの砂浜に打ち捨てておかれたら、どうなってしまったろう。村や町がいくつもあるわけではない。救急車もなければ、医者も

少ない時代なのだ。

だからこそ、伊太郎が「父のかたき……」と口走ったのをきき、山脇宗右衛門も、だまってはいられなくなってくるのである。

すでに、のべておいたが……。

その時代の〔かたき討ち〕は、法律の代行といってよい。

なればこそ、山脇宗右衛門の義心もわきおこってくるのだ。

沼津の旅籠《はたご》へかつぎこまれて三日目の夜に、塚本伊太郎は、ようやく正気にかえった。

宗右衛門が、あの〔うわごと〕について問いかけ、

「およばずながら、ちからになり申そう」

と、いうや、伊太郎が、

「かたじけのうござる。私は一刻も早く、大坂へ……」

いいさして、はっとなった。

(おれや父上を、これほどまでに、つけねらっている敵だ。もしや……もしや、大坂の塩田半平へも、敵の手がまわっているのではないか……?)

このことである。

そうおもうと、居ても立ってもいられなくなってきた。

自分が直接に大坂へ行き、半平へすべてを語るつもりでいたから、〔父の死〕を知

らせてはいない。

だから半平は何も知らずにいる。

油断をしているにちがいない。

「ああ、もう……こうしてはおられぬ」

半身をおこそうとしたが、

「う、うう……」

五体をしめつけるような激痛に、伊太郎はうめいた。

「これ……そのようにあせっても仕方があるまい」

宗右衛門が伊太郎を介抱しながら、

「この山脇宗右衛門に何も彼《か》も打ちあけなされ。他人《ひと》の手を借りるときには借りるものじゃ」

叱《しか》りつけるようにいった。

伊太郎は、亡き父から叱りつけられたようにおもった。

この時代の人間は、何事にも人と人の交渉がなくては生活が成りたたぬので、感受性がまことにつよかったといえる。直感力もするどい。

宗右衛門のいうことなすことが、これまでの伊太郎の胸の中へ、大きな信頼感を植えつけていたこともたしかであった。

「お金は、次の間でねむっている。安心をしてはなしなされ」

「は……」

伊太郎、こころをきめた。

「ふうむ……」

伊太郎が伊織の死のことから、いままでの出来事をすべて語り終えるや、

「伊太郎どの。これは、うかつにうごけぬことらしい」

宗右衛門はこういい、腕を組んで沈思した。

あせりぬく伊太郎を押え、数日をすごすうち、江戸から権兵衛が駈けもどって来た。

「権兵衛。これからすぐに大坂へ発て」

と、宗右衛門がいった。

「大坂へ……？」

「伊太郎どののかわりに行ってもらいたい。いのちがけのことになるやも知れぬぞ。かくごして行け」

その夜……。

伊太郎は、大坂の塩田半平へあてて手紙を書いた。

手短かに、父の変死をつたえ、父がもらした〔からつ〕の語はわざと書かなかった。

「……この手紙を持たせた権兵衛どのから、よくはなしをきいた上で、ともかく早々に大坂を引きはらい、権兵衛どのと共に沼津へ来てもらいたい」

と、伊太郎は書いた。

沼津から東海道をのぼって、大坂まで約百十里の行程であるが、若い権兵衛の脚力なら、

「なあに、七日で駈けつけます」

と、山脇宗右衛門がいった。

塩田半平は、いま、大坂の玉造《たまつくり》というところにすんでいる。

玉造の墓谷とよばれる寺院が多い町だとかで、

「そこで私は、数珠《じゅず》屋をしております」

と、半平が伊織へあてた手紙に書いてあったのを、伊太郎も読ませてもらっている。

名も仁平治《にへいじ》と変えているらしい。

つまり塩田半平は〔数珠屋・仁平治〕になりきり、余生をすごしているのであった。

「では、いってまいります」

権兵衛は、翌朝早く、沼津の〔ひたちや〕を出発した。伊太郎の手紙は小さく折りたたみ、それをかたく巻きしめた上、蠟《ろう》をたらしてかため、これを着物のえりの中にぬいこんだ。

器用に針をつかい、手紙をぬいこんでくれたのは、お金である。

少女ながら、何から何まで、お金は大人に負けぬはたらきをするのに、

「いや……まことに、おどろいております」

と、伊太郎が宗右衛門へ、思わずいった。

宗右衛門は、うれしげに何度もうなずき、
「母親が亡くなってから二年……父親の世話をしてきたので、お金もえろうなっての
う」
お金の父親・彦十郎は、浜松の表具師で、店がまえも大きく十余人の奉公人をつか
って繁昌《はんじょう》をしていたそうで、母親のかつが、すなわち山脇宗右衛門の次女にあたる。
長女も三女も早く亡くなってしまい、男の子は一人もいない宗右衛門だけに、
「こうなれば、ぜひとも、孫のお金を、わしがむすめとして引き取りたい」
と、浜松へ行き、亡き聟《むこ》・彦十郎の親類たちへ申し入れたのだという。
親類たちも、それがもっともよいことだ、と考えたし、お金も、
「お江戸へ行きたい」
と、いった。
店は、親類たちに処分をまかせ、宗右衛門がお金をつれて江戸へ下る途中、伊太郎
の危急を救ったというわけだ。
「じゅうぶんに気をつけて行け。よいな」
宗右衛門が何度も、沼津を発つ権兵衛へ念を入れた。
順当に行けば、おそらく二十日たたぬうち、権兵衛は塩田半平を連れて〔ひたち
や〕へもどって来る筈《はず》であった。

あぶらや騒ぎ

〔数珠屋・仁平治〕こと塩田半平の家がある玉造というところは、大坂城の南にあたる。

城の南面は、役屋敷や組屋敷が多く、これらは、豊臣秀吉時代の大坂城・三の丸の曲輪内《くるわうち》であったという。

そのころは、墓谷にある塩田半平の家のすぐうしろに大坂城の外濠《そとぼり》がめぐらされていたが、あの大坂戦争のときに、徳川家康が、この外濠を埋めたててしまい、豊臣軍の籠《ろう》城《じょう》を不可能にしてしまったはなしは、だれ知らぬものはない。

墓谷の南側は、びっしりと、いくつもの寺院が、かたまって建ちならんでいる。

そのまわりから東方にかけては起伏の多い玉造の田園風景が、そのまま大坂平野へつらなっていた。

徳川幕府は、大坂と、大坂城をわがものとしてから、幕府の本拠である江戸と大坂とをつなぎ、大坂を〔日本随一の商業都市〕とするべく、その発展にちからをつくした。寛永十八年（一六四一年）のいまは、その途上にある大坂であった。

秀吉のころから河川や運河を改修していたものを、さらに幕府は、道頓堀《どうとん》や長堀などの堀川をひらき、町家は、こうした河川を中心に、大坂城の西側から南方へかけ、どしどしとひろがってゆきつつあった。

(折を見て、一度、江戸へ行き、塚本さま御父子にお目にかかりたいものだ……伊太郎さまも、さよう、もう二十歳におなりの筈《はず》だ。ありっぱな御体格のゆえ、さだめし、凜々《りり》しゅう成人なされたろうに……)

大坂へ住みついてから三年になる塩田半平は、そのような落ちつきを、ようやく、とりもどしはじめている。

(伊太郎さまは、江戸で武家奉公をしておられるそうな……そうしたところを見ると、伊織さまもようやく胸のうちが落ちつかれたにちがいない。もう大丈夫だ)

なにが大丈夫なのか……?

(塚本のだんなさまも、わしも、いささか心配をしすぎていたのやも知れぬ。何も、十何年もの間を、旅から旅へ逃げまわることはなかったのやも知れぬのだ)

旅から旅へ、塚本父子と半平が、何故《なにゆえ》に逃げまわっていたのか……?

そのことは、亡き塚本伊織と塩田半平のみが胸の底にたたみこんでいる〔秘密〕なのであった。

その〔秘密〕を知ろうとして、塚本伊太郎が大坂へ向う途中、刺客に襲われて重傷を負ったことを、半平は知らない。

塚本伊織が暗殺されたこともむろん知らぬ。

(秋風がふいたなら、ひとつ思い切って、江戸へ出て見ようか……)

そうおもうと、半平の胸はおどってくる。

五十をこえて尚《なお》、妻も子もない塩田半平であった。

数珠つくりの職人と、下女ひとりをつかい、半平は、あまり人目にもふれず暮している。

その日も暑かった。

墓谷一帯は寺町だけに、数珠屋も数軒あるが、半平が、ひっそりとささやかに暮してゆくに事は欠かない。

〔あぶらや仁平治〕としるした行燈《あんどん》看板を店先へ置き、木の実や梅、水晶、珊瑚《さんご》などでつくった数珠のほか、仏具もならべた店の奥に、仁平治の半平はいつもすわっている。

店先の土間につづいた小さな板の間では、虎四郎という老人の数珠師が、ゆったりとたんねんに〔ろくろ錐《きり》〕で数珠に穴をあけてい、客への応対も、ほとんど、この虎四郎老人がやってくれる。

虎四郎は半平より三歳上の五十四歳だが、躰《からだ》つきも顔だちもよく似ている。

よくみると、まったくちがう顔だちなのだが、その感じが似ているのである。

数珠師らしくもない、たくましい顔貌《がんぼう》で、口を〔への字〕にむすんだ寡黙《かもく》な表情ま

でが、

「よう似ているわえ」

と、近くの江国寺の僧たちが、うわさするほどであった。

「数珠をもらおうか」

こういって、編笠《あみがさ》をかぶった武士が〔あぶらや仁平治〕の店先へ入って来たのは、その日の暮れ方である。

浪人らしいが、きりっとした身なりで、口のききようもおだやかに、

「ふむ……」

いくつか、数珠を手にとって見はじめた。

数珠師・虎四郎は仕事を終えたところである。

この老人は、越前山とよばれる近くの丘の下に小さな家をもち、老妻とふたりきりで暮してい、夕暮れになるとそこへ帰って行くのだ。

このとき……。

塩田半平は、家の裏手へ〔たらい〕を出し、中年の下女・おさいに手つだわせて湯浴みをしていた。

あたりに、ひぐらしが鳴きこめている。

店先では……。

「これは、よい品か？」

浪人が数珠をとって、虎四郎へ見せた。

「はい」

近寄った虎四郎老人が、

「はい、はい。よいお品でございます」

こういったとたん、浪人は編笠をかぶったまま、声もなく、抜き打ちに虎四郎を斬った。

「あっ……」

叫んだのも一瞬であった。

恐るべき斬撃《ざんげき》である。

老人のくびのつけねからのどもとへかけ、ざくりと一太刀に切り割っておいて、編笠の浪人は目にもとまらぬ早わざに刀を鞘《さや》へおさめ、怪鳥《けちょう》のごとく戸外へ走り去った。

「なんだ……?」

裏手で行水をつかっていた塩田半平が異様な物音をきいて立ち上った。

下女のおさいが、店先へ出て行って見て、たまぎるような悲鳴をあげたのを、半平は、たしかにきいた。

「おさい。どうしたのだ?」

いうよりも早く、塩田半平はたらいから飛び出し、裏庭に面した縁側づたいに、おのが部屋へ駈《か》けこんだ。

戸棚の戸を開き、半平は、すばやく脇差《わきざし》をつかんだ。

「だ、だ、だんなさん……」

おさいのふるえ声が、縁側をつたわってくる。

「どうしたのだ?」

「き、斬られて……」

「虎四郎がか?」

「へ、へえ……」

「店には、だれもおらぬのか?」

いいつつ、半平はあたりの気配に耳をすました。

しずかな晩夏の夕暮れであった。

半平は、ものもいわずに部屋から出た。脇差をつかんだままである。

おさいが縁側へ突伏していた。

「よし、おさい……あぶないから、逃げろ」

「へ……?」

「あとは、わしが引きうける」

「へ……」

「さ、行け。くせものが、かくれているやも知れぬ」

かわいた半平の声に、おさいは鳥が飛び立つように、はだしのまま裏庭へ飛び下り、垣根をふみ倒すようにして、こけまろびながら逃げた。

半平は脇差を抜きはらい、店先へ出て行った。

数珠師の虎四郎老人は、数珠を置きならべた台の下へ、首を突きこむようなかたちで倒れ伏している。

半平は、戸口に出て行き、店の通りへ眼をくばった。

夕闇《ゆうやみ》がたちこめる道には、人気がなかった。

右どなりは空家だし、左はずっと草地で、その向うに寺院の屋根が遠く見える。

あまりの早わざに斬殺され、虎四郎は、ただ一声あげたのみであったし、浪人が去った後で、たとえ前の道を人が通ったとしても、この〔あぶらや〕の異変には気がつかなかったろう。

半平は、急いで表戸をしめにかかった。

しめ終えてから、

「虎四郎どん……」

よびかけ、死顔をあらため、

「気の毒なことを……」

傷口をあらため、

「む……」

さすがに、半平も息をつめた。

あまりにすさまじい刺客の手練に瞠目《どうもく》したのである。

「こ、これは……」

なまつばを、ごくりとのみ、半平が顔面蒼白《そうはく》となって、

「これは……わしと虎四郎を間ちがえたのか……?」

と、つぶやいた。

「もし、そうだとすれば……?」

一瞬、血のにおいがただよう空間を見つめた半平が、ぎょっとなった。

(わしの居所をつきとめ、刺客がつけねらっていた、となれば……江戸の塚本様御父子にも……)

半平が衝撃をうけたのは、このことであった。

虎四郎老人が、このような殺され方をする筈はない。

「あぶない……」

半平は、おもわず声を発した。

同時に彼は自分の部屋へ駈けこんだ。

家の中にある金を洗いざらい胴巻へおさめ、脇差を布で包むや、着のみ着のまま〔あぶらや仁平治〕の塩田半平は裏庭から外へ飛び出してしまった。

それから間もなく、あぶらや仁平治方の周辺が大さわぎになった。

下女のおさいが江国寺へ駈けこみ、急を告げたからである。

のちに、町奉行所の警吏からおさいが証言をもとめられたとき、

「きっと、だんなさんはどこかへ連れて行かれたにちがいありませぬ。わしに、逃げろ、逃げろというてなぁ」

虎四郎の老妻は泣き泣き、老人が人のうらみをうけるようなことはないと、いった。

だが、こうなると、虎四郎を斬殺した犯人も犯人だが、姿が見えぬ〔あぶらや仁平治〕も、

「ふしぎな男だ」

と、いうことになった。

そういわれて見ると、

「だんなさんは、どこのうまれか……これまでなにをしてきたものか、さっぱりわからぬお人でござりました」

おさいも、くびをかしげている。

この事件があった夜に、塚本伊太郎の手紙をもった権兵衛は、早くも京都へ入っていた。

(明日は大坂だ。いよいよ塩田半平という人に会える)

権兵衛は、翌早朝に京を発って大坂へ向うつもりである。

その夜のうちに……。

塩田半平は越前山の虎四郎宅へ忍んで行き、金の包みを窓から投げこみ、どこかへ

去った。

虎四郎の老妻は〔あぶらや〕の現場へ駈けつけてい、留守であった。

夜ふけ……。

権兵衛は、京都の旅籠《はたご》の一室で、高いびきをかいている。

虎四郎の老妻は、夫の死体と共に帰宅し、金包みを見て、びっくりしたが、

(これは、きっと、あぶらやのだんなさんが……)

直感をしたが役所へとどけるつもりはなかった。子も身よりもない老婆ゆえ、夫の死の悲しみと同時に行末のことも考えたからである。金をとどけ出たところで損にも得にもなりはせぬとおもった。

ところで……。

塩田半平は、家を飛び出したままの姿にわらじをはき、脇差の包みを抱え、どこかで買った提灯《ちょうちん》のあかりをたよりに、夜道を、奈良へ向っていた。

一時も早く、彼は江戸の塚本父子のもとへ到着すべく、必死に急いだのである。

そのころ……。

大坂の東方、中浜村の外れの小さな百姓家に、数珠師・虎四郎を斬り殺した浪人を見出すことができる。

いま、浪人は編笠をとって、炉端へあぐらをかき、茶わんで酒をのんでいる。

その顔を見たら、塚本伊太郎は、ものもいわずに、

「おのれ！」

斬ってかかったろう。

駿河の海辺で、伊太郎を殺しそこねたあの浪人……笹又高之助なのである。

高之助のそばには、もう一人の浪人がいる。

こやつも、あのとき、伊太郎と斬り合った男で、笹又から「井上」とよばれた刺客であった。

もう一人、別の武士がいた。

これは浪人に見えぬ立派な風采《ふうさい》をしている中年の武士である。

この百姓家には、佐六という五十男がひとりきりで住んでいる筈《はず》だが、この夜はどこへ行ったものか、姿は見えない。三人とも、だまって酒をのみつづけている。夜もふけた……というより、翌日の朝が近いといったほうがよい。

「だが……」

と、中年の武士が舌うちを鳴らし、

「笹又高之助ともあろうものが、どうしたことだ」

笹又は、にやりとしてこたえない。

ここで、中年の武士についてのべておこう。この武士は、辻《つじ》十郎武次といい、肥前・唐津の城主・寺沢兵庫頭《ひょうごのかみ》の家来である。

大坂の東横堀にかかった高麗《こうらい》橋の近くに、寺沢家の大坂屋敷があり、江戸屋敷から

上方《かみがた》へ来た辻十郎は、いま、そこに滞留しているらしい。辻十郎は、

「塚本伊織を斬り殺してしまえば、あとは、せがれの伊太郎も泣き寝入りにあきらめてくれるとおもうていたが……」

ぶつぶつと、いいはじめた。

「その伊織という老いぼれを殺すときは、六人がかりだったそうな」

と、笹又高之助が井上浪人をかえり見ていう。

「いやその、老いぼれながら、ひどく腕のきいたやつで」

と、井上がこたえる。井上は、塚本伊織へ斬りかかった、あのときの浪人の中にいたらしい。

「ふふん……」

笹又が鼻で笑うのへ、

「やめい！」

辻十郎が、どなりつけた。

「笹又、おぬし、広言ほどもなく、伊太郎を殺しそこね、今日はまた塩田半平と間ちがえ、つまらぬ老人を殺してしもうたではないか」

「伊太郎のときは、じゃまが入った。今日は、おれの間ちがいだわ。なれど、あの老いぼれは、辻殿。貴公からききおよんだ数珠屋のあるじに、年かっこうから姿かたちまで、よう似ていましたぞ」

「だから、斬る前に、あるじかどうか、念を入れればよかったのじゃ」

「ふ、ふふ……おれもこれで、粗忽者《そこつもの》ゆえな」

「やはり、いかん」

辻十郎は、またも舌うちをくり返し、

「刺客の数が少ない。もっと、あつめられぬか？」

と、いった。

「少ないほうがよいのだ」

と、笹又高之助が、

「辻殿。つまり、塚本伊太郎と塩田半平の二人を討てばよろしいのでござろう」

「いかにも」

「なれば、拙者ひとりでよろしい」

「また広言を……」

「失敗《しくじり》をするときは、一人でも多勢でも同じことでござる。それよりも、多勢の浪人をやとい入れる金を、拙者にまわしていただきたいものだ。あは、は、はは……」

辻は、笹又浪人をにらみつけている。

「ただし、いままでのように、伊太郎と半平の両人の居どころは、辻殿、そちらでつきとめていただきたい。さすれば拙者ひとりにて斬る」

「おぬしの剣の冴《さ》えは、ようわかっておるが……この次こそ、失敗をすまいな？」

「心得た」

「もはや、しくじってもろうては困る」

「だれが困るのだ。辻殿がか?」

「いかにも」

「ま、金をもらって引きうけた仕事ゆえ、どうでもよいのだが……」

「何がじゃ?」

「よろしかったら、拙者にきかせてもらいたい」

「何を?」

「なぜ、塚本父子《おやこ》を殺すのだ。なぜ塩田半平とかいう老人を殺すのですかな?」

「それは、はじめからきかぬ約束じゃ」

「辻殿は、寺沢家の臣。その貴公が金を出して、人殺しをたのまれる?」

「その通りじゃ。なにごとも、わしの……この辻十郎武次が責任《せめ》をおっていることよ」

「ふうむ……」

「塚本父子を生かしておいては、世のためにならぬのじゃ」

「ほほう」

「わけあって、これ以上はうちあけられぬ」

「ま、よいわ。ようござる」

「では……」

と、辻十郎は金包みを笹又高之助の前へ置き、

「しばらく、ここにとどまっていてくれ。いずれ、わしのほうから知らせるゆえ」

「相わかった」

辻十郎が、百姓家を出て行った。奥の小部屋で、うめき声がしはじめた。

「傷が痛むらしい。井上、見てやれ」

井上浪人が奥の間へ入って行った。

奥に、もう一人の男がいるらしい。こやつは、伊太郎に顔を斬られた大辻という浪人らしい。

笹又高之助は、また、ひとりで酒をのみはじめたが、やがて、奥から出て来た井上へ、

「おれは、塚本伊織殺害のとき、遊女を抱いておって、うっかりと居どころを知らせず、間に合わなんだが……な、井上。そのときの斬り合いの様子を、くわしく語ってきかせてくれぬか」

と、いった。

井上浪人のはなしを聞き終え、

「ふうむ……その塚本伊織という人物は、なみなみの男ではないな」

と、笹又高之助がつぶやいた。

「とにかく、老人ながら強うござってな。あのとき、おぬしがいたなら、せがれ伊太郎が助勢する前に、老いぼれを片づけてしまうことができたにちがいない。そうすれば、伊太郎めも……」

「馬に乗った武士が割って入ったというではないか」

「そのことよ。あれは、旗本の水野出雲守《いずものかみ》のせがれで百助というあばれものでな」

「ふうむ。で、伊織は、そのとき、まだ息があったのだな?」

「まだ死にきってはいないだろう」

「伊織は伊太郎に、なにか、いいのこしたのだろう」

「ふうむ……」

「井上。おぬし、このことをどうおもう?」

「なにが?」

「おれはな、辻十郎殿ひとりが、おれたちへこの仕事を命じているのではないとおもう。これは唐津の城主・寺沢兵庫頭さまが、塚本父子を、ひそかにこの世からほうむってしまおう、と、しているにちがいない」

「そうかのう」

「伊太郎や半平の居どころをさぐるため、多くの寺沢家の武士たちが諸方にうごきまわっている」

「なるほど」

「この百姓家のあるじ、佐六という男も、おれの眼から見ると、どうも只《ただ》の百姓ではない」

「そうかな？」

「きっと、寺沢家のものにちがいない」

「どうでもよいわい」

と、井上浪人は単純に、炉端へ寝そべり、酒をあおりつつ、

「どうせ、おれたちは世の中から見捨てられた浪人者だものな。金をもらって、いいつけられた仕事をする……もっとも、いのちがけだが、それで死んでしもうたとしても、おりゃ、かまわぬのだ」

吐き出すように、いう。

笹又高之助は、だまって考えにふけりはじめた。

朝が来た。

そして、夕暮れになった。

京都から大坂に入った権兵衛が、玉造の墓谷へあらわれた。

墓谷の手前の道に〔札之辻《ふだのつじ》〕とよばれる辻がある。

ここが高札場で、お上《かみ》からの〔おふれがき〕が木札に記されて立てられる場所であった。

したがって、人があつまることも多いし、茶店も二軒ほどある。

この茶店の一つへ、権兵衛が入って行き、茶をのみながら、

「このあたりに数珠屋の仁平治さんというお人がいるかね?」

何気なく、茶店の老婆にたずねた。

「あぶらやの仁平治さんで?」

「そうだよ、おばあさん」

「仁平治さんのところは、昨日、大さわぎがありましたぞえ」

老婆が語るのをきき、権兵衛の顔色が変った。

権兵衛は、その夜のうちに大坂を発った。

彼は、五日後に、東海道・沼津の旅籠《はたご》〔ひたちや〕へ帰って来た。

大坂から百十余里を五日でもどった権兵衛の体力と気力の強靭《きょうじん》さには、おそるべきものがある。

「ああ」

権兵衛が、すべてを語るのをきいて、
塚本伊太郎は、ぎりぎりと歯をかみ、

「私が、このような怪我をせなんだら、間に合うたのに……」

泪《なみだ》をうかべてくやしがった。

「なれど……」

と、山脇宗右衛門は、汗とほこりにまみれつくしたままでいる権兵衛に、

「なれど、その、数珠屋仁平治……いや、塩田半平どのは、ぶじに逃げ終《おお》せたのだな」

「へい。その夜から家を飛び出したきり、行方が知れぬといいます」

「なるほど」

「おれも、もっとくわしくきいてまわろうかとおもいましたが、お頭から、うかつにうごいてはいけぬと……」

「そうじゃ。そのとおりだ」

「だから、一時《いっとき》も早く、このことを塚本さまへお知らせしたほうがよいと、そうおもいましたから、わき目もふらずに引き返してきました」

「それでよい、それでよかったのじゃ」

「それをきいて安心しました。ではお頭、おれ、水をあびてきます」

「おうおう、そうしろ。それからすぐに夕飯だ。いま、お金が仕たくをしているだろうよ」

「おれも手つだいます」

　権兵衛が出て行ったあと、宗右衛門が伊太郎を凝視し、

「どうなさる、伊太郎どの」

　伊太郎は血走った眼で宗右衛門を見返し、

「半平は、江戸へ……亡き父上と私に会うため、江戸へ向ったにちがいありませぬ」

「東海道をかな……？」

「さ、それは……？」

「いや、権兵衛のはなしによると……半平どのという人は、なかなかゆだんのない人におもえる。とすれば……わしの考えでは、大坂から奈良へぬけ、伊賀の国をぬけてから伊勢《いせ》、三河《みかわ》と、まわり道に東海道を下るつもりなのか……または、美濃《みの》へ出て、中山道《なかせんどう》を木曾《きそ》越えにまわって江戸へ入るか……」

「ああ……こうしてはおられぬ」

よろめきつつ、伊太郎が大刀をつかみ、腰をあげた。

若く強い伊太郎の体力は、めきめきと恢復《かいふく》しつつあるらしい。

傷もよいあんばいに化膿《かのう》せぬようであった。

「ま、お待ち」

と、山脇宗右衛門が伊太郎の肩を抱くようにし、

「あわててはならぬ。それよりも伊太郎どの、はじめから、事のなりゆきを二人して考えてみようではないか」

と、いった。

むかしのこと

その夜……。

山脇宗右衛門は、

「おそらく半平どのは、権兵衛より先にすすんでいる筈《はず》はないゆえ、今夜は、ゆるりと、お前さまがおぼえているむかしのことと、亡き父御から耳にしていたこととを、わしにはなして下さるまいか」

と、決意の色を老顔にうかべ、

「ひょんなことから知り合うたお前さまとわしじゃが、……こうなっては山脇宗右衛門、あとへは引けぬわい。わしのちからで間に合うことなら、伊太郎どのの手助けをしたい」

きっぱりと、いうのである。

権兵衛とお金《きん》は、次の間に、もうねむっていた。

ここで、塚本伊織が家臣としてつかえていた寺沢家につき、ふれておかねばなるまい。

寺沢氏は、もと尾張《おわり》の国の武士であった。

寺沢広正の代になり、あの織田信長の家来となったそうである。

織田信長が、本能寺で変死したのち、寺沢広正は豊臣秀吉につかえることとなった。

この寺沢広正の子が、志摩守広高である。

「寺沢志摩守は、太閤《たいこう》殿下から大そう気に入られたそうな」

と、山脇宗右衛門も、わが若き日のころをおもいうかべ、

「いつも太閤殿下のおそばをはなれず、九州攻めにも小田原攻めにも手柄をたて、とうとう、肥前・唐津の城主となり、りっぱな大名に出世したわけじゃが……」

いいさして、口をつぐみ、

「もっとも、そのころの寺沢志摩守の評判は、あまりよろしゅうはなかったようじゃ」

といった。

そのころ、というのは……。

豊臣秀吉が、日本全国を平定し、いよいよ、海をわたって朝鮮を征討しようと、諸国大名へ、

「戦争《いくさ》の仕度をせよ！」

と、号令を下した天正十九年（西暦一五九一年）ごろのことをさすのである。

秀吉は、肥前の国・名護屋《なごや》へ、朝鮮征討軍の本陣をおくことにした。

現代《いま》の佐賀県・東松浦郡・鎮西《ちんぜい》町に、このときの秀吉の〔本陣〕の趾《あと》がのこっている。

〔本陣〕というよりも、堂々たる大城郭の趾といったほうがよい。

ここは、九州の最北端である。

現・佐賀県の唐津市から西北に四里あまりで、この山城の趾へ立つことができる。

筆者も、数年前に、この城郭を見物したが、そのスケールの大きさに、

（なるほど、これは秀吉の城だ）

烈しい冬の風の中で、おもわず、感嘆の声を発したことを、いまもおぼえているのだ。

ここはもと、土地の武将であった名護屋氏の城があった勝尾岳《かつおだけ》という山で、東松浦半島の突端にある。

前面に、日本海をへだてて朝鮮をのぞむ絶好の地だ。

豊臣秀吉がきずいた名護屋城の下は呼子《よぶこ》の港で、ここへ四、五百艘《そう》の軍船をつなぎ、日本軍は朝鮮国へ攻めかけていったわけである。

城は、天守台、本丸、二の丸、三の丸、山里丸などにわかれ、その縄張りの豪壮さは、いまこの石塁のあとを見ただけでも、はっきりとわかる。

秀吉は、ここに滞陣中も、大坂や伏見の城にいるのと同じような〔生活〕をして、ゆうゆうと朝鮮に戦争を仕かけるつもりであった。

御殿から茶室、それに付随する庭園なども善美をきわめ、京や大坂から、有名な茶人や庭師、絵師などが、わざわざ九州まで呼びつけられ、秀吉のために仕事をした。

山里丸にある〔山里局《やまざとのつぼね》〕という建て物は、秀吉の側妾《そくしょう》・淀君《よどぎみ》の御殿で、侍女たち数十人が住み暮す御殿だ。部屋部屋は、美しい花鳥の絵でかざられ、秀吉は夕方から夜にかけて、この山里局で時をすごした。

さて……。

このすばらしい名護屋城の建造のための監督（普請奉行）をせよ、と、秀吉から命じられたのが加藤清正《きよまさ》である。

もう一人、寺沢志摩守広高であった。

ここでまた、寺沢広高は大いに秀吉の信任を得たことになる。

寺沢広高という人物、世わたりが上手であったようだ。

ところで……。

このころ、秀吉がもっとも愛していた側妾の淀君、彼女が伏見や大坂へ帰っているときは、好色な秀吉だけに、一夜でも女を抱かぬとねむれなかった……などといわれている。

そうしたとき、秀吉は、好みにかなった女たちを見つけては、わが夜伽《よとぎ》をさせたものだ。

前に、この名護屋を支配していた名護屋越前守《えちぜんのかみ》の妹の広沢の局も、その一人だという。

また、この地方の武将であった波多三河守《はたみかわのかみ》の妻で、秀の方にも、秀吉は好色の眼をつけたのだそうな。

山脇宗右衛門が、このことにふれたとき、

「実は……」

と、塚本伊太郎がはじめて、

「私の祖父・塚本主計《かずえ》は、その波多三河さまの家来でありました」

うちあけたものである。

「ほ……そうじゃったのか」

宗右衛門が目をみはり、

「では、波多さまがほろびてのちに、寺沢志摩守の家来となったのじゃな？」

「そのように、きいております」

「ふうむ……」

宗右衛門が何度もうなずき、

「なれど伊太郎どのよ。お前さまのおじいさまは、よろこんで寺沢の家来となったのではあるまい。」

「はい。そのように、父からきいたことがあります。主人の家がほろびたので、仕方なく……」

塚本父子の旧主人だった波多三河守は、むかしから北九州のこの地方をおさめてきた〔松浦党《まつうらとう》〕の一人である。

戦国時代になってからも、波多家は、他の九州の武将たちと戦争をくり返しながら、ねばりづよく生きのこってきた。

豊臣秀吉が天下統一をなしとげたとき、

〔肥前の国・上松浦郡・貴志《きし》岳《たけ》城の城主とする〕

と、秀吉が波多三河守に、いった。

このとき、波多家の所領は約八万石だったという。

むろん、この中には名護屋もふくまれていたのだ。

とにかく、秀吉が天下人《てんかびと》となって、日本全国に戦争さわぎが消え、どこの大名も武将も、豊臣秀吉の号令ひとつでうごくことになったわけである。

波多三河守も、ようやくに、先祖代々から住みついている北九州の大名として、落ちつきを得た、といってよい。

ところが……。

今度は秀吉、外国（朝鮮）を攻めようという。

このとき、秀吉の朝鮮征伐《せいばつ》に双手《もろて》をあげて、

「賛成！」

といった大名は、おそらく一人もないのではあるまいか。

せっかく、日本国内の戦乱がしずまったばかりなのである。

（太閤殿下は、いったい、どういうつもりで、朝鮮と事をかまえるのか……？）

今度は海をわたって外国と戦うだけに、大へんな金がかかる。

それを全部、秀吉が出してくれるならともかく、諸国の大名は秀吉の命令をうけ、うけもちの部署についてはたらく。そのための費用は、大名たちがそれぞれに出さなくてはならない。

豊臣秀吉は、日本の天下をおさめる只一《ただ》人の権力者であった。

いやいやながらも、いうことをきかなくてはならぬ。

「わしは、そのころ五歳か六歳であったが……」

と、山脇宗右衛門が伊太郎に、

「父はまだ浪人中でのう。さよう、伊太郎どのが幼いころと同じように、父の背に負われて、旅から旅へ、まわり歩いていたものじゃ」

しみじみとした口調でいった。

宗右衛門が伊太郎の身の上に同情し、助力の手をさしのべるこころになったのも、そうした過去をもっていたからであろうか……。

波多三河守も、

「ようやく戦火が絶えたというのに……朝鮮と戦するなどとは」

顔をしかめたようだ。

そのためかどうか知らぬが……。

豊臣秀吉が本軍をひきい、九州の博多へ到着し、九州の諸大名がこれを出迎えたとき、波多三河守だけが間に合わず、出迎えの日の翌日になってから、しぶしぶと顔を出した、というはなしがのこっている。

もちろん、秀吉は怒った。

「天下人のわしが到着したというに、出迎えの時刻に遅れるとは、もってのほかじゃ」

ついに秀吉は、波多三河守に目通りをゆるさなかったとか……。

いよいよ、朝鮮との戦争がはじまった。

波多三河守も、同じ九州の大名・鍋島《なべしま》加賀守の下について海をわたった。

しかし、朝鮮における波多部隊の戦績はおもわしくなかった。

順天山の戦場で、朝鮮軍にかこまれてしまい、身うごきができなくなってしまったようだが、

「三河守には、この戦が終りしだい、あらためて沙汰《さた》をするぞよ」

と、豊臣秀吉の不快と怒りは、いよいよつのったようである。

波多三河守は戦場で、なまけていたわけではない。

ただ、あまり戦果があがらぬ部署につけられたので、はたらきぶりが目だたなかっただけのことだ。

それを、

「波多は戦場においてひきょうなふるまいが多い」

とか、

「波多の家来どもは朝鮮の民家へ押し入り、さんざんに掠奪《りゃくだつ》をした」

とか、秀吉へ報告してくる。

秀吉は名護屋にいて、朝鮮へ行ったわけではないから、戦場からとどけられる報告を、そのまま〔うのみ〕にしてしまうのだ。

波多三河守の妻を名護屋城へよびよせ、秀吉がわがものにしようとしたとき、波多夫人は短刀をかくして行き、もしも、秀吉が好色の手をのべてきたら、出征中の夫への貞節をまもるため、自殺する決意をしめした。

これには、さすがの秀吉も手がつけられず、

「おのれ、けしからぬ女め！」

なおさらに波多家への怒りが、ふくれあがったというのだ。

文禄《ぶんろく》三年……。

朝鮮との間が休戦になるや、

「波多三河守の家を取りつぶし、身柄は黒田甲斐守《かいのかみ》へあずけよ」

と、豊臣秀吉が命令した。

こうして、波多家を頭《かしら》とする〔松浦党〕は、ほろびることになる。

波多三河守は、やがて、常陸《ひたち》の筑波《つくば》山のふもとへ、わずかな家来たちと共に押しこ

められてしまった。

それまでの波多三河守の城地は、
そこで……。

「寺沢志摩守へあたえよう」

と、これも秀吉の命令である。

寺沢志摩守が、大よろこびをしたのはいうまでもあるまい。

塚本伊太郎の祖父・主計《かずえ》も、主人の波多三河守がほろびてしまったのでは、どうにもならぬ。

他の波多家の臣と共に、浪人の身となってしまった。

主人の三河守は、もう自分と家族が食べてゆくので精一杯という身の上になって、遠い常陸の国へ流されたのだから、多勢の家来たちがついてゆくわけにはいかない。

このあたりの事情は、伊太郎も父からきいている。

塚本伊織は、そのころ子供であったから、

「よくおぼえてはおらぬが、いろいろと、めんどうなことがおこったようじゃ。わしも長い月日を、父と共に山村へ引きこもり、貧しい暮しをしたことをおぼえている」

と、伊太郎へもらしたことがある。

波多の旧臣たちは、

「太閤殿下も、あまりにひどい御仕うちをなされたものだ」

ぬれぎぬではないか」

「朝鮮の戦場で、わが殿が、ひきょうなふるまいをなされたなどとは、とんでもない

ぬれぎぬではないか」

「実にけしからぬ！」

ひそかに怒り、なげいたもののようだ。

さらに……。

「あることとなきことを、ひそかに太閤殿下へ告げ口をして、わが殿を不利におとし入れ、ついに、わが殿の城地をうばったのは寺沢志摩守じゃ」

という声も小さくなかった。

山脇宗右衛門が伊太郎に、

「そのころの寺沢志摩守の評判は、あまりよろしゅうはなかったようじゃ」

といったのも、その〔うわさ〕を耳にしていたからであろう。

やがて……寺沢志摩守は、ふたたび開始された朝鮮戦争にも〔船奉行〕に任じ、兵員や物資の輸送隊長として活躍をし、いよいよ秀吉にかわいがられ、ついに、八万三千石の大名となった。

朝鮮征討は、やはり成功しなかった。

たくさんの軍費をつかい、将兵をうしなった日本は……いや豊臣秀吉は、朝鮮の国土の一片をも〔わがもの〕とすることができなかったのである。

失望のうちに、秀吉は病死をした。

そうなると、寺沢志摩守は、

「この次に天下をおさめるものは、徳川家康をおいてほかにはない」

たちまちに見きわめをつけ、今度は家康へ取り入りはじめた。

だからもちろん、関ヶ原の決戦のときは、徳川軍にしたがっている。

家康は、

「よくぞ味方についてくれた」

とよろこび、寺沢志摩守へ、

「天草《あまくさ》四万石をつかわす」

と、いった。

これで、寺沢志摩守は十二万三千石の大名となったわけだ。

「わしは、唐津に城をかまえよう」

志摩守は、名護屋からも近い唐津に本城をきずくことにした。

こうなると、家来の数も不足になってきた。

それまでにも寺沢志摩守は、いま自分がおさめている領地の其処此処《そここ》にかくれ住んでいる、もと波多三河守の家来たちのことに神経をつかっていた。

すでに、波多三河守は死亡していたが、

（波多の家来のなかには、わしをうらんでいるものが多い）

と、寺沢志摩守は感じていたのである。

こんな〔はなし〕が、のこっている。

まだ波多三河守が生きていたころだが、三河守は、常陸の配所《はいしょ》で〔病死〕をよそおい、ひそかに、隈崎隼人《くまざきはやと》・飯田《いいだ》彦四郎らの家来をつれ、九州へ帰ろうとしたというのである。

これは……。

「九州の諸方にかくれている一族のものや、旧家来をあつめ、寺沢志摩守を攻めるための旗上げをしよう」

ためだったという。

それが事実だったかどうかは、塚本伊織も伊太郎へ語りのこしてはいない。

だが、なつかしい故郷へもどる途中で、波多三河守は、今度こそ本当に病気となり、亡くなってしまった。

その場所は、備前《びぜん》の国の牛窓《うしまど》というところだったともいわれている。

いっぽう……。

寺沢志摩守は、唐津の地に、わが居城と城下町を建設するため、次々に、新しい政治をはじめた。

現在の佐賀県・唐津市の町づくりをはじめたのは、この志摩守なのである。

（波多の旧家来たちのことも、うまくさばいておかぬといけない）

と、志摩守は考えた。

〔松浦要略記〕という本に、

「……波多氏はほろびてのち、その家来たちは浪人となっていたが、やがて寺沢志摩守の家来となる者もあり、または他国へ去る者もあり、また各村々の庄屋、郷足軽《ごうあしがる》、町人、百姓になるものなどおもいおもいに離散してしまった」

と、記してある。

例によって、寺沢志摩守の〔やりかた〕は巧妙だったようである。

自分をうらみ、手向うものは、

「かまわぬ。斬ってしまえ！」

と命じ、山中にかくれて、

「おれ一人でも志摩守を討つ！」

などと、ひそかに計画をたてている波多の旧臣を〔しらみつぶし〕にさがし出し、手向いするものは殺してしまった。

その、いっぽうでは、

「わしにつかえてくれる者は、いつでもまいれ」

と、ふれ出した。

こうなると、前には寺沢をうらんでいた者も、

「いまさらどうなるものでもない。われわれも寺沢家につかえて、新しく生きようではないか」

そういって、唐津の城へ出頭する者も次々に出て来る。伊太郎の祖父・塚本主計も、その中の一人だったのである。

「なるほど、ようわかった」

伊太郎が語るのをきき、山脇宗右衛門が、大きくうなずき、

「そして、そのおじいさまが亡くなられ、お前さまの父御の代となった。ふむ、ふむ……それで、父御がお前さまをつれて、何かの事情《わけ》あって寺沢家を飛び出したのは……？」

「十五年前でござる」

「では……寛永三年ということじゃな。ではそのとき、まだ寺沢志摩守は生きてござったわけじゃ」

「はい」

「その、父御がお前さまをつれて、唐津の城下を逃げ出したときのことを、はなして下され」

宗右衛門は、熱心にいうのだが、

「それは……」

伊太郎も、そうなると記憶があいまいになってくる。

ただ、おぼろげに今もおぼえているのは、

「夜……夜ふけでありました」

「そのとき、すでに母上は亡くなられていたのです」

「ふむ……ふむ」

「なるほど」

「私は、父上の寝所のとなりの座敷で、年老《と》った女中につきそわれて、ねむっていたようにおもいます」

なにしろ、五歳のことで、冬のことだか夏のことだか、それも記憶にない。

「気がつくと、私は塩田半平の背中におりました」

「うむ、うむ」

「たしか、半平も父上も馬に乗っていたようにおもわれます。いえ、馬に乗って唐津を出たと、のちに父上も申されてでござる」

「それから……?」

「馬は、駈《か》けていました」

「ふむ」

「半平が、馬を駈けさせつつ、私に、何かいうておりました。私は泣き出していたのだそうです」

「そして?」

「あとは、ようおぼえておりませぬ」

伊太郎は、うなだれた。

人間の記憶は、五、六歳ごろのことも断片的におぼえているものだ。

筆者も五歳のころ、大正十二年の関東大震災に東京の家を焼かれた父母と共に、いまの埼玉県・浦和市に住んでいたことがある。

そのころの浦和は、まったくの田舎であって、その田舎道の石置場で遊んでいたとき、大きな石がくずれ落ち、筆者の左の手が石と石の間にはさまれてしまった。そのときの傷痕《きずあと》は四十をこえたいま、私の手にうすく残っている。

眼の前が真暗になるような大きな石に押しつぶされたときの情景をいまも筆者はおもいうかべることが出来る。

そして、母の背中で泣きわめきながら医者へ運ばれて行くときのことも……。

だが、それは、何かの衝撃による記憶のみが、つよく残っているので、父や母のことばなどをおぼえているわけではない。

両親のことばで、はじめにおぼえているのは、筆者が七歳のころ、東京の根岸へ移り住んでからのことだが、夜半、ふと目ざめると、父が母と口あらそいをしている。

父が大声に怒鳴るのへ、母が、

「まあ、しずかにおはなしなさいよ」

といった。その「ことば」をいまもおぼえている。

ま、幼児の記憶とはそのようなもので、塚本伊太郎が物心つくようになってからは、父と半平と共に旅ばかりしつづけてい、それをふしぎなことだとも思わなかったし、父も半平も、くわしい事情は何一つ、伊太郎に語らなかったのである。

ここで、塚本父子が唐津を出奔してのちの寺沢家についてのべたい。

塚本父子が去って、足かけ八年後に、寺沢志摩守が亡くなった。七十一歳である。

寺沢家は、志摩守の次男・兵庫頭堅高《かたたか》が後をついでいる。

長男・高清は、早世していたからだ。

だから、塚本伊太郎が二十歳になったいま、肥前・唐津の殿さまは、寺沢兵庫頭なのである。

「それでは、もしも……」

と、山脇宗右衛門がくびをかしげるようにして、

「もしも、お前さまや亡き父上をねらっている刺客どものうしろに、寺沢家がついているということとなれば……それは……」

「はい、寺沢兵庫頭堅高侯が、父上や私のいのちをねろうているということです」

「ふうむ……」

「父は息をひきとる前に、からつ……と、いいのこしました。これは肥前・唐津のこと、ひいては寺沢家のことを申したにちがいありませぬ」

「いかさま、な……なれど、それが、いまの唐津の殿さまのことをいうたものか……

または別の、唐津のことを告げたかったものか？」

「そこのところが、わたしにはわかりませぬ」

「そのことを知っているとおもわれる塩田半平どの。こりゃどうしても半平どのとお前さまを会わせにゃならぬ」

「その通りでござる、宗右衛門どの」

ちなみにいうと……。

塚本父子が唐津城下を出奔した十五年前、寺沢兵庫頭は十八歳の〔若殿さま〕だったわけである。

この〔若殿〕は、父・志摩守が死んだのち、唐津の〔殿さま〕になったのだが、亡父とちがい、人物の出来具合に相当のへだたりがあるようだ。

酒色におぼれての行状は、江戸の幕府でもいろいろ悪評をたてられているらしい。

領国への政治も、志摩守ほどの〔情熱〕はないし、領民たちへ悪税をかけ、これをきびしく取りたてるので怨嗟《えんさ》の声もつよいそうだ。

もっとも、二十五歳で唐津城主となった寺沢兵庫頭にとって、彼の未熟な政治力では解決しきれぬ大きな〔問題〕を抱えることになったのも事実であった。

それは、九州のキリスト教徒のことである。

唐津領のほかに、寺沢家は天草の諸島をも領地としている。

このあたりは、むかしからキリシタンのさかんなところで、その信仰の強さは、すでに伝統的なものとなっていた。

先代の殿さま・寺沢志摩守は、一時的にキリシタンの洗礼をうけたほどである。

これは、志摩守がキリスト教徒になったというのではなく、政治的にキリシタンを懐柔しようとしたものだ。

ところが、いまの兵庫頭の代になると、そのような、なまやさしいことではすまなくなってきた。

徳川幕府の、

〔キリシタン追放〕

の令を奉じて、寺沢兵庫頭も、天草のキリシタン宗徒を、きびしく弾圧しつづけた。

「ひそみかくれているキリシタンを見つけ出し、これを訴え出たものには、銀三百枚をほうびとしてつかわす」

との〔ふれがき〕が出たほどである。

九州には、キリシタン大名だった小西行長《ゆきなが》の遺臣たちが、かくれ住み、天草から島原にかけて、しきりに暗躍をし、キリストの教えをひろめていた。

天草や島原の農民たちは、いくらはたらいても、上《かみ》からしぼりとられてしまうばかりだし、そうした苦しみからキリストの教えによって救われようとすれば、

「キリシタンを捕えよ！」

と、上の弾圧はいよいよ苛《か》酷《こく》をきわめる。

このとき、天草の大矢野に、四郎という少年があらわれ、種々の奇《き》蹟《せき》をおこなった。

これが、あの天草四郎時貞《ときさだ》である。

「四郎さまこそ救世主である」

「四郎さまを奉じ、キリストの教えを再興しよう」

これまでの弾圧にたまりかねていたキリシタンたちは、ついに叛乱《はんらん》の戦旗をかかげて起ち上った。

ときに、寛永十四年十月。

島原のキリシタンは、領主の松倉勝家の禁圧によって非常な迫害をうけている。で……。

キリシタンたちは、天草四郎を迎え、島原の原城をうばい、これにたてこもった。

いっぽう、寺沢家の領内である天草でもキリシタンが叛乱をおこした。

天草の富岡《とみおか》城には、寺沢兵庫頭の家臣・三宅《みやけ》藤兵衛がいて、天草をおさめていた。

「ただちに、駈けつけていただきたい」

と、三宅は、本国の唐津へ急使を走らせた。

殿さまの兵庫頭は、ちょうど参覲《さんきん》で江戸屋敷にいる。

そこで、原田伊予《いよ》などの重臣が相談をし、二千余の部隊を天草へ送ったのである。

けれども……。

キリシタンの反抗は恐るべきもので、銃器も刀槍《とうそう》も用意されていたし、信仰のためには、いのちなど、少しも惜しくないという狂熱的な闘志で、魔神のように立ち向ってくる。

寺沢部隊は、さんざんなやまされた。

三宅藤兵衛も戦死してしまうさわぎであった。

仕方なく、寺沢部隊は富岡城にたてこもり、教徒の攻撃を避けるというしまつなのである。

教徒たちは、寺沢軍の醜態をあざ笑い、島原へ引きあげ、全軍原城へたてこもった。

島原は島原で、松倉勝家の兵が原城を攻めあぐね、手も足も出ない。

寺沢も松倉も、自分の領内でおこった叛乱をとりしずめることもできず、かえって、さんざんな目にあわされた。

大名として、これほど不名誉なことはない。

徳川幕府としても、こうなっては、ほうりすてておくわけにはゆかぬ。

翌年の一月……。

幕府は、老中・松平伊豆守《いずのかみ》を総司令官として、現地へ派遣し、諸大名に、

「兵を出して、島原の乱を鎮圧せよ！」

と、命を下した。

キリシタン教徒の抵抗は、実にすさまじいものであったが、幕府が本腰を入れてかかったのでは、勝ちぬくことはむずかしい。

悪戦苦闘の末、ついに幕府は、原城を攻め落した。

天草四郎はじめ、一万余のキリシタン教徒が死んだ。

ときに、寛永十五年二月二十七日。

この戦争が終ったのち、

「寺沢も松倉も、いったい何をしていたのか！」

幕府は、封建の世の大名として、領主としての責任を果せなかった島原の領主・松倉勝家の所領を取りあげてしまい、勝家を死刑にしてしまった。

寺沢兵庫頭は、いったん領地を取りあげられたが、「天草の富岡城を死守したによって……」

と、これをみとめてくれ、天草のみを取りあげ、唐津の旧領分八万三千石を、あらためて領有することをゆるした。

松倉勝家が死刑になったので、

「わが殿さまも……」

と、寺沢家のものは生きたここちもしなかったようだが、

「まずまず、よかった」

ほっと胸をなでおろしたというのが本当のところだったろう。

天草四万石を取りあげられたけれども、さいわいに元の領国をおさめることがゆるされたのだ。

だが、

「おのれらは、なんという不様《ぶざま》なことを……」

寺沢兵庫頭は、自分が江戸にいた留守中に、天草のキリシタンを征伐することができなかった家来たちを怒鳴りつけた。

大名の面目は、まるつぶれとなった。

他の大名たちにも顔向けがならない。

武士が、農民の教徒たちと戦って敗けたのである。

「寺沢も、父と子では、ずいぶんちがうものじゃ」

「あれだけ天下をさわがしたのも、寺沢や松倉が腰ぬけ大名だったからだわい」

と、世の中の評判もきびしい。

三代将軍・家光も、

「兵庫頭を見そこのうていた」

と、洩《も》らしたそうな……。

それから三年がすぎたいま、寺沢兵庫頭は自暴自棄のかたちになっている。

「おしのびで、吉原のくるわへ遊女買いに出かけるほどのことなら、まだしもじゃが……」

と、山脇宗右衛門が伊太郎にいった。

「三、四人ほどの家来をつれ、夜の町へ出て、罪もとがもない通行人を、辻斬《つじぎ》りにするというわさを、きいたことがあるわえ」

塚本伊太郎と山脇宗右衛門は、

「どうしたら、いちばんよいか……？」

を語り合い、ねむりもせずに朝をむかえた。

伊太郎は、街道という街道を駈けまわって、

「半平をさがします」

というが、

「ばかをいいなさるな」

宗右衛門は、かぶりをふった。

恢復《かいふく》がいちじるしいといっても、まだ伊太郎は一人歩きができる躰《からだ》ではない。

「半平どのが江戸へ着けば、先ず、どこへ行くとおもうかな？」

宗右衛門が問うと、

「それは父が暮していた八百屋久兵衛方へ……」

「そうじゃろな、先ず……」

「はい」

「ところが、お前さま方をつけねらう刺客も、おそらく八百屋久兵衛方へ眼をつけているじゃろう」

「あ……」

「うかつに、八百屋久兵衛へ近寄ることはあぶないと、塩田半平どのもさとっているにちがいない。なにしろ、あたまのはたらきの早い人らしいゆえな」

「もしやすると……上野の、池の端の幡随院《ばんずいいん》へ……」

「となれば……」

「はい」

「うむ、うむ」

「何か事あるときは、幡随院へと……それが亡き父上と半平が、別れるときに打ち合せたことでありました」

「よし」

宗右衛門が両手をうち、

「ここに、こうしているより、一時も早く江戸の幡随院へもどったがよかろう」

「はい、おことばの通りにいたします」

「それからはこの宗右衛門が引きうける。お前さんは、外へ出てはあぶないし、当分は幡随院にかくもうていただき、じっとしていなさるがよい」

「なれど……」

「なあに、江戸へもどれば、わしの手足となってはたらいてくれる権兵衛のような若者がたくさんいる」

そこへ、お金と権兵衛が朝の食事をはこんで来た。

「権兵衛。めしをすませたら、すぐ、江戸へ帰ってくれ。わしは伊太郎どのをまもり、後から帰る」

いいながら宗右衛門は、箸《はし》もとらず、手紙を書きはじめた。

あの放れ駒の四郎兵衛とかいう男にあてた手紙なのだ。

宗右衛門に、くわしくいいきかされ、その手紙を持った権兵衛は、朝飯もそこそこに〔ひたちや〕を発して江戸へ駈け向って行く。

その後で、宗右衛門も出発の用意にかかった。

この沼津でも顔がきく宗右衛門は、たくましい馬をやとい、この馬の背へ大きな葛籠《つづら》をくくりつけた。

この葛籠の中へ、伊太郎をはこび上げ、上に布をかぶせ、

「これなら、外から見てもわかるまい」

にっこりと、お金へ笑って見せた。

刺客たちも、伊太郎が山脇宗右衛門と共に、沼津の〔ひたちや〕にとどまり、傷の手当てをしていたとはおもってもいなかったろう。

強いていえば……。

あのとき、伊太郎を救いに駈けつけて来た宗右衛門たちを、笹又高之助は見ている。

だから、笹又に見つけられたらあぶない。

そう、伊太郎はおもい、宗右衛門にいうと、

「大丈夫じゃ」

事もなげに、

「わしたちの姿を見たやも知れぬが、顔をたしかめぬうち、あの浪人は逃げて行ったわい」

「さようでしたか」

「わしも笠《かさ》をかぶっていたしのう。いや、わしとても、あの浪人の顔がどのようなものだったか見おぼえていないほどじゃ」

宗右衛門は〔ひたちや〕を出るとき、りっぱな武士の姿になった。

もとは武士なのだから、さすがに堂々たるものである。

そして、沼津で人足を二人やとい、これたちも武士の供をする小者の姿をさせ、一人が槍《やり》を持ち、一人がお金を背負った。

この人足たちは、むかし、宗右衛門に恩をうけたことがあるとかで、

「おかしらのためなら、どんなことでもやってのけます」

などと、いっている。

「伊太郎さま。いっしょに江戸へ行けるのですね、うれしい」

お金が、十三の少女にしてはなまめいた声で、そっと伊太郎の耳へささやいた。

大人びたしぐさと、ことばであったが、いかにも自然な感情が流露していて、伊太郎はいやな気がしなかった。

「お金どのには、ずいぶんと世話になりました」

「そんな……」

「ほんとうにありがとう」

「いや……」

「なぜ？」

「そのように、よそよそしく申されるのですもの」

「そうか……それは、わるかった」

「伊太郎さまが、その寺で養生をなさるとき、わたし、おそばにいて看病します」

「お寺に女は……」

「でもお金は、まだ子供なのですもの、かまいません」

きっぱりと、お金はいう。

権兵衛が発った翌朝……。

宗右衛門と伊太郎の一行は、沼津を発った。

一行が、江戸へついたとき、江戸の空には秋の気配がただよっていた。

山脇宗右衛門は、浅草・舟川戸《ふなかわど》の自宅へは寄らず、まっすぐに伊太郎を上野の幡随院へはこびこんだ。

塩田半平は、まだ幡随院に姿を見せていなかった。

断絶

塚本伊太郎を、上野・不忍池《しのばずのいけ》ほとりの幡随院へ送りこむや、お金《きん》をつれた山脇宗右衛門は、ようやく浅草の自宅へ帰った。

沼津から江戸まで、東海道を三十里。

馬の背にくくりつけられた葛籠《つづら》の中で、ゆられゆられての旅だっただけに、伊太郎の傷が、また悪化してしまった。

「それはそれは、大変なことじゃったのう」

すべてをきいて、幡随院の良碩和尚《りようせきおしよう》は、おどろきも心配もしたけれど、

「なに、ここまでもどって来れば、もう大丈夫じゃ。医薬には事を欠かぬし、わしがついておる。ま、安心をして、ゆるりと傷養生をすることじゃ」

たのもしく、うけ合ってくれた。

「では、おねがい申しまする」

山脇宗右衛門もほっとして、

「さ、ともあれお金、わしの家へ、一度は顔を見せておくれ」

伊太郎のそばをはなれようともせぬお金を、ようやくになっとくさせた。

その時代《ころ》の浅草という土地は、まだ後年のようなにぎわいを見せてはいない。

江戸の城下町の郊外といってよい。

むかしの書物に、

「……往古、このあたりは武蔵野《むさしの》よりつづきて、すべて野原なりければ、草のみ生いしげりしところゆえ、浅草、浅茅《あさじ》などといいて、みな草にもとづきたる地名なり」

などと、しるしてあるような田野のおもかげが濃かったのである。

伊太郎が生まれる二百年ほど前のころは、浅草の隅田《すみだ》川は海つづきであった。

そのころから、このあたりは東北地方と京の都をむすぶ街道が通じていたし、海にも近く、川すじもひらけ、漁師たちがあつまって住み暮していたのである。

さらに……。

千年のむかしから、観世音菩薩《かんぜおんぼさつ》を本尊とする金竜山浅草寺《せんそうじ》という名刹《めいさつ》があり、これを中心に、人びとの生活《いとなみ》が展開してきたのだ。

江戸が、徳川家康の城下町となってからは、俗にいう、この〔浅草観音〕のまわりの沼や池がうめたてられ、浅草寺の門前町も急激に発展した。

浅草寺の総門（現代の雷《かみなり》門）は、境内の南端にある。

総門の前が門前町で、東へ行けば、すぐに隅田川の河岸へ出る。

この河岸の道を、川に沿って北へ行くと、山脇宗右衛門の家がある舟川戸へ出る。

道をへだてて、西がわに浅草寺の伽藍《がらん》と広大な境内の森をのぞみ、うしろに隅田川を背負った宗右衛門の家は、三百坪ほどの堂々たるものであった。

屋根は、わらぶきと板屋根のまざりあったもので、柱も梁《はり》もがっしりとふとい。

祖父でもあり、養父でもある宗右衛門の家を、はじめて見たお金が、

「おじいさん……いえ、父《てて》さん。父さんのお家は、まるで、お城のよう」

眼をみはっていった。

「や……お頭《かしら》のお帰りだぞ」

「早く、四郎兵衛お頭をよんで来い」

「お帰りなせえ」

「ごぶじで何よりでございました」

家の中から、十人ほどの男たちが駈《か》けあらわれ、宗右衛門とお金をつつむようにして、くちぐちにあいさつをしながら、家の中へ迎え入れた。

いずれも屈強の男たちだ。

彼らは〔人いれ宿〕の主人である山脇宗右衛門の配下の者たちなのだ。

家の中も外も、活気にみちみちていた。

江戸へ来て、宗右衛門の〔人いれ宿〕のやっかいになっている男たちの中には、舟川戸のこの家に寝とまりをしながら、諸方の工事へ人夫に出ている者も多い。

折から夕暮れで、一日の労働を終え、舟につみこまれて帰って来た者たちが、表口

につづく、ひろい土間で食事の仕度をしたり、水をくんだり、汗をぬぐったり、その数はおよそ三十人におよぶほどで、

「まあ……」

お金も、小さな愛らしい口をあけたまま、呆気《あっけ》にとられていた。

いま十三歳の少女にすぎぬ自分が、一人前の女となったとき、この祖父ゆずりの〔人いれ宿〕で、祖父同様に、多勢の男たちのめんどうを見るようになろうとは、このときのお金はおもってもみなかったことであろう。

「さあさあ、お金。足を洗っておしまい」

宗右衛門は、若者たちの世話で、もうわらじもぬぎ、足を洗い終えていた。

そこへ、

「おう……これはこれは……」

土間の人の群れを割って飛び出して来た大男が、

「いやもう、お頭。えろう心配をしておりました」

あたりいちめんに、ひびきわたるような声をかけてきた。

「四郎兵衛どんか。留守中は、いろいろとすまなかったのう」

と、宗右衛門。

「おうおう、これが、お金さまでござりますかい」

「さようさ」

「これはまあ、なんと可愛ゆい……」

ぎょろりと大きい両眼や、長くふとい鼻、ひげだらけの四角張った顔。それに塚本伊太郎とならんでも負《ひ》けはとらぬ巨体のもちぬしであるこの男が、放れ駒の四郎兵衛であった。

四郎兵衛は、浅草寺の門前町の向うにある諏訪明神《すわみようじん》の社《やしろ》の裏手に住んでいる。

そこには、木立にかこまれた草の原があり、その原の中に、四郎兵衛の家があった。

四郎兵衛も、山脇宗右衛門のように何人もの配下をつかっている。

だが〔人いれ宿〕をしているのではない。

彼は、二十頭もの馬や荷車をもち、いまの江戸の町の、いろいろな仕事をしているのだ。

簡単にいうと、一種の運送屋の主人のようなものである。

馬や荷車を、軽自動車やトラックだとおもえばよい。

彼のことを〔放れ駒〕などと、人がよぶのも、これでおわかりいただけたこととおもう。

四郎兵衛は、このときが二十五歳。

塚本伊太郎より五歳の年長であった。

「一昨日の朝早く、権兵衛どんが帰って見え、宗右衛門お頭のお手紙をもって来たので、およそのことはわかりました」

「そうか。それで四郎兵衛どん。手筈《てはず》は、うまくつけてくれたか？」

うなずいた四郎兵衛が、宗右衛門のうしろから奥の部屋へ入りながら、

「八百屋久兵衛の家のまわりから、品川のあたりまで、人を出してござりますよ」

「そうか、そうか」

「なれどもお頭、かんじんの、その塩田半平とか申すお人の顔かたちを、おれどもは見ておらぬので……」

「そりゃ、わしも同じだ。伊太郎どのからきいて、およそ、このような年ごろで、このような顔つき……と、手紙に書いておいたが」

「それをたよりに、見張ってござりますが……」

「権兵衛は？」

「八百屋久兵衛の近くにいて、道を見張っている筈でござりますよ」

「いや、それで安心をした。おぬしには大事な仕事《つとめ》があるというに、長い間、いろいろと、すまなんだのう」

「なんの、なんの……むかし、お頭からうけた御恩をおもえば、なんのこともござりませぬ」

放れ駒の四郎兵衛は、孤児であったそうな……。

その身よりもない少年の彼を、宗右衛門が世話をしてやり、

「生まれた国も、親の顔も知らぬ」

という四郎兵衛が、礼儀もわきまえ、文字も書け、何人もの人をつかって、

「お頭」

と、よばれるまでの若者に成長したのも、宗右衛門のあたたかい庇護《ひご》があったからだという。

もっとも、当時の二十五歳の男といえば、現代の三十七、八歳ほどの顔かたちをしていたし、それだけの仕事もした。

「くわしいことはわかりませぬが、お頭、何やら飛んだ事件《こと》にかかわり合っていなさるようで？」

「そのことよ」

「およばずながら四郎兵衛へ、どんなことでも、お申しつけ下さい」

「ま、今夜ゆっくり、はなしをきいてもらおう」

塚本伊太郎が、江戸へもどってから、七日を経た。

他の場所は、ほとんど肉もあがり、心配ないのであるが、

「左の股《もも》の傷が、いかぬ」

ひそかに呼ばれた医者がいった。

これは、笹又高之助に斬られた傷で、江戸へ着いてから化膿《かのう》がひどくなったのだ。

熱が高い。

食欲もなくなり、伊太郎は床へ横たわったまま、意識がもうろうとしている。

山脇宗右衛門は、一日置きに浅草から見舞いに来てくれる。

三日ほど前から、お金が幡随院へ泊りこみ、十三の少女とはおもえぬ神経のつかい方で、懸命に伊太郎を看護している。

「ほほう……」

と、良碩和尚が眼をしわの中へうめて、

「お金どのは、伊太郎の嫁ごになろうというのかや?」

ふざけていうと、お金の顔が見る間に紅潮し、

「いやでござります」

着物の袖《そで》で小さな顔をおおい、伊太郎のまくらもとへ突伏して、

「いやでござります、いやでござります」

「ほほう……伊太郎の嫁になるのは、いやか?」

「和尚さまの、おからかいになるのが、いや」

そのころ……。

旅商人の姿になり、笠《かさ》で顔をかくした塩田半平は、ようやく、江戸の町へ入って来ていた。

山脇宗右衛門が予見したように、半平は、あれから奈良へ出て、伊勢《いせ》から美濃《みの》へぬけ、遠まわりに木曽路《きそじ》をこえ、甲州から江戸へ入ったのである。

(ともあれ、上野の幡随院へ……)

これが半平の考えであった。

(わしを刺客が襲うからには、江戸の塚本さま御父子を無事にしておくわけがない。うかつに、塚本さまが住む八百屋久兵衛方へ近寄ったなら、敵が、わしを待ちかまえているやも知れぬ)

からであった。

五年前に、主人の塚本伊織と別れるとき、伊織は、

「何か、至急の用あるときは、幡随院へ知らせよ」

と半平へいった。

「幡随院と塚本との関係《かかわりあい》は、だれも知らぬ筈じゃ」

ともいった。

「もはや、われらがことは世に忘れられ、危うい目にもあわずにすむかも知れぬが……なれど、いささかも油断はすまいぞ。よいか、半平」

亡き塚本伊織は、そういいもしたのである。

あわずにすむやも知れぬ……といった旧主人が、ついに、その危難に遭遇したことを、半平はまだ知らぬ。

知らぬが、予感をしていた。

塩田半平が、上野・不忍池の南端へ姿を見せたのは、その日の夕暮れであった。

不忍池は、洋々たる東京湾の海が上野の山下にまでせまっていたころ、その海の入

江だったといわれている。

そのうちに、海の水が次第に引き、ついに、大きな沼となった。

これが不忍池になるのだが、ときに室町時代というから、現代より五百数十年ほど前のことになろうか……。

徳川氏が江戸に入ってからは、上野の山へ、家康を祀《まつ》る東照宮が造営されたり、江戸城の鬼門《きもん》鎮護のため、寛永寺の大伽藍《だいがらん》が建立されたりして、上野台地一帯は、江戸の町にも徳川幕府にも、きわめて、たいせつなところとなった。

山のまわりは美しくととのえられ、上野一帯にも人家があつまり、そのにぎわいは、浅草観音一帯の発展にくらべて、むしろさかんなほどである。

天海《てんかい》僧正が、不忍池を近江の琵琶《びわ》湖に見たてて、竹生島《ちくぶじま》のかわりに弁天島をきずいたのは、つい十年ほど前のことだと、伊太郎も耳にしたことがある。

池の東の岸辺からの遊歩道路づたいに、現代は弁天島へわたれるが、当時は小舟でわたったらしい。

深い木立にかこまれ、葦《あし》の岸辺の風趣も、塚本伊太郎が生きていた当時は、おのずから異なっていたろう。

現代《いま》は、この池の半分を動物園が占領している。

(おお……あれが、幡随院じゃ)

上野の山下から、不忍池に沿った道へかかった塩田半平は、おもわず、笠を上げた。

右手に、こんもりとした森のつらなりを見せた上野の台地が東から北へのびている、そのあたりに、幡随院の伽藍がのぞまれた。

不忍池の水面に、沈みかかる秋の落日が、冷え冷えと赤い。

道に人の気配はなかった。

当時は、灯がじゅうぶんに使用できぬので、陽の落ちる前に、外出の人びとは家へもどっているのが常識であった。

また、すでにのべたように、辻斬《つじぎ》りや強盗の絶え間もない時代であったから、尚更《なおさら》に、夕暮れと夜を、人びとはおそれていたのである。

半平は、急ぎ足になった。

(まだ、お目にかかったことはないが……良碩和尚さまなら、きっと塚本さま御父子の安否を知っておいでじゃ)

風が起った。

右がわの崖《がけ》の上から、落葉が音をたてて、半平の頭上へふりかかった。

「おい……」

どこかで、声がした。

半平は、ぎょっと足をとめた。

「おい。大坂の数珠《じゅず》屋の亭主」

と、また声がした。

塩田半平は笠をはねのけ、すばやく飛び退いて、

「だれだ？」

肩の荷を投げ捨てるや、

「出て来い！」

池のほとりの葦の茂みへ叫び、脇差の柄へ手をかけた。

「ふむ……やるか」

まさに、その声は葦の茂みの中からきこえている。

「名のれ！」

「ふ、ふふ……」

「な、なにが可笑《おか》しい」

「可笑しいわさ。可笑しいではないか」

「な、なんだと」

「そうではないか。今日このとき、たった今、この世から消えてなくなろうというのに、おれの名をきいて何の足しになるのだ。え、おい、そうではないかよ」

「うぬ！」

半平が、脇差を引きぬき、身がまえをした。

そして、せわしなくあたりへ眼をくばった。

これは、葦の中の男のほかに、まだ刺客がかくれていることを警戒すると同時に、

（だれか……だれか、人が通らぬものか……）

そのことを期待する切ない半平の胸のうちでもあった。

なにしろ、目ざす幡随院は、すぐそこに見えるのだ。

通行人があれば、自分が闘っている隙《すき》に、幡随院へ援《すく》いをもとめに行ってくれよう。

「う、ふふ、ふ……」

また葦の中から笑い声がした。敵は、まだ姿を見せない。

半平は、全身にべっとりと〔あぶら汗〕をうかべ、血の気のひいた青ぐろい顔を、ひくひくと痙攣《けいれん》させつつ、声のするほうをにらみつけていたが……。

突如……。

身をひるがえして、幡随院の方向へ逃げにかかった。

「待てい！」

するどい声と共に、葦の中から走り出た人影が魔物のように、半平の退路をさえぎった。

編笠をかぶった浪人である。

「おのれ……おのれが」

半平は荒い呼吸で、

「おのれが、虎四郎を殺したのか……」

「虎……ふむ。あの数珠屋の……きさまとよう似た老いぼれのことか」

「なんじゃと……おのれ……」

「殺した。おれが斬った」

「畜生めが……」

夕闇が濃い。

半平は怒りもし、あせりもした。

やせた浪人の躰《からだ》から、すさまじい殺気が噴き出しているのが、はっきりとわかる。

もとは武家奉公をしていただけに、塩田半平は、その殺気を打ち破るだけの自信がないことを思い知らざるを得なかった。

浪人は、笠もとらず、

「よいか、まいるぞ」

右手を、すーっと刀の柄へかけた。

こうなっては、どうしようもない。

半平も、むかし、剣術の一手二手はやっただけに、

(もはや、これまで……)

とっさに覚悟をきめるや、

「ええい！」

敵が抜刀する前に、猛然として、脇差ごと躰を打ちつけていった。

「あっ……」

その半平の、刃《やいば》も、躰《たい》当りの突きも、むなしく空間に泳いだ。

（し、しまった……）

あわてて、ふみとどまり、振り返って構えを立て直そうとした半平の真向いへ、

「む！」

事もなげな浪人の抜き打ち一閃《いっせん》。

びゅっ……と、血がはね飛んだ。

「う、うう……」

あたまから鼻柱へかけて、物凄《ものすご》い打ちこみをうけ、

「あ、ああ……」

脇差を落し、ふらふらと、二歩三歩、足をうごかした塩田半平が、まるで板戸が倒れるように転倒した。

浪人は刀を鞘《さや》へおさめ、わずかに編笠を上げて、もうぴくりともしなくなった半平の死体を見下し、

「おれは、きさまに何のうらみもない男だが……ま、ゆるせよ」

と、つぶやいた。

この声を塚本伊太郎がきいたら、どうであったろう。

浪人は、笹又高之助であった。

笹又は、半平の死体へ屈《かが》みこみ、なにか調べていたようだが、すぐにまた葦の茂み

へ姿を消してしまった。

塩田半平の死体を発見したのは、山脇宗右衛門であった。

若者ふたりをつれた宗右衛門は、幡随院に伊太郎を見舞っての帰り途だったのである。

間もなく……。

「お頭……人が倒れております」

若者の提灯《ちょうちん》のあかりに、死体の顔をながめた宗右衛門が、

「や、やっ……」

息をのんだ。

すでに宗右衛門は、塩田半平の顔かたち、年齢などを伊太郎からききおよんでいる。

いまここに、半平の無惨な斬殺《ざんさつ》死体を見出して、

(もしや……いや、きっと半平どのにちがいない)

直感したのは当然であったろう。

「みんな、この死体を幡随院へはこべ」

果して……。

かつぎ込まれた半平の死体を見るや、塚本伊太郎が驚愕《きょうがく》の叫びを発した。

「やはり……塩田半平どのか?」

と、宗右衛門。

伊太郎は衝撃のあまり声も出ず、只《ただ》もう、うなずくばかりであった。

「やはり、なあ……」

良碩和尚が半平の死体へ合掌をしながら、

「それにしても……くせ者どもが、どうして、半平どのと当寺のつながりを感づいたのであろうか?」

と、いった。

伊太郎は死人のような顔色になり、半平の死顔を見つめたまま、ことばもない。

（これだけの、すさまじい腕の冴《さ》えから見ても、半平を斬ったやつは、数珠屋の老人を斬ったやつと同じやつにちがいない）

とすれば……。

（まさに、あの笹又高之助と名のった編笠の浪人……?）

そう思ったとたんに、

（そ、そうか……）

伊太郎は身ぶるいをした。

（し、しまった……）

なのである。

伊太郎が、笹又高之助をはじめて見たのは、この夏に、江戸を発って東海道を大坂へ向けて上った、その前日であった。

あの日。

伊太郎は、番町の屋敷へ水野百助をたずねている。

百助から五十両の餞別《せんべつ》をもらい、土手三番町の通りを歩んでいるとき、編笠をかぶった笹又浪人が火除地《ひよけち》の草の中にいた。

あのとき、家来数名をひきつれた馬上の武家が通りかからなかったら、笹又が伊太郎を斬るつもりだったことは明白である。

つまり……。

笹又は、伊太郎が水野屋敷から出て来るところを待ちかまえていたのだ。

ということは、八百屋久兵衛宅や桜井庄右衛門の長屋へ出入りをしていた伊太郎を絶えず見張り、すきをねらっていたわけだ。

そうなれば、当然、伊太郎が幡随院へ良碩和尚をたずね、父のかたきを討つ決意をもらした日も、笹又浪人は伊太郎の後をつけていたと見てよいのではないか……。

伊太郎も、もちろん注意ぶかく、諸方へ出入りをしてはいたが、後をつけて来るもののすべての眼をくらますわけにもゆかない。

(そ、そうか……敵は、この幡随院にも眼を光らせていたのか)

若いだけに、そこまでは伊太郎も気づかなかった。

「わしとしたことが……念の欠けたことをしてしもうた」

と、山脇宗右衛門も、がっかりしている。

八百屋久兵衛方や街道すじにばかり神経をつかい、幡随院だけは誰にも感づかれていないと、はじめに思いこんでしまったのがいけなかったのである。

伊太郎が、はっとしたように塩田半平の遺体へにじり寄って、半平のふところや、着物のたもとなどへ手を差しこんだ。

(なにか……なにか半平が、亡父やおれに当てて、書きのこしたものでもないか?)

と、おもいついたからである。

「お……」

それと気づき、宗右衛門も、死体のそばに落ちていた旅の荷物をしらべはじめた。

この荷物をむすんであった紐《ひも》は、すでに断ち切られていたものである。おそらく、半平を斬った刺客が中味を調べたものであろう。

伊太郎は、半平の着物のえりを切りほどいて、しらべもした。

(な、なにもない……)

いろいろな品物は出てきたけれども、伊太郎の期待にそうようなものは、ない。

やがて……。

塩田半平の遺体は、伊太郎が寝ているとなりの部屋へはこばれ、無念の通夜がとりおこなわれたのである。

「半平どのが、もし何か、秘密をあかす手紙か品物かを所持していたとすれば……あの刺客が、うばいとったか……」

宗右衛門が、うめくようにいった。

塚本伊太郎は、悲痛にくちびるを噛《か》みしめている。

お金が、夕飯の膳《ぜん》をととのえてきた。

「伊太郎様、あの、汁がさめます」

伊太郎は、こたえない。

箸《はし》をとろうともせぬ。

すると……。

「さ、早う……」

お金が、伊太郎の箸を取り、これを彼の手をつかんでわたし、するどい声で、

「男のくせに、いや」

といった。

良碩和尚も山脇宗右衛門も、おどろいて、お金を見た。

伊太郎も赤く腫《は》れあがった眼をみひらき、箸をつかまされ、汁の椀《わん》を持たされてしまった。

「男のくせに……」

お金は、まじろぎもせず、ひたと伊太郎を見すえたまま、

「男は、いのちを捨てに戦場へ出る前にも、にぎりめしを食べるものだ、と、亡くなった父さまが、よう申されていました」

叱りつけるように、

「さ、お食べなさい」

「む……」

伊太郎、何となく、この少女に気圧《けお》されたかたちになってしまい、汁に口をつけた。

宗右衛門の肩をついて、良碩和尚がくすりと笑い、部屋を出て行った。

宗右衛門が声をはげましていった。

「そうじゃ伊太郎どの。これから……これから、また、やり直すまでのことよ」

翌日。

八百屋久兵衛や、せがれの小平・忠太郎の兄弟も幡随院へあらわれ、山脇宗右衛門、権兵衛、放れ駒の四郎兵衛なども来て、塩田半平の葬儀が、つつましやかにとりおこなわれた。

半平の遺体は、旧主人、塚本伊織の墓のそばに埋められ、

「ああ……それにしても、なんということでございましょう」

と、八百屋久兵衛が、

「このように、わけもわからぬ血なまぐさい、残念な、くやしい事があってよいものか……」

なげいた。

「さて……これから伊太郎。どうするつもりじゃ？」

その夜ふけに……。

良碩和尚が、山脇宗右衛門とお金のみが残った部屋で、伊太郎へ問うた。

「わ、わかりませぬ」

かぶりを烈しくふったが、

「なれど……父や半平のうらみ、はらさずにはおきませぬ」

と、伊太郎は叫ぶように、

「おのれ……このまま、だまって引き下れようか」

「なれど……宗右衛門どのよ」

と、和尚が山脇宗右衛門へ向き直り、

「お前さまの考えは？」

「それでござります」

宗右衛門がひざをすすめ、

「私めが考えまするに……これは、どうあっても、肥前・唐津八万三千石、寺沢兵庫頭にかかわり合いのあることだと……」

「いかさま、な……」

「なれば、伊太郎どのが外へ出て、秘密をさぐるよりも、これは、さし出がましゅうはござれど」

と、宗右衛門は、いつしか、むかしの武家ことばになり、

「私めが、腹心の者のみをつかい、いろいろに手をまわして、唐津八万石をさぐって見たいと存じます。さいわいに人いれ宿の主人《あるじ》なれば、そこにはまた手段《てだて》もございましょう」

「うむ、うむ」

「伊太郎どの。いかが？」

「そ、それは……」

「かまわぬ。こうなれば、お前さまは我子も同然じゃ」

「かさねがさね……申しわけもありませぬ」

「なんの、なんの。ともあれ、伊太郎どのは、この幡随院へおかくまいいただき、決して顔を外へさらしてはなるまい。わしのところから権兵衛をよこして、お前さまをお守りしよう」

するとと良碩和尚が、

「案ぜられな。当山内へは、みだりに怪しき者の入れるものではない」

きっぱりといい、

「伊太郎よ。先ず第一に、その傷を癒《なお》し、以前のごとき立派な躰にもどることじゃ」

「はい。ありがとうございます」

三年後

春というよりも、今日の陽ざしは夏めいている。

「お前、また肥ったようだな」

桂《かつら》という若い遊女の、むっちりとふくらんだ腰へ手をまわしながら、寝そべったまま、客の武士が、

「やわらかくて、しっこりとしていて、お前のからだは、まことによろしい」

などと、好き勝手なことをつぶやいている。

桂はにこにこと人のよさそうな微笑をうかべ、武士の手もとの盃《さかずき》へ、

「ほれ、こぼれまする」

酌をしてやった。

「おお……これで朝から、ずいぶんと飲んだ」

「あい」

武士が身をおこし、桂のまるい肩を抱きしめ、

「ほれ……」

口うつしに、酒をのませてやる。

「あれ、もう……」

「よいわさ」

「もう、からだ中がだるくなってしもうて……」

「よいわ。そのまま、ねむってしまえ」

「殿さまの御屋敷へもどらぬでもよいのでごじゃりますかえ？」

「迎えが来るまでは、な」

「あれ、まあ……もう、いやじゃというに……」

しきりに遊女とたわむれている、この武士は若くない。

だが、老人でもない。

見たところは老けていて、四十がらみにおもえるが、実は三十三歳。

この武士……笹又高之助であった。

笹又高之助が、大坂の玉造の数珠《じゅず》屋を襲い、塩田半平と間ちがえて数珠師・虎四郎を斬り殺し、さらに、江戸へあらわれ、いま一歩で、池の端の幡随院へ駈《か》けこもうとする半平を暗殺してから……もう、三年の月日が経過していた。

この三年の間に、笹又高之助は〔浪人〕ではなくなっていた。

いま、遊女のひざをまくらにして、昼間から酒をのんでいる彼の服装《みなり》を見ても、それはたちどころにわかる。

髪かたちもきれいにととのえ、立派な小袖《こそで》を身にまとっている笹又の顔には、みっしりと肉がついた。

体軀《たいく》も、肩や下腹が張り出し、もともと剣術できたえぬいてあるだけに、なかなか堂々とした風貌《ふうぼう》に変ってきている。

三年ぶりに、彼のこの姿を塚本伊太郎が見たとしても、すぐには、

（あの笹又浪人か）

と、わからぬやも知れぬ。

笹又高之助は、いま、肥前・唐津八万三千石、寺沢兵庫頭《ひょうごのかみ》の家来になっているのだ。

塚本伊織と塩田半平を暗殺したための〔はたらきぶり〕を買われ、笹又が召しかかえられたとすれば、まさに、かの〔暗殺命令〕は〔唐津の殿さま〕である寺沢兵庫頭から出たものと考えてよかろう。

笹又高之助が、昨夜から泊り、今夜も泊ろうとしている遊女町《くるわ》を〔吉原《よしわら》〕という。

江戸の吉原は、のち東京の吉原遊廓《ゆうかく》となって〔不夜城〕の名をほしいままにしたが、昭和四十年代の現代《いま》は売春防止法によって、消滅してしまった。

吉原の遊女町が、幕府の命令によって、浅草の北方（台東区《たいとう》千束町《せんぞく》）へ移されたのは明暦二年というから、現代より三百年ほど前のことだ。

それまで、江戸の〔吉原遊廓〕は、日本橋・葺屋町《ふきや》附近の二町四方を区切り、この中にあった。

もともと、このあたりは葭《よし》の原であったところから〔吉原〕の名が生まれたという。だから、この時代の吉原を〔元吉原〕といい、浅草へ移ってからは〔新吉原〕とよばれる。

塚本伊太郎や笹又高之助が生きているころは〔元吉原〕の遊女町ということになる。現代の中央区日本橋人形町の都電停留所の北東一帯、そこが三百数十年前の〔元吉原〕であったのだ。

それまで、江戸の遊女町は数ヵ所に分散していたが、

「これを一ヵ所にまとめたらよかろう」

と、考えた男がある。

この男も、笹又と同じような浪人者で、名を庄司甚右衛門《しょうじじんえもん》といった。

この庄司浪人、なかなかに主人を得ることが出来ず、まずしい浪人ぐらしをつづけていたが、江戸にいる知り人をたずねて来て、

(おれが一つ、江戸の遊女町の総監督になってやろう)

と、武士にしては思いきったことを考え出した。

遊女町が、江戸城下の諸方に散らばっていて、それぞれ自由勝手に営業させておくと、女の色香におぼれる男たちが増えるばかりだ。

放っておけば、三日でも四日でも女のもとに泊りつづけ、だらしなく遊びつづけてしまう。

業者も遊女も、それをよいことにして、際限もなく、客のふところから金を引き出そうと考える。

女や酒のことから男同士が喧嘩《けんか》をし、刃物をふりまわして、あばれたりする。

客というのも、町人や農民ならまだよいのだが、武士たちが多い。

浪人の身分では、なかなかに遊女とあそぶこともできぬから、どうしても将軍の家来や、大名、大名の家来ということになる。

当時の天下を指導すべき武士が、女色におぼれて間ちがいをおこしては、幕府も将軍も困る。

かといって、いくつもある遊女町へ、幕府の役人が眼を光らせている暇もない。

(なればこそ、遊女町を一つにしてしまい、別の場所での営業を禁止し、その一ヵ所の遊女町を思うままに取りしまれば、間ちがいも少なくなろう)

と、庄司甚右衛門は考えたのだ。

(世の中に男があるかぎり、遊女は絶えない)

だから、幕府の許可をうけた遊女町をつくりたい。そうなれば幕府の法律をもって、これを取りしまることができる。

たとえば、

「二日も三日も遊女のもとに泊りつづけてはいけない」

とか、

「夜の何時になったら、遊女町の門をしめてしまう」

とか、

「怪しい者が出入りをしたら、すぐに届け出よ」

とか、

「業者は、不当に、客の金をしぼり取ってはならぬ」

とか、きちんと取りしまりをした上で、男をあそばせる。

「こういたしましては、いかがでございましょう」

と、庄司甚右衛門が、幕府の役所へ行って、自分の計画をはなすと、

「なるほど。それはよい考えじゃ。では、そのほうにまかせる。そのほうが、その遊女町の頭になれ」

と、幕府が〔ゆるし〕をあたえた。

そこで、いちめんの葭原だった土地を庄司がもらいうけ、ここに〔吉原〕の遊女町をまとめ、まわりには塀《へい》をめぐらし、出入りの大門《おおもん》は只《ただ》ひとつ。その門の傍《そば》に番所をもうけ、遊所としての規律をととのえたのである。

そのころから三十年ほどがすぎたいま、笹又高之助が吉原の高嶋《たかしま》屋という揚屋《あげや》〔遊女屋〕の奥の一間で、遊女の桂とたわむれているのである。

むかしとちがい、取りしまりもゆるんできたらしく、笹又のように、昼間から、編笠で顔をかくし、吉原へやって来る武士も少なくない。

とにかく、客は武家が多い。

何万石の主人である大名たちも、そっと忍んであそびに来る。

まかり間ちがえば、いきなり、

「ぶれいもの！」

大刀を引きぬき斬り捨てようという、気の荒い武士が多かった時代であるから、江戸の町人たちも、あまり吉原へはやって来ない。

吉原が町人たちによって繁盛を見るのは、浅草へ移り〔新吉原〕となってからのことだ。

高嶋屋は、吉原の中の京町の一角である。

晩春の陽ざしがみちあふれている路上を、こけらぶきの屋根ながら二階づくりの揚屋が囲み、燕《つばめ》が屋根から道へ……道から軒へ、矢のように飛び交っていた。

「笹又はおるか？」

編笠をかぶった、これも立派な風采《ふうさい》の武士がひとり、高嶋屋へ入って来た。

この武士、寺沢兵庫頭の家来で、三年前には、塚本父子の暗殺を指揮していた辻十郎である。

辻十郎は、笹又高之助が寝そべっている二階の部屋へ上って来て、

「おい、まだ女と……」

「あ、辻殿か。ま、お入り下さい」

「女。座を外せ」

「あい」

「酒を、もっとはこばせてくれい」

「あい、あい」

桂が出て行くと、笹又が自分の盃《さかずき》を辻にわたし、

「ま、ひとつ……」

酌をしてやる。

「どうじゃ、江戸は？」

「何しろ、三年ぶりですからな」

と、笹又高之助。

寺沢家の家臣になってから、彼は、肥前・唐津の城下で暮していたらしい。

「唐津でも、ついに妻をもらわなんだそうじゃな、笹又」

「いかにも」

「なれど、殿さまはおぬしの剣術の腕前《てなみ》を見て、よき男を召し抱えたとおおせられ、大よろこびじゃそうな」

と、辻十郎が、かすかに〔ねたみ〕の色を顔にうかべ、

「それにひきかえ、このおれは……」

いいさして、くやしげに舌うちを鳴らした。

いまの辻十郎、殿さまの寺沢兵庫頭から、あまりよく思われていないらしい。

辻は、いうまでもなく、江戸城・御成橋《おなりばし》内にある寺沢家の江戸藩邸にいる。

ひろい藩邸内には家来たちの長屋がふくまれていて、唐津から十日前に江戸に来た笹又高之助も、辻のとなりの長屋へ住んでいるのだ。

「やはり、江戸はよい」

笹又は、はこばれてきた新しい酒を辻の盃へみたしてやりつつ、

「この三年の間に、見ちがえるほど、家も人もふえ、まさに海内《かいだい》一の城下になり申した。いささか、おどろきました」

「それはさておき、笹又」

「何でござる？」

「あの、塚本伊太郎な……」

「え……ああ……あの伊太郎……」

「うむ。昨日、麹町《こうじまち》の通りで見かけた。向うには気づかれなかったが……」

「ほほう」

「あいつ、またどこかで武家奉公をしているらしい」

「だが辻殿。塚本伊太郎が一件は、もうすんだことではないのですか」

「そう思うか、おぬし」

「思うも何も、三年前のあのころ、それがしは只、辻殿から金をもらい、殺せといわ

れるやつどもを殺そうとしただけのこと。何故《なにゆえ》に彼らを殺さねばならぬのか……その理由《わけ》もきいたことはない」

「わけを知らぬ……？」

「知るわけがない。何ごとにも金ずくで引きうけたことでありませぬか」

「それは……たしかに、そうであった」

「は、はは……いまさら何を申される」

「その後、塚本伊太郎はな……」

と、尚《なお》も辻十郎は異常な光りを両眼にただよわせ、

「ずっと、池の端の幡随院にかくれ、長らく外へは出なかった」

「ほほう。では、ずっとあのまま……」

「おぬしにも数度、幡随院へ忍びこんでもらい、伊太郎を斬ってもらおうとしたものだが……」

「あそこはいかん。何しろ、将軍家にも幕府にもかかわり合いのある大きな寺だし……それに、ほれ、浅草の人いれ宿をしている山脇宗右衛門の手下が入れかわり立ちかわり、かたときも伊太郎のそばをはなれぬ。寺僧たちの警護もきびしい。いかな笹又高之助でも……」

「なれば……なれば、われらもあきらめた。そして、おぬしはうまく寺沢家へ奉公がかなったわけじゃ」

「はあ……」

「このごろ、殿はわしを遠ざけられ、なにごともくわしいことはわからぬようになってしもうたが……」

「なぜ、辻殿は殿の御不興をこうむったのですかな？」

辻十郎は、それにこたえず、たてつづけに酒をあおっている。

しかし笹又高之助には、うすうすわかっていた。

辻十郎は三年前まで、寺沢兵庫頭の侍臣《じしん》として、いろいろ秘密の相談にもあずかっていたし、馬廻役《うままわり》から御側役《おそばやく》に引き上げられ、何ごとにも兵庫頭は、

「辻十郎をよべ」

と、命じられていたらしい。

だからこそ、辻が、

「当世まれに見る剣士でござりますゆえ、ぜひとも、御家来に……」

と、笹又を推薦したときも、

「よきにはからえ」

殿さまは、すぐに承知してくれたのである。

諸国の大名たちは〔参覲《さんきん》〕といって、定期的に、本国から江戸へやって来て、将軍に奉仕し、幕府につとめる。こうして徳川幕府は諸大名に忠義の証拠《あかし》をたてさせるようにしたのだ。

寺沢兵庫頭は、はじめ笹又高之助のことを、それほど気にとめていなかったようだが、参観を終えて領国の唐津へ帰ってから、家来たちの武術試合を見物し、

「なるほど。笹又高之助の剣はすばらしい」

ことを知ったわけだ。

今度、笹又を江戸藩邸勤務にせよ、と命じたのも、寺沢兵庫頭だときいている。

江戸へ来てから十日目になるのだが、まだ笹又は殿さまにあいさつをしていない。

いま、寺沢兵庫頭は烈しい頭痛になやまされ、床に臥《ふ》しているからであった。

「つまり……つまり、笹又高之助。おぬしが殿のお声がかりによって江戸屋敷づめとなったことはだな」

「うむ。それは」

「つまりだ。おぬしの剣のはたらきを、またほしくなったのではないか……と、わしはおもう」

五十に近い年齢に見える辻十郎なのだが、酒の飲みぶりは荒い。

何度も、新しい酒をはこばせ飲みつづけているが、酔いが出ず、青い顔つきをしたまま、くちびるを舌でなめまわしながら、ぐいぐいとあおりつけるように飲む。

夕闇がたちこめてきはじめた。

吉原の傾城《けいせい》町に灯がともり、往来の人声もにぎやかになってきている。

「では辻殿。それがしに、また塚本伊太郎を斬れとでも？」

「知らん。おりゃ知らん。殿さまが何を考えておられるのか、この辻十郎、まったくもって知らん、知らん」

　わめきざま、辻は盃をたたきつけ、

「こら、だれかおらぬか!!」

　廊下へ出て、

「呼べい。竹篠《たけしの》を呼べい」

「辻殿」

「知らん、おれは知らん」

　竹篠というのは、辻がなじみの遊女らしい。

「いったい、どうなされたのでごじゃります。そのような大声たてて……」

　竹篠が上って来た。

　桂より年上の、落ちついた女であったが、

「ばかもの!!」

　いきなり、辻十郎が竹篠の美しく化粧した顔をなぐりつけたものである。

「あれえ……」

　逃げようとする竹篠の腕をつかみ、部屋の中へ引き戻した辻が、尚《なお》も、なぐりつける。

　まるで狂気だ。

「これ辻殿、およしなさい、この女に何のとががあるのだ」

「うるさい」

「しかし……」

「おれは……この辻十郎が何故に、殿から遠ざけられたか……おのれ、そのことをおもうと、この胸のうちが煮え返るようじゃ」

叫びざま、倒れている竹篠へおおいかぶさり、辻十郎は、

「おのれ、おのれ……」

わめきつづけながら、竹篠の衣裳《いしょう》をはぎ取りはじめた。

「あれ、そのような……いや……」

「うるさい！」

笹又高之助が見ているのもかまわず、辻十郎は、押しひろげたえりもとからこぼれてきた竹篠の乳房へ、がぶりと噛《か》みついたものである。

「きゃあ……」

遊女の悲鳴をあとに、笹又は、あきれ果てて部屋から出た。

廊下にたたずんでいた桂に、

「いつも、あのような……？」

問うと、桂がうなずいて、こういった。

「このごろは、辻さまは、いつも……」

笹又高之助へ、

「殿のおめしである」

と沙汰《さた》があったのは、翌々日の朝であった。

寺沢兵庫頭・上屋敷内の長屋にいた笹又は、

「かしこまった」

すぐに礼装をととのえ、御殿へ向った。

鉤《かぎ》の手のかたちに建てられた馬屋の裏側の通路を行くと、突き当りが大玄関へ通じる小門で、ここに番所があり、藩士一人と足軽二名がつめている。

もう一人、色白の、ふっくりとした、やさしげな顔だちの藩士がいた。

三十前後に見える。

これは殿さまの侍臣として、そばちかくつかえている三木兵七郎という藩士で、笹又も江戸屋敷へ到着した日に〔あいさつ〕をしている。

「笹又殿、これへ……」

小さな細い眼がねむっているような三木兵七郎が、抑揚のない低い声でいい、さしまねいた。

「は……」

「ついて来なさい」

三木が先へ立ち、小門をぬけ大玄関の前を通り、向側の塀についている小門を開け、中へ入った。

そこにも番所があり、これから先は、書院や能舞台に面したひろい庭となる。

庭に沿って高い塀があり、その向うには家来が住む長屋が建ちならんでいる筈《はず》であった。

「おぬし……」

ゆっくりと足をはこびつつ、三木兵七郎が振り向きもせずに、

「昨日、吉原で、辻十郎と会うたそうな」

と、いった。

「は……」

よく知っている。

辻から聞いたのか……と、笹又はおもった。

「辻十郎殿にも、こまったものよ」

「辻殿が……？」

「こまる。殿さまのおためにならぬ。寺沢家のためにならぬ。唐津八万三千石のためによろしくない」

「ははあ……」

笹又高之助には、事情がよくのみこめなかったが、たしかに昨日のような辻十郎では品行がよくなさすぎるというものだ。

庭の中にも、低い白壁の塀がめぐらされてい、その外側を二人はすすみ、突き当りの小門へかかると、番所の中から藩士二名があらわれ、三木へ礼をした。

（ともかく、大名の屋敷とは、ひろいものだな……）

と、笹又は感心していた。

まだ、このように奥ふかいところを見てはいなかったし、唐津の城の中の御殿は、これほど大規模なものではない。

三木の後から、笹又は奥庭へ入って行った。

奥庭が、またひろい。

池あり、林あり、築山《つきやま》ありで、どこがどうなっているのだか、わからぬ。

三木兵七郎は木立をぬけ、築山をのぼった。

「来なさい」

「殿におわす」

三木の声に、はっとして見ると、築山の斜面の一角に小さな茶室があり、そこの縁にかけていたのが寺沢兵庫頭であった。

そのまわりに、十人ほどの家臣が、ひざまずいている。

笹又高之助は築山の芝へ両手をつき、平伏をした。

三木兵七郎が小走りに先行し、殿さまのそばで何か、ささやき、すぐ、

「笹又殿、これへ……」

といった。

「ははっ」

笹又は、小腰をかがめたまま少しすすみ、またひざを折って両手をつかえた。

「高之助か。面《おもて》をあげい」

寺沢兵庫頭の声が、かかった。癇《かん》高くて、するどい声である。

笹又は顔をあげ、この殿さまを一年ぶりに見て、

(ずいぶんと変った顔だちになられた……)

と、おもった。

寺沢兵庫頭は、たしか三十六歳だときいている。

亡父・志摩守に似て、骨組みの張った背丈の高い兵庫頭だが、

(躰《からだ》も顔も、すっかりやつれてしまわれた)

これはたしかに御病気なのだな、と、笹又高之助は感じた。

「よう出てまいった」

「ははっ……」

「三木……」

と、殿さまが白い眼をぎらぎら光らせるや、三木兵七郎が、まわりの家来たちへ、めくばせをした。

家来たちは心得た様子で、殿さまのまわりからはなれ、声のとどかぬほどのところ

へ散開し、こちらに背を向け、見張りのかたちをとる。

（どうも大仰《おおぎょう》なことだな……）

いったい、これから何がはじまろうというのか……。

三木兵七郎だけが、殿さまのそばにひざまずいている。

「近う寄れ」

と、兵庫頭。

一礼し、笹又が近寄る。

壁土をぬったような顔色をしている兵庫頭の三白眼《さんぱくがん》のふちがくろずんでいた。

（いったい、どのような御病気なのか？）

であった。

「笹又。そちに命ずることがある」

「はっ」

「先ず一つ」

いわれて、笹又高之助が意力をこめた視線で殿さまを見返すと、寺沢兵庫頭は、何人もの人を斬殺《ざんさつ》してきた笹又ほどの剣士の眼力にもたじろぐことなく、凝《じっ》と笹又を見つめ、ぬたりと笑った。

笹又高之助ほどの男が、ぎょっとしたほど、それは不気味な笑いであった。

「笹又高之助。よくきけ」

「はっ」

「先ず第一に、十郎を成敗いたせ」

家来の辻十郎を殺せ、と、殿さまが命じたのには、笹又もおどろいた。

「辻殿を……？」

「うむ、理由《わけ》をきかずともよい」

無茶である。

大名たるものの命ずべきことではない。

また、大名の家来たるべきものが理由もきかされずに同僚を討てるものではない。

笹又は、殿さまの顔を凝視したまま、しばらく返事をしなかった。

父の代からの浪人暮しで、主人につかえたのはこれがはじめての笹又ながら、自分を寺沢家に推薦してくれた辻十郎を、わけもなく殺すのは、ためらわざるを得ない。

「笹又殿、辻十郎は御家のためにならぬ人物。昨日、吉原における狂態を目《ま》のあたりに見たおぬしならば、くどくどと申さずとも、わかっておられようが」

きめつけるように、三木兵七郎がいうと、兵庫頭がにやりとうなずき、

「どうじゃ、高之助」

「は……」

「辻を斬ってのちに、もう一人、成敗してもらわねばならぬ者がおる」

「は……？」

「ま、よい。先ず、辻を討て、上意である」

もう仕方がない。

殿さまの命令に、これ以上そむけば、笹又高之助はまたも浪人暮しに逆もどりをするか……または、この場で首を討たれても文句はいえないのである。

「承知、つかまつりました」

笹又はこたえ、またも平伏した。

「よし」

うなずいた寺沢兵庫頭が、茶室の縁を上りかけると、走り寄った三木兵七郎が障子をひらいた。

何気なく、そのほうを見て、

(あっ……)

おもわず笹又高之助は声をあげそうになったが、あわてて、くびをたれ、見ないふりをした。

たしかに、彼は見た。

ひらかれた障子の隙間から、何やら紅い布のようなものと、その上に、女の……しかも裸体の女の一部分を、ちらりと、たしかに見たのである。

(殿は……この寺沢兵庫頭様とは、どのようなお人なのだろうか?)

三木の声が、

「笹又殿お引きとりなされ」

と、きこえた。

立ち上った笹又高之助は、すでにぴったりとしめきられた茶室の白い障子を見た。

「三日のうちに、辻殿を……よいな」

三木兵七郎が、とどめをさすように、笹又にいった。

そのころ……。

塚本伊太郎は、江戸城・大手口にある大和《やまと》・郡山《こおりやま》の城主、本多政勝の屋敷内にいた。

本多家の臣・桜井庄右衛門は、三年前、伊太郎の主人であった。幡随院にかくれていた伊太郎に、

「じゅうぶんに躰を癒《なお》してから、またわしがもとにまいれ」

と、桜井庄右衛門は、いろいろと気をくばってくれたし、見舞いにも来てくれた。

良碩和尚《りょうせきおしょう》も、

「桜井どのには、すべてをうちあけたがよくはないかな」

と、いってくれたが、伊太郎は、

「当分は、このままにて……」

そうこたえ、自分が重傷をうけたことも、

「何者とも知れぬ刺客に襲われまして」

とのみ、桜井庄右衛門にいってある。

庄右衛門も、くわしいことはきこうとせぬが、

「当寺に、じっとしておれ。外に出てよいときがまいったなら、わしが申す」

何か意味ありげな眼の色になり、

「くれぐれも、あせるまいぞ」

と、いう。

また、伊太郎が外に出たくとも出られぬ状態となってしまったのである。

背中と股《もも》の傷が、また悪化しはじめたのだ。

やはり、無理をして、沼津から江戸へ急いだのがわるかった。

化膿した傷口が、いつまでもふさがらぬままに、伊太郎の高熱が、なかなか下らず、

「こりゃ、躰のそこもここも悪うなっている」

一時は医者も、

「これは……よほど気をつけぬと……」

くびをかしげたほどである。

しかし、山脇宗右衛門やお金、幡随院の人びとの熱心な看病によって、

「もう大丈夫」

となったのは、半年後であった。

そのときは、あの伊太郎の立派な体格が見るかげもなくやつれ果ててしまっており、
背丈が高いだけに、

「こういう人の病後は、常人よりも、よほどに気をつけぬといかぬ」

また、医者がいう。

事実、伊太郎が元の健康をとりもどしたのは、それから約一年を要したのである。

「われながら、これほどに弱い男とは思いませなんだ」

伊太郎も、苦笑せざるを得ない。

「いや、人の躰とはそうしたものじゃ。あのような大病をしたというのも、強そうに見えていて、お前の躰には、幼いときからの長い長い旅の疲れが、つもりつもっていたのではあるまいか……そのかわり伊太郎、この足かけ三年の間に、お前は、この寺にあるさまざまな書物を僧たちに教えられながら読むことができた。これは大へんよいことであった筈《はず》じゃ。そうではないか……ふむ。そうであろ、そうであろ」

さらに、良碩和尚は、

「ところで伊太郎。お前は二年前のお前とおなじかな？」

という。

「は……？」

「亡き父、塚本伊織殿のうらみを、まだ忘れきれぬか？」

とっさに、伊太郎は返事ができなかった。

伊太郎は、くびをうなだれた。

わからない。

二年の歳月を経たそのとき、父の秘密を知り、父の敵《かたき》を討ちたいと大坂をめざしたころの烈しい怒りが、うすめられていたことは事実である。

だからといって、忘れきれるものではない。

それまでに、良碩和尚は何度も、

「伊太郎が父御のかたきを討つことを、果して、亡き父御はのぞんでおられようか……」

と、問うた。

「それよりも、お前の若いいのちをかけ、世の中のために何か一つ、やって見る気もちにはならぬか」

ともいった。

「そのほうが、伊織殿の霊もよろこばれるのではないかな」

しかし、もしも父を殺した真犯人がわかったとき、

(もちろん、討つ！)

つもりの伊太郎なのである。

その手がかりをつかむべき、塩田半平に死なれてからは、伊太郎も絶望しかけてきている。

「敵がわかったときはそのとき。何もむりやりにさがさずともよかろ」

と、和尚は、あくまでもこれからの伊太郎を危険な目にあわせたくないらしい。

いっぽう、山脇宗右衛門は、人いれ宿の主人だけに、

「寺沢兵庫頭の屋敷へも、二人ほど小者を入れてござる。この二人は、こころきいた男たちゆえ、そのうちにきっと、何か伊太郎どのの役に立てるやも知れぬ」

などと、伊太郎の闘志をかきたてるようなことをいう。

さらに一年が経過した。

この間、伊太郎は幡随院内において躰をきたえ、次第に、かつてのすばらしい筋肉と気力を取りもどしつつあった。

「もう、よかろう」

桜井庄右衛門がいったのは、伊太郎が幡随院へはこびこまれてより三年目の今年、すなわち正保元年（十二月に改元）の正月である。

「とりあえず、わしがもとへまいれ」

庄右衛門のことばにしたがい、伊太郎は、またも桜井家へ奉公をすることにした。

塚本伊太郎、二十三歳になっている。

お金は十六歳の乙女に成長をし、

「とても十六には見えぬ」

と、幡随院の僧たちがうわさするほどで、それもこれも彼女が、祖父であり養父でもある山脇宗右衛門をたすけ、浅草の〔人いれ宿〕の内処《ないしょ》を、荒くれ男どもをつかい、一人前に切りまわすほどのはたらきをするようになっていたからであろう。

桜井庄右衛門は、なぜか、

「伊太郎は当分の間、名を変えたほうがよい」

といい、

「神田《かんだ》常平《つねへい》と名のれ」

きめてしまったものだ。

塚本伊太郎あらため〔神田常平〕として、彼は、本多屋敷内の庄右衛門の長屋へ起居することになったが、

「名も変えたついでに、心も躰も生まれ変ったつもりになれ」

と、庄右衛門がいった。

（桜井様も、むかしのことをすべて忘れよというおつもりなのか？）

だが、健康をとりもどし、ふたたび両刀を腰にして武家奉公をはじめて見ると、やはり、亡父・伊織のことが脳裡《のうり》からはなれない。

父が死にのぞみ、

「かいらつ……」

と、いいのこしたことを伊太郎は今さらに思いうかべ、

（父上は無念であったにちがいない。私に、うらみをはらしてくれ、と申されたかったにちがいない）

こうなると、うすれかけていた闘志が、またも火をつけられたようになり、

(なんとしても……)

塚本伊織にまつわる秘密をつきとめたい、と、居ても立ってもいられなくなってきた。

神田常平として、主人の使いにも出れば供もする。

三年前のときのように、刺客につけられたり、ねらわれたりすることもない。

「お前がことは、殿にも申しあげておいた」

あるとき、桜井庄右衛門が、伊太郎にいった。

殿というからには、庄右衛門の主人・本多政勝のことをさす。

「殿も、ふびんじゃとおおせられてな。お前をいずれ、わしと同じ本多家の家来にしてやりたいと、わしはおもうている」

そうなれば伊太郎、郡山十五万石に併せて四万石の知行をみとめられ十九万石の大名となった本多政勝につかえることとなるわけだ。

桜井庄右衛門が、そこまで伊太郎の身を心配してくれるのは、たしかに、

「父のうらみをはらすことを忘れよ」

と、いっているのと同じだと見てよい。

「ま、しばらくは、わしがもとにいて出精《しゅっせい》せよ」

「はい」

「折を見て、殿に申しあぐる」

「かたじけのうござります」

本多家につかえるとしても、身分のかるい者としてであろうが、何といっても大名の家来となるわけだから、父が元気でいたら、

（どのように、よろこんで下さることか……）

伊太郎もそう考えると、素直に桜井庄右衛門のことばに従ったほうがよいともおもう。

そうこうするうち、春が来た。

そして……。

笹又高之助が、唐津から江戸へ転勤を命ぜられ、出府したのであった。

親父橋

その日。

御成橋《おなりばし》内にある寺沢兵庫頭屋敷から、辻十郎が出て来たのは昼すぎである。

非番の日なので、辻は、また吉原の廓《くるわ》へ行くつもりらしい。

もっとも、当直の日がきても、いまの辻十郎にはこれという役目がないのだ。

(辻殿は、とうとう殿さまのお怒りにふれ、御役目にもつけなくなってしもうたのだ)

と、寺沢家のものたちの眼が、さげすみの色をたたえて、辻十郎にあつまっている。

つい一年ほど前まで、唐津藩における辻十郎の威勢は大したものであった。

何事につけても、寺沢兵庫頭は、

「辻十郎を呼べ」

といい、片時もそばをはなさず、したがって辻がいうことのすべてを信じ、この殿さまは、むしろ、辻十郎のいうままにあやつられていたともいえる。

兵庫頭は、あの六年前の、九州におけるキリシタンの叛乱《はんらん》の鎮圧に失敗し、天草の

領地を幕府にけずりとられ、改易《かいえき》の処分をうけて以来、

（わしが江戸に来ている留守中、家来どもは、キリシタンの暴徒どもを押えることができず、主人のわしに大恥をかかせおった）

六年たったいまでも、ねちねちと、そのことにこだわっている。

あくまでも、あのときの責任を家臣たちへ押しつけてしまい、主人たる自分が背負うこころにならない。

（おのれ、家来どもが……）

なのである。

将軍と幕府によって、四万石の領地を没収された不名誉を、そのまま、自分の家来たちへ転嫁し、ひそかに腹を切らされた者も数名いるらしい。

ばかなことではある。

このようなことが幕府に知れたら、

（大名にあるまじきことである）

というので、寺沢兵庫頭自身が、またも処罰をうけねばならぬであろう。

現将軍・徳川家光も、幕府の閣僚たちも、

（亡父の志摩守広高とはくらべものにならぬおろかな大名じゃ）

と、兵庫頭を見ているようだ。

それというのも、キリシタン事変以来、兵庫頭の行状《おこない》がすこぶるよくないからであ

る。

九州・唐津の本国にいるときも、江戸屋敷にいるときも、ひまさえあれば酒色におぼれつくしている。

辻十郎は、殿さまの、こうした乱行につけこみ、たくみに兵庫頭の歓心を買うことにつとめ、そのおかげで〔御側役《おそばやく》〕に出世をした男であった。

だから、一年前までは、

(辻十郎を怒らせたら、どのようなことを殿さまのお耳へ入れるか知れたものではない)

と家来たちはおもい、

(辻のきげんをとっておきさえすれば、殿さまへもわれらのことを悪《あ》しざまにはいうまい)

こうなってきて、いよいよ、辻十郎の威勢がさかんになったのである。

そして……。

辻十郎は、おそらく殿さまの密命をうけ、塚本父子たちの暗殺の指揮をとったことさえあるのだ。

寺沢兵庫頭が、なぜ、いまはもう自分の家来ではない塚本父子を殺そうとしたのか……。

(それは、辻十郎がよく知っているにちがいない)

と笹又高之助はおもっている。

その辻を、

「殺せ」

と、殿さまが笹又に命じたのだ。

いま、辻十郎のかわりに、寺沢兵庫頭の気に入られて威勢をほこっているのが三木兵七郎であった。

(辻十郎は何か失敗《しくじり》をした。そのすきに、三木兵七郎が殿さまへ取り入り、辻を追いのけ、自分が辻に取ってかわった。しかも殿さまをたきつけ、辻を殺そうとしている)

それほどのことは、笹又高之助にも見当がつく。

(ああ……これで大名の家来などというものは、めんどうなものだな)

笹又高之助は、つくづくとそうおもう。

だが、その大名の家来に自分もなってしまったのだ。

三年前までは〔一人につきいくら〕で、金をもらって人殺しをして、のんびりと暮していた笹又だけに、

(もとの浪人暮しにもどったほうが気らくでよい)

と、考えることさえある。

しかし……。

一年一年と、気ままに浪人暮しがつづけられる時代ではなくなってきた。

キリシタンが叛乱の戦争を起して以来、徳川幕府は、諸方にあふれている浪人たちのうごきをきびしい眼で見つめるようになった。

武士でありながら〔俸給〕にありつけぬ浪人たちは、またどこかで叛乱事件でもあれば、自暴自棄のかたちになって、これへ参加するであろう。

(もっと取りしまりをきびしくせよ!)

(浪人たちに少しでも勝手なまねをさせてはならぬ!)

(彼らが、少しでも無法なまねをしたならば、たちどころに罰をあたえよ!)

(浪人たちが自由に諸国を歩きまわることを監視せよ!)

などと、幕府は諸国大名へも命令を下したし、ことに、将軍の〔おひざもと〕である江戸では、浪人の取りしまりがきびしくなるばかりであった。

こうなっては、笹又高之助も、うかつに金ずくの人殺しをやってもいられなくなった。

これから先、

(浪人暮しもらくではない)

と、おもいきわめたからこそ、三年前に、

「自分は、どこまでも貴公のちからとなってはたらくつもりだから、どうか一つ、寺沢兵庫頭様へ取りなしていただき、御家来衆の末端《すえ》にでも加えてもらいたい」

と、辻十郎へたのみこんだのだ。

「よし。そのかわり、決してわしにはそむかぬとちかうか？」

「もちろんです」

「わしはな、笹又。おぬしの剣の冴《さ》えを高く買っている。おぬしほどの者が、わしの味方になっていてくれれば、大いにこころ強い」

「ですから辻殿……」

「よし、引きうけた」

こうして辻十郎は、殿さまに笹又を推挙し、寺沢の家来にしてくれた。

いえば辻は、笹又にとっては大恩人なのである。

その大恩人を、斬らねばならぬことになったのだから、

（あまり、いい気もちではやれぬ仕事だ）

笹又高之助も苦りきっている。

だが、寺沢家につかえている以上、殿さまの命令は絶対のものだ。

「いやでござる」

と、はねつければ、今度は笹又自身が腹を切らされるやも知れぬ。

（ま、仕方もあるまい）

この二日の間に、笹又は決意をかためていた。

今日が、

「三日のうちに辻殿を斬れ」

と、三木兵七郎が念を押した、その最後の日であった。

例のごとく、辻十郎は供もつれず、編笠《あみがさ》をかぶり、一人きりで吉原へ向って行く。

(よし！)

笹又高之助も、その後から寺沢屋敷を出た。

出たが、厭《いや》な気もちである。

どんよりと曇った、風もない晩春の空の下を、辻十郎はふらりふらりと歩をはこんでいる。

(いったい、どうして殿さまから嫌われたのかな、辻十郎は……あれだけ、気に入られて羽ぶりがよかったのに、おれが唐津で奉公をしている間に、がらりと見捨てられてしまった。何があったのか？)

江戸へ来て、久しぶりに見た辻十郎は、まるで違う男になっていた。

いまや寺沢家のものたちは、辻を見向きもしない。辻は辻で、殿さまと同じように酒と女におぼれこみ、考えようによっては、

(さあ、いつでも、おれは腹を切ってやるぞ！)

ふて腐れているように見える。

辻十郎には、妻もあり、二人の子もあったと、きいている。

それなのに、江戸藩邸の辻の長屋には妻子の姿も見えない。辻の家来たちも去って

しまい、下男や小者が三人ほどいるだけだ。以前の彼は、両刀を帯した家来を二人ほど、いつも供につれて歩いていたものである。

江戸へ着いて日も浅いだけに、笹又高之助は、ゆっくり辻と語り合う機会もなかった。

藩邸内にいるとき、辻は、なぜか笹又と顔を合せることをこばむ。

吉原の遊里で顔を合せたことは二度ほどあるが、酒に酔いしれている辻十郎の狂態に接するのみで、ただもう、あきれ果てているうちに、辻十郎暗殺の密命をうけてしまったわけだ。

辻は、吉原の大門を入って行った。

大門内の番所にいる番人たちが顔をよせ合い、編笠の辻十郎を見送りながら、しきりに何かささやき合っている。

辻が、廓の内で酒に酔いつぶれ、乱暴をはたらいている評判を、吉原で知らぬものはない。

いざとなって、吉原の廓から幕府へ訴え出れば、

「大名の家来が日中から遊里へ入りこみ、乱暴狼藉《ろうぜき》におよぶとはけしからぬ」

とあって、辻十郎のみか、主家の寺沢へも累《るい》がおよびかねない。

（だから斬れというのか……）

笹又高之助も、編笠をかぶったまま、吉原の大門を入った。

（しかし、辻十郎の乱行がけしからぬというのなら、腹を切らせてもよいのではないか……だが、殿さまもそこまではいえぬものらしい。というのは、辻は殿さまの暗い秘密《かくしごと》をいろいろと見知っているからだろう。そもそも、塚本父子をひそかに殺そうとしたことだけでも、只事《ただごと》ではない。殿さまは、いまの辻十郎が邪魔になってきた。だからといって切腹を申しつけることもできぬ。殿さまが辻に弱味をつかまれているからだ）

辻十郎は、いつものように京町の「高嶋屋」へ入って行った。

雨がふり出してきた。

笹又高之助も、高嶋屋へ入りかけたが、

（まてよ）

考え直した。

あくまでも、人に知られずに辻十郎を斬ってしまわねばならぬ。

そこで、高嶋屋の真向いにある山城屋《やましろ》という揚屋《あげや》へ、

「ゆるせ」

ずいと、入った。

三日前の夜に、三木兵七郎がひそかに笹又の長屋へあらわれ、

「辻を斬るなら、吉原の帰りをねらえ。これは仕事金じゃ」

といい、相当の金を置いていってくれている。

ふところは、あたたかい。

山城屋も、笹又は初めての客だが、よろこんで迎え入れた。

笹又高之助は、高嶋屋の表口が見わたせる、通りに面した部屋へ案内させ、

「妓《おんな》に注文はつけぬ。だれでもよい」

と、いった。

九重《ここのえ》という遊女が、笹又の相手としてあらわれた。

酒がはこばれてくる。

「気をつかうな。ゆるりとくつろげ」

「ありがとうござります」

九重は、色の白い、ふっくりと肥えた遊女だ。

笹又を上客と見て、うれしそうに酌をした。

「お前ものめ。酔うたら、そこへ寝てしもうてもよいぞ」

「ま、うれしいこと」

「介抱してつかわす」

などといいながら、笹又高之助は少しのゆだんもなく高嶋屋の表口を見張りつづけている。

それでいて、九重には少しも気づかせず、絶えず微笑をうかべ、冗談口をかわしつつ、九重をあそばせるかたちになっているのは、さすがに笹又であった。

夕暮れになった。

雨が、しとしととふりつづけている。

九重は、

「窓の障子をしめぬと、雨にぬれましょうに」

といったが、

「かまわぬ。このほうが気もちよい」

障子を少し開けたまま、笹又高之助は、左ひざにもたれている九重のまるい肩を抱きよせ、

「明日も来るぞ」

「うれしゅうごじゃります」

「お前の肌はきれいだ」

「ま……」

「さわってもよいか」

「あい……」

「どうじゃ?」

「あれ、もう……そのような……」

「よいではないか。もそっと、こう……」

「あれ……」

「唇《くち》吸うてよいか？」

「いや」

「なぜ？」

「まだ……」

「まだ？」

「もっと後に……」

などと、酒をのみながら、ふざけ合っているうち、戸外には夜の闇がたちこめ、雨が強くなった。

と……。

高嶋屋の表口で、女の悲鳴がきこえ、店の者の叫び声がおこった。

「ばかもの!!」

わめいて、屋内の灯の中から路上へ、のめりこむようにあらわれたのは、まさに、辻十郎であった。

山城屋の二階の窓から、これを見た笹又高之助の眼が白く光った。

辻十郎は口汚く、ののしり声を発しつつ、ふらふらと大門口へ向って歩きはじめた。

それと見て、

「や、これはいかぬ」

山城屋の窓からはなれた笹又高之助が、

「急の用をおもいだした」

と、九重にいった。

「今夜は、もう帰らねばならぬ」

「あれ、まあ……」

「九重。可愛ゆいやつ……明日、かならずまいるぞ」

「ま、そのように急がずとも……」

「いや、そうしてはおられぬ」

笹又は、間もなく山城屋を出た。

雨は、はげしくなるばかりであった。

そのころ、揚屋が雨ふりのときにつかった吉原笠《がさ》という大きな笠をもらい、笹又高之助も、すぐさま大門口へ……。

辻十郎は笠もかぶらず、雨びたしのまま、大門を出て行く。

大門を出て、廓をかこむ板塀に沿った掘り割の道を、

「わあっ……くそ、おのれ。ばか！」

辻はわめき声をあげ、つばを吐きちらしながら、すすむ。

かなり、酔っているらしい。

（よし、おもいきって殺《や》るか……）

笹又も、少しずつ決意が、かたまってきはじめたようだ。

大門を出ると、前が禰宜《ねぎ》町の、現代でいう〔興行街〕である。

ここには、歌舞伎芝居の中村座をはじめ、幕府が許可をした種々の見世物小屋などがあつまり、日中は大いに賑《にぎ》わう。

しかし、強雨の夜ともなれば、人の足も絶えるし、それでなくとも当時の江戸の町の夜の暗さは、現代人から見て想像を絶するものがあったといってよい。

笹又は、雨音をさいわいに間隔をつめ、辻十郎の後方三間ほどのところへせまった。

辻は、「材木堀」とよばれる廓のまわりの掘り割沿いに通りへ出ると、これを南へ突っ切り、堺《さかい》町へ入った。

両側は町家だが、さすがに遊女町への通いすじだけあって、酒を売る店も出ているし、

(ここではまずい)

笹又は、一瞬、立ちどまって考え、

(よし)

身を返して駈けた。

待ち伏せようというのである。

小路を元大坂町へぬけ、ぐるりとまわって、笹又は堀川にかかった橋を、西へわたった。

この橋を、近辺の人びとは〔親父橋《おやじばし》〕とよぶ。

それは、吉原の廓をつくった庄司甚右衛門が、自費で掛けた橋だからである。甚右衛門は土地の人々から〔おやじ〕の愛称をもってよばれていたところから、橋の名がついたという。

辻十郎は、堺町をぬけ、かならず、この親父橋をわたって来る筈《はず》であった。

橋の西たもとは、かなり幅のひろい通りをへだてて町家が並んでいるが、いずれも大戸をとざし、灯影《ほかげ》もなかった。

夜といっても、まだ早い。

いつもなら、吉原通いの人の声も、まだきかれようという時刻なのだが、このようにひどい雨ふりの故か、あたりはうるしのような闇がぬりこめている。

雨となれば、道はぬかるむし、そうした夜の道を通行するだけの機能を、まだ当時の江戸の町はそなえてはいない。

駕籠《かご》などの乗物が自由に使えるようになるのは、もっと後年になってからである。

笹又高之助が、親父橋西の橋詰の柳の木の下の茂みへ身をひそめたとき、これも吉原帰りらしい吉原笠をかぶった武士が三人、袴《はかま》をぬいで高々と裾《すそ》をからげ、橋をわたってきた。

「なんじゃ、あれは？」

と、一人が橋の上に立ちどまり、堺町の方角へ振り向いて見て、

「あの酔いどれめ、けしからん！」

「ふん。遊女《おんな》に冷たい仕うちをうけて、くやしいのであろうよ」

「かまうな、かまうな」

「なれど、あいつめ、おれの肩を突き飛ばしおったぞ」

「かまうなと申すに……」

「なれど……おのれ……」

「よせ。身なりも立派な武士だ。どこぞの家来であろう。喧嘩《けんか》して血を見たところではじまらぬぞ」

「そうだ。当節はお上《かみ》がうるさい。さ、行こう、行こう」

ようやく、怒っている武士をなだめ、三人が橋をわたって来て、ひそみかくれている笹又の前を通り、日本橋の方向へ去った。

「わあっ……」

橋の向うで、辻十郎のわめき声がした。

「わあっ、畜生めが！」

両腕を頭上へ突き上げ、しきりに興奮しつつ、彼は橋へかかる。

(辻十郎も、殿にこれだけの仕うちをうけようというのだから、よほどに口惜《くや》しいおもいをしているにちがいない)

どうも、闘志がわいてこぬ笹又高之助であった。

だが、三木兵七郎に、

「三日のうちに辻十郎を斬れ」

と命ぜられた。今夜がその最後の日であった。

笹又は身を起し、しずかに大刀をぬきはらった。

笠をかぶったままである。

「わあっ……おのれが、ばかめが！」

強雨にたたかれて髪もみだれ、衣服もぬれそぼち、辻は狂人のように叫び声をあげつつ、橋をわたって来る。

足もとがもつれ、三歩すすむかと見るや二歩下り、そこでくたくたとすわりこんだり、また立ちあがって、今度は突きのめるように足をはこぶ。そしてまた下る。

さほどに長い橋ではないのだが、なかなかにわたり切らぬ。

笹又は、舌うちをした。

（ためらってはならぬ）

自分にいいきかせ、ぬきそばめた大刀の柄をつかみ直すや、笹又高之助がこちらから橋上へ姿をあらわした。

「や……？」

辻十郎、早くもこれを見つけ、

「な、なんだ、おのれ……」

笹又は無言。ゆっくりと近寄る。

「おのれ、だれだ？」

酔ってはいても、さすがに武士だ。

辻は、笹又の気配に只ならぬものを感じたらしい。

もっとも、雨にたたかれ、酔いもいくらかさめてきていたのだろう。

「名のれ！」

ぱっと後退し、辻が身がまえたものである。

意外に、しっかりしている。

笹又は、むしろあわてた。

人を斬ることなど日常茶飯のことであった笹又だが、このときは、恩をうけた辻十郎殺しという引目《ひけめ》もあったし、その反面には、

（なあに、辻十郎なら一太刀だ）

と、軽く考えていたこともあり、

「笠をとれい！」

辻が、大刀を引きぬきざまに叱咤《しった》したとき、われにもなく笹又は狼狽《ろうばい》し、苛《い》らだち、
猛然と肉薄して、

「曳《えい》！」

斬りつけた。

この初太刀は、見事にかわされている。

「あっ……」

よろめきつつも、辻十郎は笹又の一刀をかわし、

「だれにたのまれた！」

笹又はこたえず。

「うぬ、うぬ……」

じりじりとせまる笹又の顔は笠にかくれて見えぬ。

だが、辻十郎がいきなり、

「おのれ、笹又高之助だな！」

と、怒鳴った。

これで、笹又は尚《なお》もあせった。

(見やぶられた。こうなれば、一時も早く……)

幅二間の橋上である。

笹又が左へまわりこみ、

「や！」

なぎはらってくる刀を、辻の刀が敢然としてはねのけた。

どうも笹又の調子が出ないのに引きくらべて、辻の応戦は捨身である。

「おのれ、きさまでもか！」

受けるばかりでなく、辻十郎が躰を叩《たた》きつけるような攻撃にうつった。

いままでの、おぼつかなかった足どりが、まるで〔うそ〕のようであった。

だが、こうなると笹又高之助も、一個の剣士としての闘志をよびおこされずにはいない。

笹又が剣へ没入すれば、到底、辻のおよぶところではなかった。

いったん飛び下り、笠をぬぎ捨てた笹又が、下段にかまえた剣を頭上へまわし、夢中で斬りこんで来る辻十郎の肩口を斬った。

「ぎゃっ……」

絶叫をあげて橋板に転倒した辻が、それでもまだ刃《やいば》をふりまわし、

「おのれ、笹又……以前のことを忘れたか！」

「仕方もないことだ」

「な、何じゃと……」

「覚悟してくれ」

笹又高之助は眼をすえ、ころげまわりながら刃をうごかしている辻十郎へ、

「む！」

必殺の一刀を突き込んだ。

「わあっ……」

辻が、はね起きて、橋の東詰へ逃げた。

まだ殺せぬ。

笹又も、
（今夜のおれは、どうかしている）
歯がみしながら追いかけ、
「やあ！」
辻の背中へ、一太刀あびせた。
堺町の方向から、人の足音がきこえたのは、このときである。
（や……？）
笹又は転瞬、ためらったが、こうなっては引き下るわけにゆかぬ。
辻は、まだ死なぬ。
橋たもとの泥濘《でいねい》をかきむしるようにして、もがいてい、まだ刀を手放さないのだ。
笹又が、また突きを入れた。
辻、もう声が出ない。
必死で逃げる。
暗闇ではあるし、笹又も、泥の中をころげまわる辻を、思うように斬れない。
このとき……。
ぬかるみを蹴《け》って、ひとりの武士が近づき、
「何をしている」
すばらしく大きな声を張りあげた。

もののいわず、反転した笹又高之助が、その声へ向って飛びかかり、すくいあげるように斬った。

だが、手ごたえはない。

そのかわり、

「たわけめ！」

笹又の襲撃より早く、相手は一歩も二歩もこちらへつけこんでいて、

「おのれ、辻斬《つじぎ》りか」

叫びざま、抜刀し、笹又の頭上へ打ちおろして来たものである。

（あっ……）

さすがの笹又が、夢中で逃げ飛んだほどに、その太刀風はするどかった。

刃がうなりを生じている。

「天下の直参《じきさん》、水野十郎左衛門と知ってのことか！」

相手が、笹又高之助をどなりつけた。

（あ……これは、いかぬ）

笹又は、親父橋へ逃げた。

相手は、江戸でも名の知れわたった大身《たいしん》旗本である。

水野十郎左衛門は元の名を百助といい、この正月、父・水野出雲守が隠居したので、三千石の家督をし、名を〔十郎左衛門〕と、あらためていた。

水野十郎左衛門が、三年前のあのとき、刺客に襲われた塚本伊織・伊太郎父子を助けたことを、笹又高之助は辻十郎から聞きおよんでいる。

（とんでもないときに、また、とんでもないやつがあらわれたものだ）

橋を西へわたりきって、彼は身をかがめ、橋の向うの気配をうかがった。

数人の声がきこえる。

後から来た水野十郎左衛門の供の者らしい。

この日。

水野は四名の供をつれ、午後になってから吉原の遊里へくりこみ、酒をのんだ。

黒綸子《くろりんず》の地へ、金糸銀糸で萩《はぎ》の模様を散らした小袖《こそで》をつけ、朱鞘《しゅざや》、白柄《しらつか》の大小を横たえるという……現代のわれわれが歌舞伎の舞台でしか見られぬ華やかな風俗が、この時代にはたしかに存在していたのである。

供の奴《やっこ》も、ぎょうぎょうしいひげをたくわえ、水野の大槍《おおやり》を肩にかつぎ、これ見よがしに大道を闊歩《かっぽ》する。

徳川将軍直々《じきじき》の家来という〔ほこり〕が、水野のような旗本を〔こわいものなし〕にさせている。

いざともなれば、

（すぐさま腹を切ってくれる）

である。

それで何事もすむといった気風が旗本たちの間には、いよいよ濃厚になってきつつある。

十郎左衛門の父・水野出雲守の若いころは、もっと、殺伐で、何かといえばすぐに刀をぬいて斬り合ったものだそうだ。

そのころは、いつまた戦争が起るか知れたものではなかったので、将軍も幕府も、旗本たちの増長ぶりをあまりとがめなかった。

いわゆる〔旗本奴《はたもとやっこ》〕とよばれたあばれものになることで、彼らは、めぐまれた環境によって蓄積されたエネルギーを発散しようとしたのである。

このごろは、しかし幕府もやかましくなってきている。

先ごろ隠居をした父の出雲守も、十郎左衛門に、

「そろそろ、時世が変ってきた。わしが主《あるじ》であったときのような荒々しきふるまいをしてはならぬぞ」

かたく、いましめたという。

二年ほど前から病気がちになり、めっきりと弱った父へは、

「御安心下され」

水野はさからわぬが、いよいよ三千石の主となったいまは、意気軒昂《けんこう》たるものがある。

父が、いつまでも元気で、なかなか家をゆずりわたさなかっただけに、三十二歳で

家督をした水野十郎左衛門は、
「これで、おれも一国一城の主じゃ」
などと、旗本仲間にもいいはなった。
だからといって、戦争が絶えたいま、するべきことは退屈な江戸城への出仕がある
だけのことだ。
父や祖父たちが、秀吉や家康につかえて戦場を往来し、おのれの武勇ひとつをたの
みに、いさましくはたらいていたのとちがい、当代の旗本たちは、
「武勇のはたらきを見せたくとも、見せる場所がない」
のである。
御城へ出仕をせぬときは、いきおい、酒をのみ、子供のあそびのような〔ちからく
らべ〕をやったり、大名の家来に喧嘩《けんか》を売ったりして、それぞれに武士らしい〔はた
らき場所〕のない鬱憤《うっぷん》をはらす、ということになるのだ。
水野十郎左衛門とて例外ではない。
だからもう、この夜、吉原の帰りに、武士同士の斬り合いを見たということになれ
ば、とてもだまっていられるわけがなかった。
仲裁を買って出るか……。
または弱い方へ味方をするか……。
悪い方をこらしめるか……。

遅れてついて来る供の者にはかまわず、水野は、

「待てい！」

割って入ろうとしたところが、斬り合っている一人が猛然と斬りかかってきた。

（こいつ、おもしろい！）

である。

実に、するどい太刀さばきをする相手だけに、水野は層倍に闘志をかきたてられ、

（よし。来い！）

こちらも抜き合せたのであった。

ところが……。

相手は、水野を捨てて逃げた。逃げたからには〔うしろめたい〕ところがあるからにちがいない、と、水野十郎左衛門は看てとった。

「殿さま。何事でございますかい？」

供の奴《やっこ》どもが駈けつけて来るのへ、

「見よ」

「へい？」

「向うで、うなり声がする。いま、曲者《くせもの》に斬られたらしいな」

「その曲者とは？」

「おれが追いはらった」

雨が、いつの間にか小やみになってきていた。

奴の一人が、どこかの町家で提灯《ちょうちん》を借りて来ている。

「どれ……?」

水野は、辻十郎が倒れているところへ近寄り、

「これ、しっかりせよ」

「う、うう……」

「こりゃ、だいぶんに斬られておるわ。平内、きさま背負うてやれい。屋敷へはこぶのじゃ」

「へい」

水野のような旗本へつかえる奴たちは、いずれも相当な荒くれ男である。身分は軽いのだが、主人の気風にしたがい、一命をすてても喧嘩を買って出ようというやつどもであった。

「こりや、いかぬ。殿さま、この仁《じん》は、どこぞで傷の手当てをしておかぬと、御屋敷まではとても保《も》ちませぬ」

「よし、ついてまいれ」

重傷の辻十郎を背負い、奴たちと水野が、堺町の方へ引き返して行った。

辻十郎が、水野の一行に助けられて去るのを、笹又高之助は見とどけていた。

橋の西たもとの闇に伏せたまま、

「これは、困った……」

おもわず、笹又はつぶやいていた。

(だが……まだ息があるといっても、あれだけの重傷《きず》をうけているのだから、斬り合いの理由《わけ》を語る間もなく、きっと、辻十郎は息絶えてしまうだろう)

そのようにおもえる。

息絶えてくれれば問題はないのだが……。

もし辻が一命をとりとめ、くやしまぎれに、すべてを水野に語ってしまえば、

(とんでもないことになる)

のである。

おそらく辻は、笹又が主君の寺沢兵庫頭の内意をうけ、自分を襲ったことを見ぬいているだろう。

それを水野十郎左衛門が知れば、

(一国の主、天下の大名ともあるものが、わが家来を暗殺せんとした。これは何事であるか!)

いよいよ、身を乗り出してくるにちがいない。

(もしも罪があるならば、堂々と申しわたしをして腹を切らせればよい。それを、ひそかにほうむってしまおうとするからには、それだけの理由があろう。どちらにしても大名たるものの、なすべき所業《しわざ》ではない)

こうなると水野十郎左衛門は、みずから寺沢家へ乗りこみ、

「御当家の家来衆同士の斬り合いを見とどけ申した。ついてはそれがし、唐津侯に、いささかうかがいたいことがござる」

などと、やりかねない。

そうなれば、暗殺に失敗した笹又高之助の立場がなくなる。

(ああ、おれとしたことが……なぜまた、辻ごときを片づけるのに、手間どってしまったのか……)

笹又は立ちあがって嘆息をもらした。

「このままでは、とても屋敷へはもどれぬな」

また、笹又はつぶやく。

河岸道を、日本橋へ向って歩みながら、笹又は何度も舌うちを鳴らした。

雨は、ほとんどやんでいる。

暗い川面《かわも》のどこかで、櫓《ろ》の音がきこえた。

二度と、浪人暮しをするのはいやだ、と、そうおもえばこそ、はっきりとした理由もきかず、殿さまの密命をうけ、辻十郎を殺そうとした笹又高之助なのである。

だが、その暗殺に失敗し、事のなりゆきに水野十郎左衛門がからんでくるとなれば、笹又も、うかつに寺沢屋敷へもどれない。

今度は、自分が殿さまの怒りにふれて、殺されかねないではないか。

（ともかく、今夜は帰れぬ。辻十郎の生死を見とどけぬうちは……）

笹又は、苦笑をもらしたが、いつしか笑いは消え、その顔貌《がんぼう》は、きびしくひきしまってきていた。

遺　言

それから三日目の朝になって……。

「それがしは、水野十郎左衛門の家来にて、河合伝三と申す」

と、名のり、大手口の本多政勝の屋敷をおとずれた者があった。

五十がらみの、きちんとした身なりの武士だ。

「御当家の、桜井庄右衛門殿へ、お目にかかりたし」

河合伝三は、

「水野がところからまいった者とお通《つう》じ下されば、桜井殿もおわかりの筈《はず》」

と、いう。

「しばらく、お待ち下され」

本多屋敷の門番も、旗本・水野十郎左衛門の名を知らぬわけではない。

すぐに、邸内の桜井庄右衛門長屋へ、このよしを知らせる。

庄右衛門は、折よく非番で、在宅をしていた。

「なに、水野から……？」

「はい」

「ふうむ……よろし。ここへ御案内申してくれい」

「心得ました」

引き返す門番を見送り、

「これ、伊太郎……」

「はっ」

せまい庭先へ、〔神田常平〕こと塚本伊太郎があらわれた。

「いま、水野の家来が、わしをたずねて来たそうじゃ。河合伝三とか……」

「そのお人なれば、私も三年前、水野様御屋敷へまいった折、お目にかかったことがございます」

「なんの用事であろう？」

「さて……？」

「よし」

うなずいた庄右衛門が、

「伊太郎。お前は出るな。ともあれ、塚本伊太郎は、いまの当家にはおらぬことにして、何事もわしがきいてみよう」

「は……」

「水野殿は、三年前、亡き伊織やお前にちからをそえてくれた仁なれども、油断は禁物」

「はい」

「よし。引き下っておれ」

「おねがい申しあげます」

「よしよし」

間もなく、河合伝三が庄右衛門の長屋へ案内をされて来た。

たがいに名のり合い、

「三年前のその折は、そこもと御主人に、塚本父子がえろう御厄介をおかけ申した」

と、桜井庄右衛門が、みずからいい出た。

「はて、そのことにござる」

「そのこと、とは？」

「わが主人、水野十郎左衛門が申しますには……至急に、塚本伊太郎殿へお目にかかりたい。いま、伊太郎殿が、いずこにおられるか、それは知らねども、三年前には、まさに御当家へつかえていた筈。御当家に問えば、伊太郎殿の在処《ありか》を御存じやも知れぬ、かように申しましてな」

「それは、それは……」

桜井庄右衛門は、河合伝三の態度を見て、別だん、あやしむべきもののないことを知ったが、尚《なお》も、

「その伊太郎でござるが……河合うじ。いまは当家におりませぬ」

「やはり……」

「三年前、何やら上方《かみがた》のほうへ旅立たれるとかで、てまえ主人方へまいられましたが……」

「いかにも」

「さよう。それよりのち、当方へは何の音沙汰《おとさた》もござらぬ」

「うむ。それは困りました」

河合は人の善さそうな顔をしかめ、ほんとうに困惑の態であった。

「何か、伊太郎について？」

「いえ、それがしは、くわしいことを何もきかされておりませぬ。ただ、主人・水野が何としても、居どころをつきとめ、伊太郎殿をすぐさま、屋敷へお連れ申せ……と、かようにござる」

「水野殿が至急の御用事……？」

「はい」

「ふうむ……」

桜井庄右衛門は、一瞬ためらったが、すぐに意を決し、

「よろしゅうござる。当方にても伊太郎の行方をさがし申そう」

と、いった。

「え……何か、手がかりでもござりますかな？」

「ないこともない」

「それは？」

「ま、おまかせ下されい」

「なれど……」

「そこもと御主人へ、もしも伊太郎の手がかりがつかめぬときは、桜井庄右衛門、かならず、ごあいさつにまかり出るとおつたえねがいたい」

すべての責任を取ると、いうのである。

「では……」

と、河合伝三も、ようやく納得し、

「御返事をお待ちいたす」

苦笑をもらし、

「いやはや、てまえ主人、まことに短気の性分にて、思うままにらちがあきませぬと、われら家来どもが、えろう叱りつけられますのでな」

「遅くとも、明日までには、かならず御返事をさしあぐるでござろう」

「では、よろしゅう」

「心得た」

河合が帰って行くと、塚本伊太郎が入れかわるようにして縁側へあらわれ、玄関か

ら部屋へもどって来た桜井庄右衛門へ、

「いかがいたしましょう？」

「伊太郎、きいていたか？」

「次の間にて、ひそかに……」

「水野十郎左衛門は、いったい、お前に何の用事があるのかのう？」

「わかりませぬが……水野さまなら、この伊太郎が身の上を、悪《あ》しゅうにははからうこともございますまい」

「それは、な……」

「私、水野屋敷へまいります」

桜井庄右衛門の〔ゆるし〕を得て、伊太郎が水野屋敷へ向ったのは、翌日の午後である。

むろん、桜井家の家来としてではない。

庄右衛門が、池の端の幡随院《ばんずいいん》へ、伊太郎の行方を問い合せたところ、折よく伊太郎が江戸に帰っていて、幡随院から伊太郎へ通じてくれた、ということにしたのである。

土手三番町の水野屋敷は、三年前と少しも変っていなかったが、近辺には、武家屋敷がびっしりとたちならび、立派な〔武家町〕が完成しつつある。

「おっ、塚本殿……」

河合伝三が、すぐにあらわれ、

「や……早うござったな」

「おまねきをうけまして……」

伊太郎は、すぐに、中庭へ面した部屋へ通された。

三年前にも、この部屋で水野に別れをつげ、金五十両の餞別《せんべつ》をもらった。

伊太郎も、水野のことは気にかかっていたのである。

亡き父も、自分も、あれだけの援助をうけたのだし、

(病気が癒《なお》ったら、先ず、桜井様と水野様へ、ごあいさつにまいらねば……)

幡随院で病床についたときも、考えつづけてきた。

それなのに、いままで水野屋敷を訪問しなかったのは、桜井庄右衛門が、

「いましばらくは、神田常平になりきって、なるべくは人を訪ねるな」

と、命じたからである。

主人の使いで外出するときも、

「伊太郎、笠《かさ》を忘れまいぞ」

庄右衛門は口うるさいほどに、注意をする。

外出時には、笠で顔をかくして行け、というのであった。

「おお。しばらくじゃ」

やがて、水野十郎左衛門があらわれた。

「はっ……」

伊太郎は両手をつかえ、

「そのせつの御高恩、片ときも忘れてはおりませなんだ」

と、いった。

それは嘘でない。

「いや、そうあらたまるな」

「江戸へもどり、すぐさま、御礼に参上いたすべきところ……」

「もう、よいわ」

「はっ……」

「おぬしにも、いろいろ都合があったのだろうが……それにしても、桜井庄右衛門殿が、このように早く、おぬしを見つけ出してくれようとは思いもよらなんだぞ」

水野は、にやりと笑っている。

何も彼《か》も、わかっているぞ、と、いっているような顔つきなのである。

伊太郎は、冷汗をかいた。

「ま、よい。そう恐れ入るな」

「はい」

「おれはな、おぬしの味方じゃ。なればこそ、こうしておぬしを呼びよせたのだ。実はな、伊太郎……」

はじめは〔伊太郎殿〕とよんでいた水野十郎左衛門が、

もりになって語りかけたからであろう。

「伊太郎よ」

と、呼びつけにしたのは、それだけ親愛のこころをあらわし、自分の弟のようなつもりになって語りかけたからであろう。

「実は、な……」

いいかけた水野が、急に、

「まいれ」

立ちあがった。

「……？」

先へ立つ水野の後からついて行くと、水野は縁側づたいに、屋敷の北側へまわり、大台所に接する〔土の間〕の縁先から、裏庭へ下りた。伊太郎のための〔はきもの〕も、そこに用意されてあった。

「まいれ」

「はい」

瞬間、伊太郎は不安をおぼえたけれども、水野の態度に不審はない。

内塀の向うに、土蔵が三つ、ならんでいる。

その内の一つの戸口前に、水野の家来が二名、張り番をしていた。

二人は、主人を見て、礼をする。

うなずいた水野十郎左衛門、

「戸を開けい」

と、命じた。

「伊太郎、入れ」

土蔵の中へ、水野が入る。

伊太郎もつづいた。

冷んやりとした土蔵の内部に、強い酒の香がただよっているのを伊太郎は知った。

家来たちは外から戸を閉ざし、中へ入って来なかった。

「これじゃ」

水野が、中央に置かれた一抱えほどもある大きな瓶《かめ》を指し、

「ふたを取って、中を見よ」

といった。

「はい……？」

いわれるままに伊太郎が、三尺四方ほどの木のふたを取って中をのぞきこみ、

「あっ……」

おもわず叫んだ。

大瓶の中に、人の死体が一つ、酒漬けになっていたのだ。

「よく見よ。おぬしに見おぼえのある男か？」

死体は武士であった。

白い死装束を着せられ、ひざを抱くようにして、瓶の中の酒につけられている。その顔へ手をかけて仰向《あおむ》かせ、伊太郎は凝視した。

見おぼえがない。

「その男、昨夜まで何とか生きていたが……ついに死んだ。死体がくさるゆえ、酒につけておいたのだが、いつまで待っても、おぬしがあらわれぬとなれば、わし一存にて始末するつもりであった」

「水野様。見おぼえがござりませぬ。なれど、このお人は……？」

「寺沢兵庫頭が家来にて、辻十郎という男よ」

塚本伊太郎の顔が、一変した。

「しかと、見おぼえがないのだな？」

もう一度、水野十郎左衛門が念を入れた。

「ござりませぬ」

「伊太郎」

「は……」

「おりゃな、三年前のあのとき、おぬしの父御が刺客に襲われて死んだのを見て、只《ただ》事《ごと》ならずとおもうた。おぬしが上方へ発ったのも、おそらく父御の死に関わることと考えていたが、ちがうか？」

「…………」

「水くさい男じゃ。もはや何も彼も打ち明けてくれてもよいとおもうが……」

伊太郎は、うつ向いたまま、こたえぬ。

水野は笑った。

「この辻十郎という男な。三日前の夜ふけに、親父橋で同じ寺沢の家来・笹又高之助と申す者と斬り合い……というよりも、その笹又なにがしに暗殺されようとしたらしい」

「……？」

「そこへ、おれが通りかかり、斬り合いの中へ割って入ったところ、笹又めは逃げてしもうた。で、な……この辻十郎を助けつかわし、この屋敷へはこびこんだものじゃ」

「この死体を？」

「いや、まだ生きておった。生きておったればこそ、こやつの口から伊太郎、おぬしの名前がきけたのだ」

「私めの……？」

「いかにも」

三日前の夜ふけに……。

水野屋敷へはこびこまれた辻十郎は、まだ死にきれていなかった。

途中で、堺町の町医者をたたきおこし、手当てをしたのがよかったといえよう。

「これは、とても他所《よそ》へはこぶことはなりますまい。これ以上、出血がひどくなると、かならず死にまするぞ」

と、町医者がいったので、水野は、

「よし、水野がいかほどにもめんどうを見よう。ここへ寝かせてやってくれるか？」

「承知つかまつりました」

すると……するとだ。

苦しげなうめき声を発しつつ、半ば仮死状態にあった辻十郎が、

「む、むだでござる」

と、水野の袖をつかんだものである。

「何が、むだじゃよ。よいよい、おれにまかせておけ」

「まことに、失礼ながら……さだめし、名のある御方と、存ずる。御名をおきかせ……」

「直参《じきさん》、水野十郎左衛門成之《なりゆき》」

「おお……では、世のきこえも高い、み、水野殿……」

「いかにも」

「そ、それがし、辻十郎と申し、寺沢……」

と、主人の名をいい出しかけて辻が、

「おねがいで、ござる。水野十郎左衛門殿に、申しあげたきことのござる」

必死の形相《ぎょうそう》で、いい出た。

辻は、どうあっても今夜中に、水野屋敷へ連れて行っていただきたい、と、いい張るのであった。

「はなしは、傷が癒《い》えてからきこう」

「いや、水野殿……この、それがしの傷、癒えると、おもわれますか？」

水野が医者を見やると、この町医者は、辻に見えぬよう、かすかにかぶりをふった。

「そこの医者どのとて、わしのいのちが、もはや、いくばくもないことを見きわめておられる」

さびしげな笑いが、血のこびりついた辻十郎の青ぐろい顔にうかんだ。

辻は、何か異常な気魄《きはく》にささえられてきはじめたらしく、

「死ぬる前に、水野殿をおたのみいたし、いいのこしたきことのござる」

しだいに、明瞭《めいりょう》な声となって、

「おたのみいたす、おたのみいたす」

「他人《ひと》にきかれては、まずいことか？」

「み、水野殿のみへ、おはなし申したい」

「では、ここで人ばらいをいたそう」

「いや……出来るなれば、そこもとの御屋敷へ……」

辻は、ここにいることが不安らしい。

天下の旗本の屋敷内へ、かくまわれてから、何か遺言をしたいのらしい。

「よろしい」

ついに、水野も意を決し、奴たちに戸板をはこばせ、これへ夜具をしきのべ、辻十郎を横たえた。

雨も、すっかりやんでいたので、

「しずかに行けい」

水野が、いいつける。

町医者には、相当の金をあたえ、

「ついでに、わしが屋敷へ来て、手当てをつづけてくれぬか」

「承知いたしました」

医者もついて来た。

三番町の水野邸へ着いたとき、辻十郎は精も根もつき果てたらしく、またも意識不明におちいった。

「何か、いいのこしたいことがあるらしい。医者どのよ、たのむ」

「殿さま。これはもう、いけませぬなぁ」

「ま、するだけのことはしてやってくれ。いかに高い薬でも買うて進ぜる」

「では……」

医者が、徹夜で看護にあたった。

翌日も、辻は生死の境をさまよっていたが、夕刻に至って、

「殿。怪我人が気づきましたぞ」

河合伝三が、水野の居間へ駈《か》けこんで来た。

「そうか、よし」

すぐに、辻十郎が寝かされている別棟の部屋へ行くと、町医者が、

（もう、いけませぬ）

と、眼顔で知らせてきた。

水野は、人ばらいを命じ、辻十郎と二人きりになった。

「そのときは、もはや前夜のごとき気力も失せておってな、声も細々と、いかにも苦しげであった」

と、水野が伊太郎へ語った。

瀕死《ひんし》の辻十郎は、水野十郎左衛門が枕もとへ顔をよせるのへ、

「水野殿は、それがしを御存じではございますまい」

「昨夜まではな」

「それがしは、三年前に数度、よそながら、お顔を見申した」

「わしの？」

「いかにも」

「ほほう……」

「三年前、芝・増上寺に近い道で……夏の、はげしい夕立があった日の……」

「おお」

水野が、ひざを打って、

「塚本伊織殺害のことか」

と、いったのは、さすがにするどい〔勘ばたらき〕といわねばなるまい。

辻十郎が、うなずいた。

「では、貴公、塚本伊織の……」

「伊織へ襲いかかった刺客たちを、物陰より、それがしが指図しておりました」

「何と……」

「それがし、肥前・唐津の城主・寺沢兵庫頭《ひょうごのかみ》が家来、辻十郎と申します」

こうなると、水野の双眸《りょうめ》も光らずにはいられない。

「では、塚本父子と唐津侯とは……？」

「は、塚本伊織殿は、もと寺沢家の臣で、ござった」

そして、辻十郎は、いまの自分が何故に、殿さまの寺沢兵庫頭から暗殺されねばならなかったかを、語ったというのである。

寺沢兵庫頭は、唐津にいるときも、江戸へ出て来ているときも、酒色におぼれつくし、乱行のやむことがない。

それも、只の乱行ではないのだ。

家来たちが見ている前で、かねてから目をつけておいた侍女を裸体にし、これを鞭《むち》でなぐりつけ、血みどろになって泣き叫ぶ侍女を見て、狂人のような笑い声をたててよろこぶとか……。

唐津の領内では、狩りに行く途中、馬上から、農家のむすめなどを発見すると、

「それ！」

みずから馬腹を蹴《け》って近づき、恐れおののいているむすめを馬上へ抱え上げ、そのまま城中へ連れて行き、おもうままになぶりつくす、などということは数えきれない。

こうした兵庫頭が、辻十郎の妻・栄に眼をつけたとしても、ふしぎではないのである。

そのころの辻は、殿さまに従って、江戸へも唐津へも行ったけれども、妻と二人の子は江戸藩邸内の長屋に暮していた。

あるとき、それは去年の秋のことであったが、辻十郎が兵庫頭の命をうけ、大坂の寺沢藩邸へ出張したことがある。

別に、辻をつかわすほどの用事ではなかった。

辻十郎が大坂へ去って間もなく、妻女の栄が、殿さまの〔よび出し〕をうけた。

使者が、辻の長屋にあらわれ、

「すぐさま、御殿へ同道されたい。殿のおめしでござる」

と、いったとき、栄は慄然《りつぜん》となった。

ありうべからざることである。

そもそも、

（わたくしに、殿さまが御用のある筈がない）

のである。

栄は、同じ唐津の藩士・安井善之介のむすめであった。

安井善之介は、身分もかるい家来だが、むすめの栄の美貌《びぼう》は家中でも評判のものだったという。

辻十郎は晩婚であったが、栄が十七歳のときから眼をつけてい、婚約を申しこんでいる。

当時、すでに辻は殿さまの兵庫頭の愛寵《あいちょう》をうけていたし、前途は洋々たるものと、だれもが見ていた。

辻が、水野十郎左衛門へ語ったところによれば、

「それがしの父は、太兵衛《たへえ》と申し、美濃《みの》の国から出た浪人でござった」

とのことだ。

その辻太兵衛が、兵庫頭の父・寺沢志摩守に召し抱えられ、家来となった。

太兵衛も、すこぶる才腕を発揮したので、はじめは槍《やり》組の足軽《あしがる》にすぎなかったのだが、次第に抜擢《ばってき》をうけ、どうやら、小者や下女を召し使うことのできる身分になれたものらしい。

それが、十郎の代になって尚《なお》も栄達の階段をのぼりつづけている。

「ねがってもないことじゃ」

と、栄の父が、この縁談を大よろこびしたのも当然であろう。

栄が十九歳で、辻十郎の妻となったとき、辻の両親は病歿《びょうぼつ》している。

辻は相かわらず、殿さまの命令をうけて、江戸へ行ったり、大坂へ出かけたり、何の用事があるのか、いつも、

「忙《せわ》しゅうてならぬ」

と、栄にこぼしていたが、それでも、新婚生活はたのしかった。

男の子と女の子と、二子をもうけ、辻も兵庫頭の側近として、羽ぶりがよくなる一方だし、めっきりと貫禄《かんろく》もつき、妻から見ると、まことにたのもしげであった。

しかし、栄も、殿さまの異常な乱行ぶりを知らなかったわけではない。

いつのことだったか、

「このようなことを、女のわたくしが申しあげてよろしいのかどうか……なれど、いつも殿さまのおそば近くつかえるあなたさまのことをおもうて……、それで申しあげるのでございますが、殿さまの御乱行は、まことのことなのでございましょうか？」

夫の十郎に問うたことがある。

「やはり、そのようなうわさが……」

「表向きにはつつしんでおりますが、江戸でも御領内でも、うわさが高いときいてお

ります」

そのとき、辻十郎は実に陰惨な表情をうかべ、只一言《ただ》、

「困ったものだ」

つぶやいたのみである。

天草《あまくさ》・島原の乱における失敗で、寺沢兵庫頭は相当に幕府からにらまれている。

その上、あまり乱行がつのり、そのうわさが将軍や幕府の耳へきこえたなら、

「大名として、一国の政事をまかせてはおけぬ」

となって、寺沢家が取りつぶしになることも、じゅうぶんに考えられる。

女ながら、武士の妻だけに、栄は、

(殿さまのおそばにいる十郎どのは、このことを何と考えておられようか?)

思いきって、問いかけてみたのであろう。

寺沢家が、つぶされてしまえば、むろん辻十郎も一介の浪人となり、明日から食べるにも困る身の上となるのだ。

妻の栄が案ずるのも、むりはない。

その夜。

辻十郎は、寝ものがたりに、妻へこういった。

「殿は常人でないところがある。お若いころから、そうであった……」

では、寺沢兵庫頭は〔狂人〕に近いというのか……。

その夜から一年後になって、辻が大坂へ出張を命ぜられ、栄が、御殿へ、めし出されたというわけである。

栄は、二十三歳になっていた。

夜のことだし、気はすすまなかったけれども、殿さまの命令は絶対のものである。

「早う、お仕度なされ。急ぎのおめしでござる」

と、使者がせきたてる。

五人ほどの藩士が、藩邸内の通路を行くためだけなのに、わざわざ乗物を用意して来ている。

仕方もなく、栄は礼装に身を正し、迎えの駕籠《かご》に乗り、同じ屋敷内の御殿へはこばれて行った。

この夜から、約十日ほども、栄は御殿内にとどめおかれた。

辻の家来たちも心配をし、いろいろと役向きへ問い合せたが、

「心配はない、間もなく、もどられよう」

と、返事はきまっている。

十日目に、栄が長屋へもどって来たのを見て、辻家のものは、ことばもなかった。

健康な、女ざかりの人妻の、ふっくりと肥え気味だった栄が、まるで死人のような顔色と、やつれ果てた姿になって帰って来たのである。

栄は、一間にとじこもってしまい、だれが見舞いに来ても、

「病中ゆえ……」

といい、面会を、かたく拒み通した。

しかし、藩邸内のだれもが、

「辻十郎の妻女が、殿さまのなぶりものにされたらしい」

と、見ていた。

やがて、辻十郎が大坂から帰って来た。

辻は、人が違ったようにやつれきって病床についている妻を見て、おどろいた。

「とにかく、大事にせねばいかぬ」

取りあえず、御殿へあがって、大坂の用事を殿さまに復命せねばならぬ。

江戸へ着いたのが夕暮れ前であったから、すぐに、辻は躰《からだ》を洗いきよめ、衣服をあらためて御殿へ行き、兵庫頭に目通りをねがい出ると、

「頭痛がする。明日でよい」

とのことであった。

いつもなら、夜になっても酒の相手に「十郎をよべ」という兵庫頭にしては妙なことだ、と思いながら、辻は自分の長屋へ帰った。

栄が、自殺をとげたのは、十郎が長屋へもどる直前であった。

懐剣をもって只ひと突きに、栄は心臓をつき、みごとに、死んだ。

辻は、驚愕《きょうがく》した。

栄は、十郎へ遺書をしたためていた。

その遺書を読み、十郎は、またも痛烈な衝撃をうけた。

栄が、寺沢兵庫頭から、どのような凌辱《りょうじょく》をうけたものか……その態《さま》は、自殺を前にした栄が、夫にあてた遺書へ書きつくせぬほどのものであったらしい。

「筆にのぼせるのも、くちおしいかぎりでございます」

と、栄は遺書にしたためている。

「あなたさま、お一人にて、わたくしの躰をおあらため下さいますなら、わたくしが、どのようなはずかしめを殿さまより受けたかが、はっきりわかりましょう」

と、いうのである。

もう間もなく、夫が帰国する。それまでは何としても生きていよう。早く自殺してしまっては死体をほうむられるおそれがある、と、そこまで栄は考えていたものらしい。

辻は、すぐ妻の躰をあらためて見て、凝然となった。

自分が、そば近くつかえていて、それまでに何度も見て来た兵庫頭の乱行のすさまじさを、わが妻の躰に見ることになったのである。

妻の、腕も足も、胸も腹も……白く、ふくよかだった彼女の肌のすみずみまで、兵庫頭の爪あとが、まだ歴然と残っていた。

痣《あざ》などという、なまやさしいものではない。

寺沢兵庫頭は、変質者なのだ。

兵庫頭の歯のあとが、死体となった栄の乳房を、いちめんに嚙《か》みしだいている。

何かの器物で、なぐりつけたり、切ったりした痕《あと》も数えきれない。

そうしたことをおこないながら、兵庫頭は栄を犯したのである。

辻十郎は、おこりのようにふるえがやまぬ躰を、妻の死体へうちつけて、泣いた。

翌朝になって、辻は、大坂での用事の復命をしに御殿へ出仕し、兵庫頭に目通りをした。

辻の血相は変っていたろう。

寺沢兵庫頭のまわりには、あの三木兵七郎をはじめ、十人ほどの家来がいて、きびしく辻十郎を見張っている。

辻は、低い、ふるえ声で復命をした。

別に重要なことではないのだから、すぐに終った。

「よし」

と、兵庫頭が、こともなげに、

「相わかった。下れ」

「は……」

三木兵七郎が、すぐに、

「殿が下れとおおせある。お下りなされ」

きめつけるようにいう。

辻は、じろりと三木をにらんだ。

三木兵七郎が隙あらば、自分を蹴落《けおと》し〔殿さま〕の愛寵《あいちょう》を一人じめにしようと考えていることを、辻は察知している。

「おそれながら……」

と、辻は、

「妻、栄が、自害をとげましてござります」

おもいきって、兵庫頭へいった。

「そうか」

「妻を、私めの留守中、おめしでござりましたか」

「おお」

兵庫頭は、平然とうなずく。

しかし、その両眼は白く不気味な光りをたたえ、辻十郎をにらみつけているのだ。

辻は、喉《のど》がつまり、声が出なくなった。

こわいのである。

また、妻の死を、この〔殿さま〕へうったえたところで、どうにもなるものではないことを、辻は承知していたのだ。

「これ、十郎」

兵庫頭が、ひれ伏してしまった辻へ、

「わしを怒らせるなよ」

といった。

辻は、ふるえ上った。

怒らせたら、辻十郎を手討ちにすることなど、なんでもない〔殿さま〕なのである。

三木兵七郎が、

「お下りなされ」

またも、叱りつけるようにいう。

辻は、おもわず泣いた。

万感、胸にせまって、男泣きに泣いてしまった。

「けしからぬやつ！」

兵庫頭が、ぷいと立ちあがり、

「こやつめ、主人《あるじ》が前で泣声をたてるとは無礼じゃ。下れ、下れ」

怒鳴りつけ、さっさと出て行ってしまった。

辻十郎は、水野へ、

「おそらく、三木兵七郎が、それがしの妻を殿の生贄《いけにえ》にさせるべく、いろいろと、殿をそそのかしたのでござろう」

と、いったそうである。

辻の妻の自殺について、すぐさま、堅く口どめがされた。このことについて〔うわさ〕などするものがあれば、これを罰する、というのだ。

「無茶もきわまる」

土蔵の中で、水野十郎左衛門が、吐き捨てるように、塚本伊太郎へ、こういった。

「だから、おれは、大名どもがきらいなのだ」

妻の栄を失ったのち、辻十郎に、

「殿の御帰国の折、その行列にしたがいて国もとへ帰るべし」

との申しわたしがあった。

この四月早々に、寺沢兵庫頭は参覲《さんきん》を終え、唐津へ帰ることになっている。

当時の四月は、現代の五月にあたる。

帰国の日も間近いのであった。

辻は、二人のわが子を、妻の実家である安井善之介方へあずけてある。

同じ藩邸内の長屋なのだが、

「わが子二人、よろしくおたのみいたす。わたしはもう、あの子たちに会わぬ。そのほうが、よいとおもう」

と、辻は亡き妻の父にいい、安井家をたずねようともせぬ。

そして日夜、藩邸をさまよい出ては、酒色におぼれつくしていたのである。

吉原の廓《くるわ》で、笹又高之助が目撃した辻十郎の狂態は、どうやら、寺沢兵庫頭のそれに一歩ずつ近づいていたかのようだ。

それにしても、帰国命令をうけていながら、なぜ、辻は暗殺されようとしたのであろう。

「それがしは、殿の……寺沢家の秘密《かくしごと》を知っている。ゆえに、たとえ唐津へもどされても、殺されてしもうたにちがいありませぬ」

と、辻は水野へ語った。

「その秘密とは？」

「つか、塚本伊織・伊太郎父子についての……また、殿の御乱行のかずかずを、すべて、それがしは……」

「兵庫頭の乱行なぞは、どうでもよい。塚本父子と寺沢家との、かかわり合いを申してくれい」

「そ、それは……」

いいかけて、辻十郎は急に苦悶《くもん》しはじめた。

もっと語りのこしたかったのであろうが、ここまでで、いまや辻の命脈《みようみやく》は絶えようとしている。

「こ、これ……」

水野十郎左衛門が、あわてて、

「しっかりせい、辻十郎」

「あ……う、うう……」

すぐに医者がよばれ、手当てがおこなわれた。

辻は、またも意識をうしなったようである。

「なんとかならぬか、医者どの」

「これはもう……いけませぬなぁ」

「いかぬか」

「すぐにとも申せますまいが……このまま、もう、息絶えてしまうやも……」

「それは困った。肝心のことをききとらねばならぬ」

水野も、何とか伊太郎のために……と考えていたし、彼自身も、

「こいつ、おもしろくなってきた。おれが伊太郎を助けて、事と次第によれば、唐津八万三千石を相手に喧嘩《けんか》を売ることになるやも知れぬぞ。そうなれば十郎左衛門、徳川の旗本の面目にかけて一歩も退《ひ》かぬものを……」

血が、おどってきているのだ。

その夜から翌日にかけて、辻十郎は、あえぎとうめき声を発するのみで、まったく意識を恢復《かいふく》しなかった。

こうなると、水野十郎左衛門も眼を放してはいられなくなった。

「よし。おれがつきそっていてやろう」

辻十郎の枕頭《ちんとう》へすわりこみ、折を見ては、

「辻……辻十郎」

よびかけたりしている。

深夜になった。

この夜も、雨になった。

水野が、うつらうつらと、その雨音をきいていると、

「む、むう……」

辻が、うなり声をあげた。

「あ……辻十郎。おれだ。おれが、わかるか？」

はっと、目ざめた水野が燭台《しょくだい》のあかりを近づけて、

「おい、これ……」

「あ……み、水野殿……」

辻の意識がもどった。

しかし、呼吸が切迫している。

「しっかりせい。いま、薬を……」

辻が、かすかに、かぶりをふった。

医者も薬もいらぬ、といっているのだ。

「しっかりせいというに……申しのこしたきことあれば、水野十郎左、たしかにうけたまわるぞ」

「つ、塚本伊太郎へ……」

「よし、よし。かならず、貴公の遺言を伊太郎へつたえる。いうてくれい。さ、早く……」

「塚本伊織の暗殺を、われらに命じたのは、まさに、わが殿、寺沢、ひょうごのかみ……」

辻のことばが、ききとりにくい。

呂律《ろれつ》が、まわらなくなってき、そのかわりに喘鳴《ぜんめい》が強まってきた。

その喘鳴の中から、辻は必死に、

「こ、ことは、およそ二十年も前に、さ、か、のぼる……」

「二十年前とな。それで……それで?」

「あ、うう……」

辻十郎が、絶望に顔をゆがめた。

もう、語りつぐ気力もなく、死に抱きすくめられたことを感じたらしく、わずかに、くちびるをうごかし、

「も、もう……いかぬ」

「しっかりせいと申すに……」

「近江《おうみ》の……」

「何、近江の国とな?」

「ひ、彦根城下より、み、南へ、三里……」

水野も懸命であった。

いまにも、がくりとしそうな辻の手をにぎりしめてやると、辻が、ぱくぱくと口をうごかせ、

「と、とみのお……」

「よし、近江の、富之尾と申すのだな？」

「そこに、山寺……寺……」

「うむ、うむ」

「そ、その寺の下男《しもべ》にて、も、もへいじ……」

「も、茂平次だな？」

辻がうなずいた。

「近江の彦根城下より南へ三里。そこにある山寺の下男にて茂平次と申す者がどうしたというのじゃ？」

「あ、ああ……」

「その、茂平次が、塚本父子の秘密を知っておると申すのか？」

辻十郎、かすかにうなずいた。

うなずいて、また、何かいわんとしたが、ついに言い得ず、息絶えたのである。

「と……先ず、こうしたわけじゃ」

水野十郎左衛門が土蔵の中で、昨夜死んだ辻十郎のことを語り終えたとき、塚本伊太郎の満面は、充血している。

これまでは、何事も桜井庄右衛門のいうままにしたがおう、そうしたほうが、亡父・伊織も、

(きっと、よろこんで下されよう)

と、寺沢兵庫頭と父との関係を、つとめて忘れきろうと考えはじめていた伊太郎であったが、

(その、山寺の下男に会えば、父の秘密がわかると、辻十郎は言い遺した。このようにむごたらしい最期を前にして、まさかに嘘をいうたのではあるまい)

こうなれば、また勃然《ぼつぜん》として、

(父のうらみを忘れ得ようか！)

となるのも、当然である。

とにかく、八万三千石の大名の家中における秘密であって、だまっていれば、すべてが闇から闇へほうむられてしまうばかりだ。

「伊太郎」

「は……」

「どうじゃ、近江へ行って見るか？」

「はい」

こうなれば、伊太郎も騎虎《きこ》の勢いというものである。

「よし。おれも行こう」

「水野様も……」

「うむ。乗りかかった舟じゃ」

「かたじけのうござります」

直参《じきさん》三千石の水野十郎左衛門が同行してくれるとなれば、単に心強いばかりではなく、将軍旗本の威風に身をまもられることになるのだから、寺沢兵庫頭も手は出まい。

近江の国へ向う道中も先ず安全といってよい。

「では、桜井庄右衛門殿へ、このことを知らせてまいれ」

「いえ……それは……」

「なぜ、ためらう」

「桜井様は、この伊太郎を我子のようにおもわれ、なるべく過去《むかし》のことを忘れさせ、これよりは平穏に、私めを……」

「ふうむ。なれど伊太郎。おぬしも武士の子だぞ。父の敵《かたき》を忘れてよいものか」

「はい！」

「よし。おれがうまくはかろうてやる。おぬしは、この屋敷へ隠れておれ」

夜になっても伊太郎がもどらぬので、桜井庄右衛門が水野邸へ問い合せると、

「あかるいうちに帰りましたぞ」

との返事である。

次の日も、また次の日も、水野十郎左衛門の返事は変らなかった。

老僕・茂平次

水野十郎左衛門は、伊太郎を自邸へかくまっておいて、すぐさま、旅立ちの準備にとりかかったものである。

もちろん、このためには、将軍と幕府の許可を得なくてはならない。

同じ武士でも、浪人などとちがい、水野は将軍直属の家臣であるから、それ相応の理由がなくては、江戸城下をはなれるわけにはゆかない。

相変らず、桜井庄右衛門から、

「伊太郎は……伊太郎は？」

しきりにたずねても来るし、はじめのうちは桜井の小者たちが水野屋敷のまわりに張りこみ、様子をうかがったりしていたようである。

五日ほど経つと、桜井庄右衛門もあきらめたのか、または伊太郎が、水野のいう通り、本当にどこかへ失踪《しっそう》したものとおもいはじめたものか、

「桜井殿の見張りも消えましたぞ」

と、河合伝三が伊太郎に告げた。

そして……。

伊太郎が水野邸へかくまわれてから七日目になって、

「ようやく、おゆるしが出たぞ」

と、水野十郎左衛門が、伊太郎のいる奥の部屋へあらわれた。

ちなみにいうと、これより三日ほど前に、寺沢兵庫頭が〔参覲《さんきん》〕を終え、領国の肥前・唐津への帰途についている。

来年また、兵庫頭は〔将軍と幕府への奉仕〕のため、江戸へ来る筈《はず》である。

水野十郎左衛門は、うまく旅行の名目《みょうもく》をつけ、手つづきをとり、幕府のゆるしを得たものらしい。

「なに、おりゃな、躰《からだ》を悪うしたので有馬の温泉《ゆ》へ湯治に行きたいと願い出たまでじゃ」

などと、水野は伊太郎にいった。

いまや水野、塚本伊太郎のためなら一肌も二肌もぬぐつもりになっているらしい。

この時代《ころ》〔男伊達《おとこだて》〕ということばがあった。

〔おとこだて〕――すなわち男を立てるの意味に通ずる。

つまり、男としての信義を重んじ〔強き悪〕をくじき〔弱き善〕をたすけ、これがためには一命を捨ててもよいという任俠《にんきょう》の気風と実行をさす。

こういうと、まことに立派なもので、これが正しくおこなわれるなら文句はない。

しかし、この気風が武士の体面とか意地とかにからみ合ってくると、いろいろめんどうなことにもなる。

かの有名な荒木又右衛門の、伊賀・上野における仇撃《きゅうげき》があって、天下の評判をよんだのは、十年前の寛永十一年のことだが……。

この事件にも、当時の武家の気風がよく看取される。

よりみちながら、そのことにふれておきたい。

荒木又右衛門の仇撃事件の背後には、大名対旗本の暗闘がある。

この事件は……。

備前《びぜん》・岡山三十一万五千石の城主・池田忠雄《ただかつ》の家来で渡辺数馬《わたなべかずま》の弟・源太夫《げんだゆう》を、河合又五郎が斬り殺したことにはじまる。

又五郎も、おなじ池田家につかえる武士であった。

渡辺源太夫を殺した河合又五郎は、すぐさま岡山城下を逃亡した。

彼は江戸へ逃げ、縁故をたより、旗本の安藤治右衛門《じえもん》へ、

「おたのみたてまつる」

と、ころげこんだものである。

善悪はともあれ、男と見こまれてたのまれれば、これをことわるわけにゆかぬというのが武士の意地で、すなわち〔男伊達〕ということになるのだが、せっかくの〔気風〕も、こうなるとむしろ見得や体裁に固執してしまうかたちとなるのは否めまい。

で、安藤は、

「おもしろい、たすけよう」

と、又五郎を自邸へかくまうことにした。

すでに、のべたように、江戸の旗本たちは、

「われは天下の将軍直属の家臣である」

というプライドがある上に、たぎりたつ血気と退屈をもてあましていたわけだから、

「安藤が河合又五郎をかくまっているそうじゃ。われわれも味方しよう」

安藤としたしい旗本たちが集結して立ちあがった。

いっぽう、岡山の大守・池田忠雄もこうなるとだまってはいられない。

「なんとしても河合又五郎を討て」

と命じた。

河合又五郎は、いわば殺人犯である。

しかも、殿さまの池田忠雄が寵愛《ちょうあい》していた渡辺源太夫を殺して逃げた男だ。

その男を旗本たちがかくまっている。

「けしからぬ!!」

池田忠雄は何度も、幕府へ向って、

「又五郎を旗本たちがかくまっている。ぜひとも彼を追い放ちにしていただきたい」

と、要求した。

こうなると、旗本たちも、

「いよいよおもしろい。大名相手の喧嘩《けんか》となれば、尚《なお》さら一歩も退《ひ》かぬ」

いのちがけで意地を張るつもりになった。

間もなく、池田忠雄は急死をしたが、

「又五郎の首を、わしの墓前にそなえよ。それは、いかなる供養にもまさるぞ」

と、遺言をした。

この池田忠雄の死も、ふしぎといえばふしぎなことで、

「幕府がひそかに手をまわし、池田侯を毒殺したのだ」

などという説も生まれてくる。

さて……。

殿さまの〔遺言〕であるから、池田家の人びとも、これをぜひとも果さねばならぬことになった。

大名には大名の〔意気地〕がある。

池田家が、河合又五郎を討ちとるための代表選手として、亡き源太夫の兄・渡部数馬をえらんだのは当然であろう。

兄が弟のかたきを討つことはゆるされていないが、この場合、亡き主君の遺言によって又五郎を討つわけだから〔上意討ち〕ということにもなる。

なにしろ、又五郎は旗本の強い勢力《ちから》のもとにかくまわれているので、数馬のみでは

こころもとない。

そこで、数馬の義兄にあたる荒木又右衛門が、助太刀をひきうけることになった。

柳生流《やぎゅう》の剣士であり、大和・郡山の松平家につかえていた又右衛門は、義弟の助太刀のため、主家を辞して、又五郎に対決することになる。

「いよいよ、おもしろい」

と、旗本たちはいきりたった。

こうなると、渡辺・荒木が大名の〔代表選手〕で、河合又五郎は旗本の〔代表選手〕ということになる。

単なる〔かたき討ち〕ではなく、大名（対）旗本の争闘のかたちになったというのはこうしたわけなのである。

両派の選手たちが、伊賀上野城下・鍵屋《かぎや》の辻《つじ》で闘い、ついに河合又五郎が討ちとられるまでには、幕府もこの問題で相当にあたまをなやましている。

ともあれ、大名（対）旗本のあらそいは、この事件以外にも数えきれないほどあって、幕府は顔をしかめていた。

まだ戦国のころの荒々しい気風が武士たちに残っていて、何かといえば、

「いのちを捨てても……」

と意気込むので、あつかいにくいことおびただしい。

だから、水野十郎左衛門が塚本伊太郎をたすけ、大名の寺沢兵庫頭に殺された伊太

郎の父・伊織のうらみをはらすため、一肌ぬごうというのも、やはり旗本の〔男伊達〕だといえぬこともない。

もっとも、三年前にさかのぼる二人の関係からすれば、水野が伊太郎へ親愛の情をおぼえ、単なる興味のほかに、もっと深いものがふくまれていたともいえよう。

幕府の許可を得た翌々日……。

水野と伊太郎が江戸を出発した。

さすが三千石の大身旗本だけあって、水野十郎左衛門は馬に乗り、家来・小者をふくめ十名ほどの供もつれている。

いずれも気性の荒い、腕の強い、水野好みの家来たちであった。

伊太郎は駕籠《かご》に乗せられた。

「江戸を出るまでは、顔を見られぬほうがよい」

と、水野が命じたからだ。

ところで……。

あの夜以来の笹又高之助は、どうしたろうか……。

彼の姿は、唐津へ帰って行く寺沢兵庫頭の行列の中にも見えなかったし、江戸藩邸からも、姿を消してしまっている。

近江の国・犬上《いぬがみ》郡・富之尾は、彦根城下から南へ三里。

琵琶《びわ》の湖の東岸、二里半のところにある。

このあたりは、近江と伊勢の両国にまたがる山塊の、その山ひだにかこみこまれた山村で、総称を〔大滝〕とよぶ。

江戸からここまで、中山道《なかせんどう》を約百二十里。

水野十郎左衛門と塚本伊太郎の一行が、彦根へ到着したのは、江戸を発してから十四日目である。

陽のかがやきは、すでに初夏のものであった。

井伊家三十五万石、彦根城下へ一泊した翌朝に、

「伊太郎も着替えせよ」

と、水野十郎左衛門は、これまでの旅装を捨て、豪華で派手やかな小袖に着替え、乗馬の飾りも念入りにさせた。

伊太郎も水野の家来たちと共に着替えをし、馬に乗った。

「さ、まいろう」

水野と伊太郎をかこむ十人の行列が城下から出て行くのを、彦根城下の人びとが、

「これはどうじゃ。立派なものだのう」

「江戸の御武家らしいわい」

「どこの殿さまじゃろ」

瞠目《どうもく》して、見送った。

主人のみではなく、馬のくつわをとる小者までがひげを生やし、色彩あざやかな江戸風俗をこれ見よがしにひけらかしているのだから。

「人数は少ないが、彦根《うち》の殿さまの行列より、美しいのう」

見とれている。

古い古いむかしから知られている多賀の社《やしろ》をすぎ、一行が、山沿いの道を富之尾へ入ったのは、昼近いころであった。

富之尾の村に、寺は一つきりである。

村をぬけ、犬上川に沿った小道をのぼった東面の山肌を切りひらいたところに、小さな寺の山門らしいものが見えた。

「あれらしゅうございますな」

と、河合伝三が、ゆびさした。

「むむ」

うなずいて、水野が馬をとめ、

「三手に別れよ」

と、いう。

まるで、敵の城へ攻めかかりでもするような意気ごみで、家来どもが三方に別れ、山寺へ向う。

「気どられるなよ。しずかにすすめい」

水野も慎重だ。

目ざす相手に逃げられでもしたら、

「とり返しがつかぬ」

からであった。

「まいるぞ」

「心得ました」

と、伊太郎も緊張せざるをえない。

亡父の秘密を知る男が、あの山寺に住み暮しているというのだ。

山寺の名を〔清昌寺《せいしょうじ》〕という。

水野は、富之尾の村へ入ろうとするとき、村人から、この寺の所在をききとっている。

寺には、老和尚《おしょう》と小坊主の二人に、これも六十をこえた下僕がいて、名を茂平次とよぶこともつきとめてある。

まさに辻十郎が、いい遺したとおりであった。

家来たちが清昌寺を取りかこんだのを見とどけてから、水野十郎左衛門は河合伝三と塚本伊太郎をしたがえ、山門の前へのぼって行った。

山寺というよりも、荒寺とよんだほうが適切といえよう。

門も朽ちかけていい、草木のおいしげるままの、そのみどりの堆積《たいせき》の中に埋もれるようにして、本堂の小さな屋根がのぞまれる。

「どなたでございますか？」

門の内側から、子供の声がした。

可愛らしい小坊主なのである。その草むらに寝そべり、小坊主は飼犬とたわむれていたらしい。

「当寺が、清昌寺か？」

門の外で馬を下りた水野が問うや、

「さようでございます」

小坊主は、立派できらびやかな、堂々たる水野十郎左衛門に相対して、いささかも物怖《ものお》じせず、

「当寺に御用でございますか？」

「和尚どのは？」

「い、ちょと用事のございまして、今朝早うから鯰江《なまずえ》までお出かけになりました」

「ほほう。利発な小坊主どのじゃ」

「みなさまも、さように申されます」

「は、はは……」

「何ぞ、当寺に？」

「和尚どのが留守とあれば、いまは小坊主どのお一人か？」

すると小坊主が、

「はい」

はっきりと、うなずいた。

水野は、切りつけるように、

「茂平次はおらぬのか!!」

するどくいい、きらりと小坊主をにらみつけた。

こうなると、子供は子供で、早くも逃げ腰となり、

「知りませぬ。わ、わたくしは……し、知りませぬ」

茂平次から、この小坊主は何か口どめをされているらしいと見て、

「かまわぬ、それ!!」

水野が伊太郎と河合伝三をかえり見て、

「さがせ」

と、叫んだ。

本堂のあたりから出て来た人影が、こちらを見て、急に身を返し、木立の中へ飛びこむのを、河合がすばやく見てとり、

「あっ……あれに」

叫んで走り出した。

人影が走りこんだ木立の中で、

「あ、いたぞ」

「とらえろ!!」

「まわれ、向うへ……」

水野の家来や奴たちの叫び声がきこえた。

「もはや逃れぬところじゃ」

水野十郎左衛門は、追いかけようとする伊太郎の腕をつかみ、

「われらは、ここにおればよい」

小坊主が、

「これは、いったい、なにごとでござります」

「いま逃げたのは茂平次と申すものであろう、どうじゃ?」

ぴしりと水野がきめつけるや、

「は……」

早熟な小坊主も、どぎまぎして、

「なれど……」

「なれど?」

「もしも……自分をたずねて来るものがあったら、どのようなお人なりとも、茂平次はおらぬ……と、そのようにいうてくれと」

「茂平次が、たのんだのじゃな?」

「よし、相わかった。これよりは、おぬしにめいわくはかけぬ。身どもは、直参《じきさん》・水野十郎左衛門と申す者じゃ」

「は、はい」

「和尚どのにも、後でお目にかかるゆえ、安心していてよい」

「では……」

小坊主は、心配そうにあたりを見まわしつつ、本堂の方へ去って行った。

人声は、絶えていた。

山鳥の囀鳴《てんめい》が、しきりである。

伊太郎は、じりじりしてきた。

「み、水野さま……」

「あわてるな。われらはここを見張っておればよい。もはや逃げ道は、ここ一つ」

河合伝三が、

「あ……とらえたらしゅうござる」

と、いった。

人影が逃げこんだのは本堂の左手の木立であったが、今度は右手の山つづきの道で、

「は、はなせ、はなせ。わしは、何も知らぬ、知らぬ……」

老人の声が、妙に癇《かん》高くきこえた。

寺のうしろの山づたいに、三方にわかれて境内へふみこんで来た水野の家来たちが、清昌寺の下僕をかこみ、山門を背にしている伊太郎と水野の前へ、

「とらえましてござる」

下僕を突きはなすようにした。

「手荒くいたすな」

と、水野が声をかけた。

よろよろと地にくずれ折れた白髪の下僕・茂平次は、後でわかったことだが、このとき五十八歳。

だが、見たところは七十をこえた老人におもえた。

それでいて、体格骨組のがっしりとした、いかにも前身をものがたるような体格をしていた。

水野は先ず、自分の身分を茂平次へあかした。

その瞬間……。茂平次の顔に恐怖の色が疾《はし》った。

見るからに、三千石の大身旗本の貫禄《かんろく》もじゅうぶんといった水野十郎左衛門だし、みずから十名も家来を引きつれて、この近江の山寺へあらわれたということが、茂平次に反発の余地をまったくあたえないことになった。

水野は、天下をおさめる将軍直属の家臣である。

諸国の大名たちも、一目をおかねばならぬ格式をあたえられているのだし、

（もう、だめじゃ……）

うなだれた茂平次の、かすかにふるえている両肩に、はっきりと〔あきらめ〕の色を看てとったらしい。

「茂平次……なれど本名は別にあろう、どうじゃ？」

「……………」

「お前は、寺沢兵庫頭の家中にて、辻十郎と申す者を存じおろうな。いや、存じおる筈《はず》じゃ。なんとなれば、辻十郎は、このわしの腕の中にて息絶ゆるとき、お前のことをはっきりと……」

「い、息絶ゆるとは……？」

愕然《がくぜん》として、茂平次が水野をふり仰ぎ、

「で、では……辻十郎殿が亡くなられたと？」

「いかにも」

「ま、まさか……」

はっとしたらしい。

茂平次は、またも警戒の色を見せ、口をつぐむ。

水野が、河合伝三に目くばせをした。

伊太郎は、茂平次を凝視している。

河合が、用意の包みを茂平次の前へ置き、ひらいた。

中には、辻十郎が身につけていた大小の刀と印籠《いんろう》などが入っている。

「辻が死ぬとき所持いたしていた品じゃ。見おぼえあるか？」

印籠には、辻の名前が彫りこまれていた。

茂平次が、それを見て、

「やはり……」

ちからなく、つぶやいた。

「辻十郎はな、わが主《あるじ》、寺沢兵庫頭に殺された、といってよい」

この水野のことばをきいたときの、茂平次のおどろきは、非常なものであったといってよい。

（たしかに、この老人は何かを知っている）

と、伊太郎も興奮し、

「おぬしは、塚本……」

いいかけるのを水野が制した。

塚本……とのみ、きいただけでも、またも茂平次の顔に、新しいおどろきの表情がうかんだのである。

水野がたたみかけるように、

「もと寺沢の家臣・塚本伊織の名を、きさま、存じおるな」

「は……」

「これなるは、伊織が遺子・塚本伊太郎である」

「ひえっ……」

茂平次が両手を突き出し、なんともいえぬ声を発し、伊太郎を見た。

「こ、これが……い、伊太郎どのか……」

「茂平次どの。私を見知っておられたのですか」

と、伊太郎。

茂平次が、がっくりとうなずき、

「お、幼きころの、伊太郎どのを……」

何かいいかける伊太郎よりも早く、水野十郎左衛門が、

「茂平次。伊太郎が父、塚本伊織殿も、もはやこの世の人でないこと、存じおろうな？」

「えっ……」

またも、茂平次は驚愕をした。

「知らぬのか？」

「ぞ、存じませぬ。まったく……まったく、それは……」

「では、辻十郎とも会わなんだのか？」

「もはや、七、八年にもなりましょうか」

それでは、伊織の変死を知らぬのもむりはない。

新聞もなく、ラジオもない時代なのである。

「では、伊織さまも、やはり寺沢家に……」

「寺沢の指図によって殺されたのじゃ」

茂平次は、ふかいふかいためいきを吐《つ》いた。

「や、やはり……な……」

「これ、本名を申せ」

「は……坂田《さかた》孫作《まごさく》と申し、十八年前までは、寺沢家につかえていたものにござります」

と、茂平次は、もはや悪びれることなくいった。

むしろ、この老人は、自分をさがしてここへあらわれた水野の一行が寺沢家中のものでないと知り、安心したらしい。

彼の本名〔坂田孫作〕はさておき、これからも茂平次の名で、この物語をすすめてゆきたい。

「こちらへ、おいで下さりませ」

茂平次は立って、ていねいに水野たちを本堂の方へいざなおうとする。

「茂平次どの。わが父のむかしのことをおはなし下さるか？」

「伊太郎どのは、何も御存知はないので？」

「知りませぬ。何もうちあけぬまま、父は相果てました」

手みじかに、伊太郎はこれまでのことを茂平次へ語った。

この間に、水野は家来たちを遠ざけている。河合伝三のみが主のそばにつきそっていた。

「ふうむ……」

きき終えて、茂平次はうなった。

「さようでござりましたのか……」

「茂平次どのも、ここにいてはあぶないとおもわれます」

「なに、もはやこれ以上、生きのびたところで、どうなるものではありませぬわえ」

茂平次はいいさしたが、屹《きっ》と伊太郎を見て、

「なれば、かくなったからには、私の知れるかぎりのことを、伊太郎どのへものがたりいたしましょう」

と、いったものである。

清昌寺の境内で、茂平次のはなしが、一応終ったのは、夕暮れ前であった。

しかし、水野十郎左衛門は、茂平次に、

「ここに、お前がかくれ住むことを辻十郎が知っている上からは、寺沢家のものが、どのように眼《まなこ》を光らせているか知れたものではない」

といい、

「この寺の和尚にたのみ、お前を引きとりたい」

「いえもう……」

茂平次の老顔には、むしろ、さばさばとした解放感がただよってい、

「もはや、おもいのこすこと、何一つござりませぬ。いつ、相果てましょうとも」

「さようか。なれど茂平次。これなる塚本伊太郎のために、いま少し、生きていてやってくれい」

「え……」

「それにまだ、もっとくわしいはなしを伊太郎もききたいにちがいあるまい」

と、水野にいわれ、伊太郎は何度もうなずく。

いま、茂平次からきいた亡父の過去、その秘密の大要を知った伊太郎の若わかしい顔貌《がんぼう》は、怒りとも悲しみともつかぬ激情を懸命にこらえているかのように見える。

「よろしゅうございます」

ついに、茂平次は水野の説得にうなずいてくれた。

「なれど……伊太郎どの」

茂平次が立ちあがり、伊太郎をつかんで、

「これからは、どうなさるおつもりか？」

問うや伊太郎が、低い声ながら間髪を入れず、

「父のかたきを討つ!!」

「では……？」

「たとえ百万石の大名たりといえども、いまのはなしをきいたからには、かならず父のかたきを討ちます」

「寺沢兵庫頭を……」

「いかにも」

「おお……」

茂平次が、伊太郎の厚い胸へ取りすがるようなかたちとなり、感動の声をふるわせ、

「おぬしのかたきは、この、わしのかたきでもある。わしの妹たちも、兵庫頭に殺されたのじゃ」

「いかにも、な……」

「なれど、わしは、い、いまのいままで、このやせ腕ひとつにてはどうにもならず、二十年ちかくもの間、はらわたがちぎれるばかりのくやしさと悲しみを、じっと、こらえつづけるよりほかに仕様もなかったのじゃ」

水野も伊太郎も、声が出なかった。

「か、かなわぬまでも……」

血を吐くように茂平次が、

「伊太郎どのをおたすけいたそう」

「よし、それできまった」

水野十郎左衛門と伊太郎が、間もなく帰って来た老和尚と談合し、茂平次をつれて

彦根へもどったとき、すでに夜であった。

秘事

こうして、茂平次は水野一行と共に江戸へ入ったわけであるが……。

十余日にわたるその道中の泊り泊りに、伊太郎は尚《なお》も、くわしい事情を知ることを得た。

はなしは、十八年前にさかのぼる。

すなわち、五歳の伊太郎が、父と塩田半平と共に、肥前・唐津を脱走した年である。

この前年……。

寺沢志摩守が隠居をし、長男・高清は早世していたので、次男の兵庫頭堅高《かたたか》が後をつぐことになり、

〔唐津の若殿さま〕

になっている。

当時、兵庫頭は江戸屋敷に暮していたのだが、いよいよ、幕府に家督をゆるされると、江戸から唐津へもどって来ることになった。

年があけて寛永三年の五月。

そのころ十八歳の若さだった寺沢兵庫頭が、唐津の城へやって来た。

このとき、六十をこえた寺沢志摩守が老臣たちに、こういっている。

「いましばらく、わしは隠居をしとうはない。兵庫頭は年も若いし……それに、わしは、むかしから豊臣、徳川の戦陣に加わり、ただもういそがしくはたらいてまいった上、戦《いくさ》が絶えてからは、この唐津の城つくりと町つくりに奔命し、子どもたちのことにこころをかけるひまとてなかった。ゆえに、いますこし、兵庫頭が一国の主《あるじ》としてはずかしゅうない男になってから、後をつがせたい、と、かように思うていた。じゃが……もう、このごろは躰《からだ》も悪うなったし、疲れ果てて気力も萎《な》え、そのように暖気《のんき》なことを申してもいられなくなったわい。ゆえに、兵庫頭に後をつがせることにした。かれも一国一城の主ともなれば、おのずから気がまえもちがってこよう」

つまり父・志摩守は、不安をおぼえながらも、我子に後をゆずりわたしたものらしい。

ということは、どうも兵庫頭、そのころから、あまり評判がよくなかったようである。

亡き塚本伊織は、唐津へやって来た若き新藩主を見て、茂平次に、

「これは、よほどに気をつけぬといかぬ。兵庫頭さまの御性質は天性のものゆえ、よういに、なおるまい」

こうもらしたということだ。

茂平次は、すでにのべたように〔坂田孫作〕といい、旗奉行をつとめる塚本伊織の下に属する士であった。

唐津へ入って間もなく、寺沢兵庫頭の言動が怪しいものとなったからである。

学問は、ほとんどやらぬかわり武術が大好きで、朝早くから馬を駈《か》って城外へ飛び出したり、剣術、槍術《そうじゅつ》、水泳など、夢中になって家来を相手に稽古《けいこ》する。

それはよいのだが……。

武術の〔稽古〕に熱中するのはよいが、この若き殿さまの御相手をする家来たちは、

「かならず、負けねばいかぬ」

のである。

殿さまに勝ってしまうと、

「おのれ、けしからぬやつめ!!」

兵庫頭は激怒し、二度と、その家来をそばに近づけない。

それはかりではないのだ。

十八歳の若さなのに、兵庫頭は妙に陰険なところがあり、いったん憎むとなると徹底的に憎む。

槍の稽古に相手をつとめた牧与兵衛という者が、

「いかになんでも、わざと負けていては殿のおためにならぬ。よし、わしが……」

ただ一突きに兵庫頭を突き倒したところ、

「おのれ、主たるものを突き倒したな!!」

兵庫頭は、身をふるわせて怒り、

「牧めを追い放ちにいたせ!!」

と、叫んだ。

追放しろ、というのだ。

間に立って、なんとか取りなそうとした家臣もいたにはいたが、

「ええい、わしのほうから出て行くわい」

剛気な牧与兵衛は、妻子をつれ、さっさと唐津の城下を出て行ってしまったそうだ。

兵庫頭は、江戸屋敷にいたころから、このような人物であったらしい。

十七や八では、まだ人格が形成されきっていない。

それなのに、このように陰険で、うたぐり深く、狂暴な性格をあからさまに見せてはばからないというところが、塚本伊織のいう、

「先天的なもの」

なのであろう。

世の中に、いろいろと悪事をはたらく者がいる。こうした悪漢どもの多くは、先ず小さな悪事をはじめることによって、大きな悪事に発展してゆくのだ。

小悪をつくろい、これをかくそうとして次の悪事へすすむ。またその次へ……と、次第に〔悪の重味〕が増してゆくという〔段階〕が、かならずある。

だが、生まれつきの悪人というのも少しはある。

悪の遺伝とか精神病とかが、生まれ落ちたときから心身に宿っている場合がそれだし、また別に、そうした、はっきりした理由がなくとも、人を殺したり物をうばったりすることを少年時代から平気でやってのけられる〔人間〕もいないことはない。

こうした場合、その人間の精神分析はなかなかむずかしい。

寺沢兵庫頭の場合も、まさにそれで、彼は十一歳の夏の或日《あるひ》、江戸屋敷内の居間で若い侍女をしめ殺したことがある。

おどろきあわて、茫然《ぼうぜん》とした家来が、その理由を問うや、兵庫頭は、

「ぶれいな面つきをしたので、殺してくれた」

事もなげにいいはなったという。

「ぶれいな面つき……」

というのは、

「気にくわぬ顔をしているから、殺した」

ことなのであろう。

あまりに、人ひとり殺す理由としては薄弱であった。

それはさておいても、わずか十か十一の少年が、若い女を昼日中に絞殺するというのも〔異常〕である。

大名屋敷の内の出来事だし、家来たちは狼狽《ろうばい》しながらも、この事件を闇から闇へほ

うむってしまった。

これは、国もとにいる父・志摩守の耳へも入らなかったほどであった。

そのいっぽうで、少年・兵庫頭は、自分に追従し、世辞をならべてへつらう家来たちへは、

「よし、よし。いまにわしが父上の後をつぎ、唐津のあるじとなったとき、お前たちのことも決して悪《あ》しゅうはせぬ。たのしみにしておれ」

などと、いう。

これも少年のことばとしては、いささかみにくい。

しかも、である。

たまさかに、父の志摩守が江戸へ出て来ると、

「父上には、ごきげんよく御出府にて、うれしゅう存じまする」

にやにやと笑いつつ、ていねいにあいさつもするし、父が江戸にいる間は、猫の仔《こ》のようにおとなしく、ひっそりとしている。

だからむしろ、志摩守は、

「まだ一国の主とするには、おとなしすぎて、たよりない」

と、考えていたほどなのだ。

こういうわけであるから、江戸屋敷にいる家来どもは、

「若殿は、うまく、あまやかしておけば、それでよいのだ」

となり、重臣たちも兵庫頭のいうままにならぬ人たちは、どしどしとおざけられてしまう。

唐津へ来る前から、すでに兵庫頭は、家来どもから〔悪い遊び〕も大分に教えられていたらしい。

これだけの乱脈が、どうして唐津の志摩守の耳へ入らなかったかといえば、一に、寺沢家の江戸屋敷にいた家来どもの中には、しっかりした人物が一人もいなかった、ということになろう。

二に、現代社会の会社などでも、何年にもわたって部課長の〔つかいこみ〕がつづけられ、このことが少しも社長の耳へ入らず、気づいたときには〔倒産〕というケースがいくらもあるのと同じことだ。

さて……。

唐津へ帰って来た我子の狂暴さを見て、志摩守もおどろいたが、折しも急病に倒れ、口もきけぬありさまとなった。

病気は心臓で、一時は、あぶないか……と思われたほどである。

兵庫頭は、

「もはや、父上は隠居の身ゆえ、唐津十二万石がことは、すべて、わしがさばく」

と、いいきって、病父のことばなどに耳を藉《か》す様子もなかった。

そのころの寺沢兵庫頭の風貌《ふうぼう》は、というと、

「とても十八歳の若者に見えなかった」

そうである。

背丈が高く、筋骨が張っている体軀《たいく》は父ゆずりなのだが、妙にどすぐろい血色の細い顔に三白眼《さんぱくがん》が不気味に光ってい、濃いひげあとが頰《ほお》のあたりまでにおよんでいる。

「年齢三十歳」

といっても通りそうな顔つきであった。

ぬれぬれと紅く光っているくちびるも異様である。

病床の志摩守が、

「兵庫頭をよぶように」

城内の隠居所から、いくら使いをよこしても、

「父上は御病気の癒《い》ゆるまで、あまりお口をおききなさらぬほうがよい、と、おれが申していた、そうつたえよ」

なかなかに、あらわれない。

ようやく見舞いにやって来ると、志摩守があえぎあえぎ、いろいろと一国の主としての心得をいいきかせる。その間、兵庫頭はあたまをたれ、両手をつかえ、身じろぎもせずにきき入っている。

「すこしは、大殿の御意見がしみたらしい」

ひかえている家臣たちが、そうおもって見ていると、

「よし。もう、よい」

つかれ果てて、志摩守が両眼をとじる。

すると、兵庫頭は丁重に一礼し、座を立つ。

立つときに、病床の老父を見て、ぬたりと笑う。

「いや、その笑いのすごさ。なんともいえぬ気味の悪さでのう。ありゃ、魔性の笑いじゃ」

こころある重臣たちが、ひそひそとささやき合ったほどだ。

それでいて、彼らは、まともに若き主人に向い、諫言《かんげん》することもできない。

（したところで、むだじゃ）

と、思っているのだろうし、それはまた事実であったろう。

塚本伊織も、そのうちの一人だったといってよい。

ところで……。

茂平次の末の妹で〔かね〕という、十八歳になるむすめが、塚本伊織の屋敷の侍女をつとめている。

かねの美貌《びぼう》は、唐津城下でも評判のものであった。

茂平次の同輩で山口丑《うしの》之介《すけ》が、かねの婚約者で、両人の結婚はこの年の秋にきまっていて、仲人は塚本伊織がつとめることになっていた。

その日……。

すでに、夏もすぎようとしていた。

寺沢兵庫頭は、気に入りの侍臣十名をしたがえ、野駈《のが》けに出かけた。

唐津城下の東方を松浦潟の海岸沿いに約六里。磯崎の浜のあたりまで馬を飛ばしたのである。

家来たちも騎乗だ。

双肌《もろはだ》ぬぎとなった兵庫頭が、

「それ、それ！」

わめき声をあげつつ馬を疾駆《しっく》させる態《さま》は、なかなかに見事である。

家来たちも必死で、馬に鞭《むち》をあてる。

殿さまに追いつけても、ごきげんを損ずるし、また、あまりに遅れすぎても、

「おのれらは武士たるものでありながら、馬一匹まんぞくに乗りこなせぬのか!!」

叱りつけられるからだ。

だからといって、すぐうしろまで追いつくと、兵庫頭が馬上に振り返って、にらみつける。

つまり、自分と同じように馬術が上手な家来は〔気にくわぬやつ!!〕というわけなのだ。

この供の家来の中に、辻十郎も加わっていたのである。

そのときの辻十郎は、三十歳であった。

　辻は当時、旗本組の組士の一員であって、剣術も馬術もたくみにこなし、兵庫頭の相手をつとめるときも、万事に〔ぬけ目〕なく立ちまわるので、

「十郎は、いつもそばにおれ」

兵庫頭の気に入られ、日夜の区別なく御殿へよびつけられて〔お相手〕をつとめるようになっていた。

　つまり、辻十郎は、ようやく立身出世の階段の第一歩へ足をかけたところ、といってよかろう。

　一行が城下へ引き返したのは夕暮れ近くなってからで、

「ゆるりとまいろう」

　松浦潟の浜へさしかかると、兵庫頭が手綱をゆるめた。

　海岸に、寺沢志摩守が、荒い潮風をふせぐため、沿海の諸村に命じて松を植えさせてから十五年にもなる。

　この松原は二里におよび、いまも〔虹《にじ》の松原〕の名称をもって知られている。三百年も前に志摩守がのこした防風植林は、現代に至って尚《なお》、海岸の美しい風光を生彩あらしめているばかりではなく、後年のこの地方は、潮風と砂の害を何度もまぬがれることを得た。

　政治家としての寺沢志摩守の業績は高く評価されてい、彼の〔町つくり〕がなかったら、現代の〔唐津市〕はあり得ないとまでいわれている。

虹の松原の背後に領巾振山《ひれふりやま》（いまの鏡山）という山が突き出してい、その山すその村に、茂平次（坂田孫作）の叔父《おじ》で、坂田庄八郎というものが住んでいた。

茂平次の家も、坂田庄八郎の家も、塚本伊織とおなじように、もとは波多三河守につかえていたのである。

茂平次の父や、伊織の父は、旧主・波多家がほろびてから、新しい領主になった寺沢志摩守の家来となったわけだが、

「わしはいやじゃ。わしは旧主の恩義をわすれるものではない」

と、坂田庄八郎はいい、この村に住みついて、半農半漁のくらしをたてるようになった。

十八年後のいま、茂平次が塚本伊太郎と水野十郎左衛門へ語るには、

「そのころ、叔父・坂田庄八郎は、おもい病いにかかり、もはや寿命もあるまいときいて、私は、塚本さま御屋敷に奉公中の末の妹かねをさそい、叔父の見舞いに出かけたのが、ちょうど、その日でござりました」

茂平次は、塚本伊織のゆるしを得て、かねをつれ出し、坂田庄八郎を見舞った。

「叔父も大よろこびでござりました。なにしろ叔父は、唐津城下へは足もふみ入れたくない……と、いつも息まいておりましたのでな」

すでにのべたように、波多三河守の家来たちは、寺沢志摩守をこころよくおもっていない。

天下人の豊臣秀吉が、波多をしりぞけ、寺沢を寵愛《ちょうあい》し、

「むかしの、われらの御主人の手から唐津の国をうばい、寺沢志摩守へあたえてしまったのだ」

と、坂田庄八郎のようにおもいこんでいる波多の旧家来が多い。

これらの人びとは、いずれも山にかくれたり、村人に落ちぶれたりしてしまったが、

「寛永のはじめのそのころは、まだ、機会《おり》があれば、むかしの家来たちがあつまり、寺沢志摩守を討ちとって、唐津の城をうばい取ろう……などと考えていたものも、少なくはなかったようでござります」

茂平次はそう述懐している。

「またいつ、戦争が始まるか知れたものではない」

からであった。

そのころはまだ徳川の天下も、土台が、かたまりきってはいず、将軍と幕府のすることに不満を抱く大名たちも、かなりいたのである。

さて……。

茂平次とかねの兄妹が、叔父の家を出て、虹の松原へかかったとき、

「あ……殿じゃ」

茂平次が、あわてて平伏をした。

松原の道へ出たとたんに、兵庫頭一行が馬首をつらねてやって来たからだ。

かねも、ひれ伏した。

「何者じゃ」

「はい。のぼり持ち組の組下にて、坂田孫作にござります」

と、茂平次が名乗るや、兵庫頭は早くも、かねの白いくびすじへ眼をつけ、

「それなるは？」

「私めの妹にてかねと申しまする」

「そちの妹と、な……」

「ははっ……」

兵庫頭の白い眼が妖《あや》しい光りをはなちはじめたのは、このときだ。

「どうじゃ、女……わしの馬へ乗らぬか」

かねは、青くなった。

茂平次は狼狽《ろうばい》をした。

「まいれ。さ、ここへまいれ」

と、兵庫頭が馬上から、かねをさしまねくのである。

殿さまの命令である。拒むわけにはゆかなかった。

かねは、おずおずと立ち上った。

「こ、これ……」

と、茂平次が必死の面もちとなり、

「かね。殿の御前であるぞ、ひかえい!!」

叱りつけた。

わざと叱りつけることによって、危急をのがれようとしたのだが、すでにおそい。

「かまわぬ。これへまいれ!!」

兵庫頭が、かさねていった。

こうなっては、もはやどうしようもない。

よろめくように、馬側へ歩みよったかねへ、兵庫頭が、

「かねとやら申したな」

「は、はい」

「その両腕をさしあげて見よ」

「は……」

かねはとまどっていた。

家来たちも、茂平次も息をのんでいる。

むろん、辻十郎も、

(いったい、殿は何をあそばされるおつもりなのか……?)

緊張で、青ざめていた。

茂平次とかね兄妹の父にあたる坂田治左衛門は、辻十郎の父・太兵衛と大へんに仲がよかった。

そういうわけで、いまは双方の父親が亡くなっていても、両家の親交はふかく、あたたかい。

辻十郎も、幼いころから茂平次やかねとは〔あそび友だち〕で、たがいの家も近くのことだし、まるで親類同士のつきあいであった。

それだけに、辻は、

（殿は、かねどのを、どうなさるおつもりなのか？）

口中が急にかわいてきて、なまつばをのんだ。

「両手をあげよと申すのじゃ!!」

と、今度は兵庫頭が、かねを怒鳴りつけた。

「は……」

「うごくな。そこに立ったまま、両手をあげい」

おそるおそる、かねが両手をあげはじめた。

顔色は死人のようである。

「もそっとあげい」

「は……」

と……。

両手を頭上にあげた、そのかねの右腕を、鞍《くら》の上から腰をのばした兵庫頭が、ぐいとつかんだ。

「あっ……」

叫んだのは、むしろ茂平次と辻十郎である。

その瞬間……。

かねの躰が空間に浮き、馬上へ手《た》ぐりあげられていたのである。

「と、殿……」

茂平次が駈け寄ろうとするのへ、

「下れ!!」

と、兵庫頭が、

「そちが妹、しばらく借りたぞ」

「あっ……」

兵庫頭が馬腹を蹴《け》った。

かねは悲鳴を発した。

「お、お待ち下さりませ」

茂平次が追わんとする前へ、家来三名が馬を寄せて来て、

「ひかえい!!」

「と、殿……」

馬上に、かねを抱きすくめたまま、寺沢兵庫頭が、

「辻、かれめを……」

と、命じた。

辻十郎に、茂平次を追いはらえ、というのである。

そして、かねを引きさらったこの狂暴な殿さまは、松原の彼方《かなた》へ走り去ってしまった。

家来の六騎が、これにつづく。

「おのれ……」

茂平次が、すさまじい形相となった。

これが、父祖代々から寺沢家につかえていたものなら、また別であったろうけれども、茂平次たち旧波多家の臣たちは、

(こころならずも、寺沢家につかえているのだ)

という思念が、いつも胸底に秘められている。

先代の殿さま・志摩守は、反抗する波多の旧臣たちを容赦なく捕えて処刑したかわりに、自分へしたがうものは、こだわりなく、これを受け入れた。

波多の旧臣である塚本伊織を召しかかえて、

「りっぱな武士《もののふ》じゃ」

すぐに看破し、五百石の禄《ろく》をあたえ、のちには〔旗奉行〕の要職につけたことを見ても、それがわかる。

政治家としてもすぐれていたことだし、いつしか波多の旧臣もこれに服従せざるを

得ないことになった。

それがいま、兵庫頭の代になってから、

「御先代なればともかく、とうてい、あのような暴君につかえることはできぬ」

ここ三ヵ月ほどの間に、早くも波多の旧臣たちの中で、こうした声も、ひそかにひろまりつつあったのだ。

それだけに、

「お、おのれ……」

茂平次も逆上してしまい、

「妹をお返し下され!!」

叫びつつ走り出そうとするのへ、

「こやつ。血まよったか」

家来三名が馬から飛び下り、立ちふさがった。

「待て!!」

辻十郎も、馬から下りかけたが、一瞬おそかった。

「じゃまをするな!!」

と一声。

茂平次が、いきなり抜き打ったものである。

「ああっ……」

まさかと思っていただけに、一人が肩口を斬られて転倒した。

「これ、茂平次……」

辻十郎、あわてて駈け寄ったが、もうこうなっては、残る二人が承知をせぬ。

「こやつ、気が狂うたか」

「斬れ、斬れい。殿が御承知のことだ」

すぐさま抜き合せ、茂平次へ斬ってかかった。

茂平次は死もの狂いであった。

殿さまが妹に、どのような乱暴をするか……これまでのことを見ても、およその見当はつく。

「かね……かね！」

夢中で妹の名を呼びつつ、また一人を突き倒した。

「あっ……こやつ……おい、辻。辻十郎、助太刀せぬか」

残る一人も、茂平次に圧倒されかけ、辻へ向って叫んだが、

「よせ、よせ」

辻十郎も、どうしてよいかわからぬ。

「えい、おう……えい、おう」

茂平次は猛然と相手を押しまくっておいて、兵庫頭の後を追い、走り出した。

「おのれ、辻。よくもきさま……帰ったら、殿へ申しあぐるぞ」

と、家来が辻十郎へいい、すぐに茂平次の後を追った。

辻は、

（これは、いかぬ）

と、おもった。

同僚が二人も斬られたというのに、自分は叛逆者《はんぎゃくしゃ》である茂平次へ対し、刀もぬき合せていない。

（殿にいいつけられたら大変なことになる）

とっさに、辻十郎は背を向けて前を走っている同僚を追った。

同僚もこれに気づいたが、辻も一緒に茂平次を追いかけてくれるものだとおもったらしい。

「早く、早く」

ふりむいて、いった。

辻は追いつきざま、

「えい！」

同僚の背中へ刃《やいば》をたたきつけた。

「うわ……」

刀を放り出し、同僚がひざを突くのを、辻が飛びぬけてなぎはらった。

血がしぶいた。

同僚は砂地へくびをうめるようにして倒れ伏し、うごかなくなった。

それを見とどけてから辻は、馬のところへ駈けもどり、飛び乗るや、

「それ!」

茂平次を追った。

すぐに追いついた。

松原に夕闇がたれこめている。

「待て。おい、待たぬか」

とめてもとまらぬ。

茂平次は刀をふりまわし、走りつづけている。

辻は舌うちをし、刀を引きぬき、刃先を返し、峰打《みねう》ちに馬上から茂平次のくびすじを打った。

茂平次の躰《からだ》が、ぐらりとゆれ、地にくずれ折れた。気をうしなったのだ。

辻は、馬の背で、しばらく考えた。

(こうなってしまった上は……どうしたらよいものか?)

茂平次を討つつもりはない。

幼少のころからの二人の友情や亡父同士の親交を考えれば、討てるものではなかった。

十八年前の辻十郎には、まだ人の情を解する純真さが濃厚にあったといえよう。も

ちろん〔若い殿さま〕に取り入って立身をたくらむ野心も充分にあったのだが……。

やがて、辻は気絶をした茂平次を馬の背に乗せ、自分も別の馬に乗り、松原の道を引き返していった。

領巾振山のふもとに住む茂平次の叔父・坂田庄八郎の家へ向ったのである。

この間。

寺沢兵庫頭は、虹の松原の一隅にある無人の漁師小屋へ、かねをつれこんでいる。

六人の家来たちは、

「しばらく待て」

といわれ、小屋の周囲を警戒しはじめた。

「殿は、小屋の中で、何を……?」

「きまっておるではないか」

「やはり、な……」

「むすめは、坂田孫作(茂平次)の妹だと……」

「うむ、気の毒にな」

「しかし、殿のお手がつけば、むすめも御城へ上って出世もできよう」

「さて、な……」

「ときに、後へ残ったものたちは、どうしたろう。まだ追いついて来ぬな」

「坂田をなだめているのだろうよ」

「それにしては、おそいぞ」

「よし、わしが見てまいる」

一人が馬へ乗り、引き返して行く。

夕闇が濃い。

小屋の中で、さっきからきこえつづけていた女の悲鳴が、もう絶えていた。

「おい。どうしたのだろう……小屋の中は、大丈夫か?」

「叱《し》っ。殿がお出ましだぞ」

ふらり、寺沢兵庫頭が小屋の中からあらわれた。半裸体である。

家来たちは、駈け寄り、兵庫頭に身づくろいをさせた。

「ふ、ふふ……」

兵庫頭が気味のわるい、ふくみ笑いをもらし、

「女め、あばれおった」

つぶやいた。

見ると、兵庫頭の鼻下から口へかけて、何の血だか、べっとりと血が付着している。

家来たちは、ぞっとなった。

「ふ、ふふ……女め」

「と、殿」

「城へもどるぞ」

「あの、むすめは……？」

「捨て置けい」

「は……」

「つづけい」

兵庫頭が馬へ飛び乗って走り出した。

家来たちもつづいて走り去る。

かねは、それから半刻（一時間）ほど経て、小屋からあらわれ、そのまま砂浜を海へ……どこまでも歩みつづけ、ついに、海中へ姿を没してしまった。

辻十郎が、城下へもどったのは翌朝になってからであった。

辻は、茂平次が馬で逃げてしまったと報告をした。

懸命に追いかけたのだが、夜になってしまい、ついに取り逃したというのである。

それから十八年を経たいま、茂平次が伊太郎と水野へ語ったところによれば、

「辻どのは、私を叔父の家へつれこみ、叔父と共に、ことばをつくして逃げることをすすめてくれたのでござります。妹のことは、もはや、どうにもならぬことゆえ……ここで犬死をしてもはじまるまい。かように申してくれました。私めも、同じ家中《かちゆう》のさむらいを二人も……いえ辻どのが斬った男も、私めが殺したのと同然でござります。もう、いかぬ。これまでだから死のうといたしましたが……すると叔父が、辻十郎どのが主君にそむいてまでお前を逃して下さろうとした、そのこころを大切にせねばな

らぬ、かように申しました。なるほど、いかにもさよう……あのとき、辻どのはとっさの間に、同役の者を斬ってまで、私めを助けてくれたのでござります。私はそれに気づいたとき、辻どのの手をとり、声をあげて泣いたもので……」

そして……。

辻十郎は、近江の富之尾の清昌寺へ、

「逃げてかくれろ」

と、すすめたのである。

清昌寺の和尚《おしよう》と、辻の父・太兵衛とは、ともに美濃《みの》の国にいたころからの知り合いで、以後もずっと文通が絶えていなかったのだ。

辻十郎が和尚へあてた手紙を持ち、叔父の所持金をもらった茂平次は、泣く泣く、この夜のうちに逃亡した。

こうして坂田孫作は、近江の山寺の下僕・茂平次となったわけだが……。

いっぽう、唐津へもどった辻十郎の報告をきくや、

「なに、三人も茂平次に斬られた上、取り逃したと申すか。けしからぬやつ。辻十郎を押しこめい」

と、兵庫頭が命じた。そのくせ、あまり怒ってはいない。

辻は閉門・謹慎の処分をうけた。

三日後。

かねの死体が包石の浜へ打ちあげられた。

死体は無惨をきわめていたというが、すでに家来どもが手をまわしてあったので、これを引き取り、茂平次の坂田家へは渡さず、どこかへ埋めこんでしまったらしい。

茂平次の家には、別の妹のいさがいる。

父母は歿《ぼっ》していたし、妻も二年前に病死し、茂平次との間に子は生まれていない。

この妹・いさは、すべてを知るや、短刀で自殺をとげた。遺書はなかった。

寺沢兵庫頭の日常には、少しも変りがない。相変らず傲慢《ごうまん》で、狂暴で、酒色に没頭している。

「辻十郎をよべ」

兵庫頭がいった。

辻は閉門をゆるされ、もと通りに兵庫頭のそば近くつかえることになった。兵庫頭はよほどに辻十郎を気に入っていたものと見える。

この事件は、かねの死体を始末することによって、内密に、ほうむり去られようとしたかに見えた。

しかし、ついに起ちあがったものがいる。

塚本伊織であった。

当時、伊織は三十七歳。寺沢志摩守が彼を〔旗奉行〕に抜擢《ばってき》したのは二年前のことで、

「塚本は波多家の旧臣でござる。当家の重職へ就けますには、いささか……」

などと、重臣たちの反対の声があったけれども、志摩守は、

「伊織なれば悪しき事態《あこと》になるまい。わしが唐津の主となってより三十余年。いまだに、旧主・波多三河守をしたう声が絶えぬ。これは、わしが不徳のいたすところではあるが……塚本伊織が当家にとり、なくてはならぬ家臣ともなれば、波多の旧臣たちも、わしのこころに他意なきことを知ってくれよう」

と、いい、反対の声をしりぞけてしまった。

たしかに、寺沢志摩守のいう通りである。

寺沢家に臣従した波多の旧臣はさておき、唐津領内へ住みついている農民や村民の中に彼らの姿をいくらでも見ることができる。

また志摩守は、波多の旧臣たちを村々の庄屋にしたり、郷足軽《ごうあしがる》に採用したりしていたので、その民間における勢力は意外に大きいのだ。

だから……。

茂平次兄妹の悲劇を知るや、諸方に散っている波多の旧臣たちが、

「捨ててはおけぬ！」

さわぎはじめた。

いくら内密にしたところで、事件の目撃者は何人もいる。

かねの溺死体《できしたい》を引きあげた漁民の中にも、波多の旧臣につながる者がいたのである。

こうした〔事件〕が起ると、彼らは、

「波多のものだというて、ばかにするな！」

と、激昂《げっこう》しはじめる。

領国をうばいとられた波多家の家来という〔ひがみ〕が、たちまち怒りに変って激発する。

ことに今度は、藩主・兵庫頭みずからの悪行による事件であったから、領内の諸方で不穏な気配が高まりつつあった。

だが、塚本伊織の行動は、彼ひとりの考えによるものであった。

伊織は、隠居の大殿・志摩守の病状が、ちかごろ大分によいときき、

「大殿へ御目通りを……」

と、ねがい出た。

御見舞を申しあげたいというのである。

志摩守は、すぐに、

「久しぶりのことじゃ。わしも伊織に会いたい」

と、いった。

秋も深まった或日《あるひ》。

伊織は、城内の隠居所へ伺候した。

「伊織か、久しいのう。もそっと近うまいれ」

志摩守は上きげんであった。

数日前から、病床からぬけ出し、つとめて平常の生活へもどろうと、老いた志摩守はこころがけている。

「御快癒、めでたく存じたてまつる」

「うむ。まだ、そこまでにはまいらぬが……だいぶんにようなった」

伊織が、ひざをすすめ、

「おそれながら……お人ばらいを、ねがわしゅう存じまする」

「人ばらいじゃと……?」

「達《たっ》て、ねがわしゅう存じまする」

志摩守のそばにひかえていた侍臣三名が、屹《きっ》と伊織を見た。

侍臣たちは〔茂平次事件〕を知っている。

知っていながら、まだ大殿の耳へ入れていない。

志摩守の病中ということもあるが、何よりも兵庫頭の狂暴を恐れているのである。

あのことを父の大殿へ〔告げ口〕したことなどが知れたら、兵庫頭の怒りが、どのようなすさまじいかたちで爆発するか、知れたものではないのだ。

「よし」

うなずいた志摩守が、

「みなのもの、しばし、さがっておれ」

と、命じた。

侍臣どもは、伊織をにらみつけながらも、しきりにためらっている。

その様子を見て、
志摩守も、ふしぎにおもった。

（なにかある）

すぐに直感し、

「さがれと申しておるのが、きこえぬか！」

「はっ」

ついに、侍臣たちが遠ざけられた。

「伊織……」

「御病中、まことにもって恐れ入りまするが……」

「かまわぬ。家中《かちゅう》のことか？」

「はい」

「申せ、きこう」

実に、こだわりがない志摩守なのである。

「私めが、かく申しあげまするのも、御家のためをおもうてのことでござります」

「そのほうの心底、かねてより、ようわかっておる」

「かたじけなく存じまする」

「申せ、何事じゃ」

「実は……」

と、塚本伊織が、茂平次兄妹のことを、かくすことなく語り終えたとき、寺沢志摩守の老顔が悲痛にゆがみ、しばらくは、声もなかった。

「ひ、兵庫頭が……それほどまでにとはおもわなんだ……」

嘆息のようなつぶやきであった。

伊織は、平伏をしている。

二人がいる部屋の空気が凍りついたようだ。

しばらくして、志摩守が、

「よくぞ、申してくれた」

と、いった。

「よし。たしかにききおいた」

と、志摩守がいい、間もなく、塚本伊織は隠居所を退出した。

そのあとで、志摩守は不快をうったえ、病間へ入ったようである。

「伊織め、何を申しあげたのか……」

「大殿は御不快じゃ。けしからぬ塚本ではある」

と、侍臣どもが顔を見合せ、伊織をののしった。

その翌日。

兵庫頭が、隠居所へ呼ばれた。

「大事ゆえ、急ぎ、まいられたい」

との父・志摩守のまねきを、さすがに、こばむわけにはゆかない。

このときも人ばらいである。

病間のとなりの〔鷺《さぎ》の間〕で、父子は対面した。

志摩守は、白髪をふるわせつつ、茂平次兄妹の事件について、

「おぼえがあることか？」

兵庫頭に問うた。

こたえがない。

両手をつかえ、かるく頭を下げたまま、兵庫頭は一言も発しないのである。

志摩守は苛《い》らだった。

苛らだちつつ、今度は、一国一城の主たるべき身の心得を、じゅんじゅんと説きはじめた。

同じ姿勢のまま、兵庫頭は神妙といえば神妙な……無表情な面をわずかに伏せ、父の忠告をきいている。

いささかも口をさしはさまぬ。

「こ、これ……」

志摩守が白扇でひざをたたき、

「きいておられるのか？」

「はい」

はじめて、我子がこたえる。

そこで、また志摩守は〔あの事件〕へ、はなしをもどした。

兵庫頭もまた、前の沈黙へもどる。

「おぼえがあるのか、いかがじゃ？」

こたえない。

たまりかねて、志摩守が片ひざを立てたとき、疼痛《とうつう》が胸を襲った。

「あ、ああっ……」

父のうめき声に、兵庫頭が、

「たれかある。父上のおかげんがわるい。ただちに御病間へ……」

大声を張りあげたものだ。

家臣たちが駈けこんで来て、気息奄々《えんえん》たる志摩守を病間へはこびこんだ。

侍医が駈けつける。

大さわぎとなったが、兵庫頭はにやにやとうす笑いをうかべ、隠居所を出て、御殿へ引きあげてしまった。

この夜、寺沢志摩守は危篤におち入ったそうだが、死には至らなかった。

この後、志摩守が健康をとりもどし、七年を生きたのは奇蹟《きせき》といわねばなるまい。

ところで……。

御殿へ帰った兵庫頭が、このままでおさまる筈はない。

「あのようなことを、父上へ申しあげたのはだれだ？」

すぐさま手をまわして、しらべはじめたが、前日に、塚本伊織が隠居所へ伺候し、人ばらいの上、大殿と密談をかわした事実をさぐり出すのに時間はかからなかった。

兵庫頭は、とりあえず、

「塚本伊織を押しこめい！」

と、命じた。

伊織を閉門・謹慎させておいてから、ゆっくり、処置を考えようというつもりらしい。

隠居所の志摩守は、間もなく危機を脱したけれども、依然、病間を出ることができぬ。

だれもかれも、この大殿の耳へは〔事件〕がとどかぬようにしているから、ただもう、いらいらと臥《ふ》しているより仕方もないのだ。

辻十郎が、

（これはもう、大殿も長く生きてはおられまい。こうなったからには、どこまでも……）

どこまでも兵庫頭の気に入られて……というよりむしろ、兵庫頭の欠点を利用し、

これに取り入ることにより、

（どこまでも出世の階段をふみのぼってやろう）

きっぱりと野心をかためたのも、そのころであった。

塚本伊織は、自邸へ引きこもったままである。

屋敷の門は、ふとい青竹をもっていましめられ、城中から番士が出張《でば》り、塚本邸の周囲を厳重に警備しはじめた。

塚本家に奉公する者は、塩田半平ほか家来四名、槍持《やりもち》、具足持などをふくめ男が十三人、侍女、女中などが七人であった。

こうして、約十日が経過した。

この間に、伊織は、小者や下女などに暇をとらせている。

「塚本も、いよいよ覚悟をきめたようじゃ」

「殿を、あそこまで怒らせてしもうたのでは、もはや取り返しがつかぬな」

寺沢家のものが、例のごとく、ひそひそとうわさをしている。

塚本邸内には、伊織と五歳の伊太郎、老女中一人、塩田半平に小者二人、合せて六人が住み暮している。

或日のことだが……。

茂平次兄妹の叔父《おじ》・坂田庄八郎の病体を戸板にのせ、波多の旧臣で、いまは諸方の村に住む人びと十七名が唐津の城下へ入って来た。

塚本伊織の無罪をとなえ、つまり、一種のデモンストレーションをおこなったのであった。

瀕死《ひんし》の重態にありながら、

「わしをつれて行け！」

と、坂田庄八郎はいい、みずから〔嘆願書〕をつかみ、これを奉行所の門前で読みあげた上、差し出した。

見物の人びとが群れあつまる。

城下は、異常な空気につつまれた。

城内から一隊がくり出し、坂田庄八郎ら十八名を捕縛した。

その夜のうちに、この十八名は首を切られてしまったのである。

その死体をどこへ埋めたのか、それもわからぬ。

このことを、ひそかに塚本伊織へつたえた者があった。

夜陰、塀をのりこえて邸内へ入り、この事変を伊織に告げたのは、茂平次の妹かねの婚約者だった山口丑之介《うしのすけ》である。

これまでにも丑之介は、数度、塚本邸へ潜入し、伊織をなぐさめていた。

「ふうむ……」

すべてをきき終えたとき、塚本伊織の両眼が張り裂けるばかりに見ひらかれ、

「もはや、これまで」

と、いった。

そして伊織は、塩田半平を呼びよせ、

「おそらく、明日中には、殿がわしに腹を切らせるにちがいあるまい」

「お切りなさるおつもりでござりますか？」

「いいや、切らぬ」

「では……？」

「こうじゃ」

伊織が、声をひくめ、半平に何事かをささやいた。

「はっ……」

半平の面が見る見る興奮の血をのぼらせて、

「承知つかまつりました」

「お前だけは、供を……たのむ」

「このいのち、いつにてもさしあげまする」

「うれしくおもう」

すぐに伊織は、持てるだけの金銀をあつめ、これを小者と老女中へわたし、

「今夜のうちに逃げよ。そうせぬと、お前たちのいのちもあぶない」

と、いいきかせ、まだ邸内にいた山口丑之介にたのみ、これを塀の北方にある〔ぬけ穴〕から外へ逃げさせた。

寺沢家につかえる波多の旧臣たちは、

（いつ、どのような異変がおこるやも知れぬ）

と、考えていたので〔ぬけ穴〕の用意などは、当然であったろう。

これも、滅亡した旧主人から新しい寺沢家へつかえた者の用意でもあり、不安でもあった。

五歳の塚本伊太郎が老女中のふところを出て、塩田半平に抱かれ、父と共に〔ぬけ穴〕から邸外に出たのは、奉公人が去って一刻（二時間）ほど後だ。

この間に、山口丑之介が馬を二匹、城下外れの木立の中に用意してくれた。

塚本屋敷を警備する番士たちは、邸内に人ひとりいなくなったのを、まったく気づかぬ。

「丑之介、達者でおれ」

塚本伊織が、木立の中で馬へ乗り、

「ついに、かねと夫婦にはなれなんだのう」

「はい……」

「泣くな。かずかずのこころ入れ、かたじけない」

「なにをおっしゃります」

「では、さらばじゃ」

伊太郎を背負い、これも馬へ乗った半平をうながし、伊織は木立の外へ出て行った。

こうして、十八年前に、塚本父子は唐津城下を脱出したのである。

「そ、そのような事情《わけ》でしたのか……」

伊太郎が茂平次からきいて、茫然《ぼうぜん》となったとき、茂平次はさらに、

「それからが、また一大事だったのでござる」

と、いったものだ。

茂平次が、唐津を脱走した後の塚本伊織の言動を、なぜ知っていたかというと、

「近江へまいりましてから、清昌寺の和尚さまの御名をもって、唐津の山口丑之介と秘密に手紙のやりとりをしていたからでござります」

と、茂平次は水野十郎左衛門と塚本伊太郎へ語った。

無惨な死をとげた茂平次の妹・かねの婚約者だった山口丑之介は、茂平次にとって、もっとも信頼のおける人物の一人だったといってよい。

「なれど、丑之介は、私めが近江へまいりまして五年後に病死をいたしましたよしにござる。そのときまで……そのときまで丑之介は妻《めと》らなんだそうにござります」

と、茂平次は涕涙《ているい》した。

「それで、茂平次どの。父は唐津を出てのち、どのような……？」

伊太郎は、

「その後の一大事」

というのが、どのようなことか一時も早く知りたい。

「されぱでござる」

茂平次は、うなずき、

「私も、塚本伊織様が、あれほどに、おもいきったことをなされるとは……」

いいさして、老眼を活《かっ》と見ひらいたものだ。

その一大事とは……。

あの夜。

塚本伊織は、わが子の伊太郎を塩田半平にあずけ、京都へ向わしめた。

「京の三条に丹波やという旅籠《はたご》がある。そこに、かくれていてくれい。よいか、半平」

唐津領内を脱出し、筑前《ちくぜん》（福岡県）の国へ入ってから、突如、伊織がこういい出したので、半平はおどろき、

「それは、心得まいたが……なれど、お一人にて、どこへまいられますのか？」

「きくな。いわぬ」

「はあ……」

「いま、思いたったことがある」

「なれど……」

「なれど、安心をせい。かならず、後より京へまいる。うむ……おそくとも十日後には追いつけよう」

「それなれば、よろしゅうござりますが……」

「そのとき、すべてをはなす」

伊太郎と半平を博多の港から大坂への便船に乗せ、これを見送るや、伊織は馬首をめぐらし、ふたたび唐津へ引き返して行ったものである。

危険きわまる唐津へ、伊織は何をするためにもどって行ったのか……。

塚本伊織は、寺沢兵庫頭を討ち果す決意をしたのである。

唐津を脱出したときには、そのつもりではなかった。

しかし、どうあっても、このままだまって逃げる気もちにはなれなくなってきた。

(かくなった上は、やってのけるべきだ!!)

国境をこえたとき、伊織は決意した。

塚本伊織は、隠居をした先の主君・寺沢志摩守については、別に憎悪の念はない。

伊織の父が、波多の旧臣として寺沢家につかえたいきさつはよく知らぬけれども、自分が塚本の当主となってからは、志摩守の政治家としての力量を、伊織は高く評価していた。

だからこそ懸命に忠勤をはげみもしたし、志摩守も伊織を厚くもちいてくれたのである。

何かといえば、

「波多の家と国をうばい取ったのは寺沢志摩守だ！」

興奮する波多の旧臣たちと寺沢家との間に立って、塚本伊織は種々の〔もめごと〕を何度も解決してきたのだ。

戦乱が絶え、年毎に〔徳川幕府〕の威令がととのってくる現在、伊織は、寺沢家につかえている波多の旧臣たちや、諸方の町や村に散っている旧臣たちを、できるかぎり〔幸福〕と〔平和〕にみちびきたいという考えであった。

寺沢志摩守も、この点は伊織と同じ意見であって、

「このごろ、波多の旧臣たちは、おだやかにしておろうか？」

伊織をひそかに呼び出しては、肚《はら》をうちわって下問したことも何度かある。

こうしたわけだから、伊織は寺沢志摩守には何のうらみもない。

だが現〔殿さま〕の兵庫頭だけは生かしておけぬとおもった。

（まだ数年は、志摩守も生きぬいて下さるであろう）

と、伊織は見ている。

病気は軽くないが、志摩守は徐々に健康をとりもどしつつあったからだ。

（なれば、いまここで兵庫頭さまを討ち果しても、寺沢家がつぶれてしまうことはあるまい）

息子の兵庫頭が死ねば、老体ながら志摩守が再び、藩主の座へつくことになる。

兵庫頭以外に嗣子《しし》はないが、そのころはまだ於伊与《おいよ》といって、兵庫頭の妹が手もとにいた。

だから、このむすめの於伊与に養子を迎えて、寺沢家の当主とすればよいのである。

ちなみにいうと、この於伊与は後年に、榊原《さかきばら》遠江守《とおとうみのかみ》康勝《やすかつ》のもとへ嫁入りすることになる。

(於伊与さまへの御養子をお迎えし、志摩守様が後見をなさって数年たてば、寺沢の御家も立派になろう)

このまま、寺沢兵庫頭が藩主の座についていたなら、どのような恐ろしい〔殿さま〕が出来あがってしまうことか、考えただけでもこころある人びとは慄然《りつぜん》とするだろう。

領民のためにも、家臣のためにも、国のためにもよくない藩主なのである。単によくないばかりか、今度の事件ひとつ見ても、これから先、何人の犠牲者が兵庫頭の毒《どく》牙《が》にかかるか、知れたものではあるまい。

塚本伊織は、唐津領内へ入ると、夜陰、虹の松原へ来た。

あの日、かねが兵庫頭に犯された無人の漁師小屋へ、彼はかくれた。

茂平次の叔父・坂田庄八郎は、すでに兵庫頭によって首を斬られてしまっているが、このあたりには波多家の旧臣たちが多く住みついている。

そのうちの一人で、いまは百姓をしている岸岳彦作という老人の家をひそかにおとずれ、伊織が、

「だれにもわからぬよう、食べものをはこんでくれい」

と、たのんだ。

彦作老人は、以前から野菜などをたずさえ、塚本家へ出入りをしていたし、妻をうしない、三人の女子はいずれも他家へ嫁いでいて、小さな家に独り暮しをしている。

彦作は何も問おうとはせず、伊織もまた、語ろうとしない。

それでいて、胸の底ではしっかりと通じ合い、むすび合うものがあった。

黙々として、彦作老人がはこぶ食事をとりつつ、伊織は三日をすごした。

その三日間、秋の雨がふりつづいた。

四日目。

前から晴れわたった虹の松原へ、午後になると、唐津城下の方向から数騎の馬蹄《ばてい》の響《とよ》みが、きこえはじめた。

（来た！）

塚本伊織が、小屋の板壁の隙間からのぞいて見ると、まさに寺沢兵庫頭の〔野駈け〕であった。

今日も、辻十郎をふくめ十名の侍臣がしたがっている。

伊織は、見すごした。

一行の帰途を待つつもりだ。

伊織は、彦作老人にたのみ短槍を二つ、ひそかに買いもとめて来てもらってある。

夕暮れ近くなって、彦作老人が味噌《みそ》をつけて火に炙《あぶ》ったにぎりめしをはこんで来てくれた。

そのほかに、この老人は筵《むしろ》で包んだものを抱えている。

「それは、なんじゃ？」

伊織が問うと、老人はにやりとして、包みをひろげて見せた。

中には大小の刀と鎖襦袢《くさりじゅばん》、鉢巻などが入っている。

「これは……？」

「お手つだい、つかまつりたい」

「彦作、知っておったか」

「はい」

「ならぬ」

「なれど……こうして生きていても、もはや、なんのうれしさもござらぬ。兵庫頭めへ、たとえ一太刀なりとも……」

「ことわる」

「塚本さま……おねがいでござる。たのみをきいて下され」

「おぬしと共に闘うつもりで、この鎖襦袢を肌につけさせてもらおう」

と、伊織がいった。

「どうあっても、なりませぬか？」

「この小屋にいて、わしのすることを見ておれ、それだけにても、きっと、おぬしの溜飲《りゅういん》を下げて見せるわ」

「塚本さま……」

「わしも、死なぬ。安心をせい」

「なれど、先刻は、供を十人ほど……」

「十人が二十人であろうとも、大丈夫じゃ」

「はあ……」

「ま、見ていよ」

こころきいた彦作は、冷酒を竹の水筒へつめてきてくれた。

伊織は、茶わんの一杯をうまそうにのみほし、時を待った。

波の音が、ゆったりときこえる。

風もない、おだやかな秋の夕暮れであった。

やがて……。

馬蹄の音が、きこえはじめた。

塚本伊織は立ちあがって袴《はかま》の股立《ももだ》ちを高々と取り、下緒のたすきをかけた。この前に、彦作老人が持って来た鎖襦袢を肌につけてある。

「ここを、うごくな」

「つ、塚本さま……」

「出るなよ」

伊織がにこりと笑って見せた。

伊織は大小をたばさみ短槍二つを小わきに抱え、しずかに小屋を出た。

松浦潟が屈曲して壱岐《いき》海峡へつながるところへ唐津城下と東松浦半島が夕闇に溶けこみつつあった。

半島に夕陽が没せんとしている。

馬蹄の音が松林の向うに、せまって来た。

伊織は林の中の砂浜へ身をかがめた。

寺沢兵庫頭ひとりが、先ず松林の道へ馬を駈ってあらわれた。

例のごとく先頭を切っているのだが、これに、ぴたりとつきそっているのは辻十郎のみで、残る九騎は、やや遅れているらしい。

間合いをはかっていた塚本伊織が身を起し、猛然として松林から飛び出した。

「あっ……」

辻十郎が、これを見て鞭《むち》をふるい、兵庫頭をかばうように馬を駈け寄せて来た。

「何者か!!」

兵庫頭が、わめいた。

伊織の右手につかまれた短槍が風を切って飛んだのは、このときである。

槍は、兵庫頭の左肩の肉を切りさいて後方へ飛びぬけた。

つづいて、伊織の二つ目の短槍が飛んだ。

その瞬間、辻十郎が馬を乗り入れて来たので、二つ目の槍は辻の馬の首へ突き立ったものである。

辻の馬が悲鳴をあげ、竿立《さお》ちになった。

兵庫頭の乗馬も、辻の乗馬とぶつかり合うかたちとなって足もとを乱した。

塚本伊織は大刀を引きぬき、

「おいのち、頂戴《ちょうだい》つかまつる!!」

一声をかけておいて、兵庫頭へ襲いかかった。

「おのれ!」

寺沢兵庫頭は、このとき、はじめて塚本伊織を確認した。

「ぶ、ぶれいな……下れ!」

叫びざま、馬上にいることの危険を感じ、兵庫頭が躰《からだ》を投げ出すように飛び下りた。

後続の九騎が、このさまを見て必死に駈けつけて来る。

伊織は、短槍二つを飛ばして、兵庫頭を仕止めてしまうつもりであったのだが、致命的な傷をあたえることができなかった。

駈け寄ったが、兵庫頭の乗馬が荒れまわるのに邪魔をされ、一瞬、斬りつける間合いがはかれない。

そこを……。

「おのれ!」

馬から飛び下り辻十郎が横合いから斬りつけて来た。

「退けい！」

伊織は、辻の一刀をはらいのけた。

その剛刀に、辻の大刀がはね飛んでしまったが、

「伊織じゃな。われを何とおもうぞ！」

兵庫頭が辛うじて太刀を引きぬき、身がまえた。

伊織は、無言で肉薄した。

辻十郎が脇差をぬいて伊織の背後からせまる。

「曳《えい》！」

と、そこは武芸自慢の兵庫頭である。みずから、伊織へ反撃した。

刃と刃が嚙《か》み合って火花が散った。

打ち合って、飛びぬけざまに、

「む！」

伊織が、片手なぐりに斬りはらった。

「あっ……」

兵庫頭の左腕から血が疾《はし》った。

よろめく兵庫頭へ、向き直った伊織が突進しかけた。

そこへ、後続の九名が馬から飛び下りて抜刀し、いっせいに伊織へ斬りつけてきた

のである。

伊織は、歯がみをした。

こうなると、松林へ飛びこみ、九名の白刃をふせぐのが精一杯となる。

「殿。お早く……お早く……」

辻十郎が兵庫頭の馬のくつわをとり、叫んだ。

伊織は、侍臣二人を斬り殪《たお》したが、そのたびに位置がうつり、兵庫頭から遠ざかることになる。

「うぬ！」

伊織も、あせって来た。

兵庫頭が、辻に助けられて馬へ乗った。

伊織は、また一人を斬ったが、このときで限度である。

兵庫頭を乗せた馬が走り出し、ぐんぐんと遠ざかり、夕闇の幕に消えこんでしまった。

（これまでじゃ）

犬死は、はじめからせぬつもりであった。

兵庫頭を討ってからなら、死んでもよいのだが……。

塚本伊織は、残る六名と斬り合い、さらに一名を斬った。

この間、辻十郎は別の馬へ飛び乗り、兵庫頭の後を追っている。

もう、どうにもならなかった。

伊織は隙を見て、包囲を突破し、しばらく走ってから、そのあたりにうろうろしていた侍臣の一人の乗馬を見つけ、これへ飛び乗った。

伊織も数ヵ処の傷を受けていたが、軽い。

馬術に長じた伊織を、これ以上、侍臣どもは追いかけても無駄と知ったのであろう。

伊織は無事に国境をぬけ、ふたたび、筑前の国へ入ることを得たのであった。

寺沢兵庫頭の肩の傷は、かなり重かったようだが、やがて快癒した。

伊織は、虹の松原で兵庫頭を襲撃したことを、塩田半平にのみ語り、

「伊太郎へは、決してもらすまいぞ」

「心得まいた。なれど……」

「なれど？」

「このままにては……」

「むろん、すむまい」

「はあ……」

と、半平が息をのんだ。

寺沢兵庫頭の性格として、このまま、塚本伊織をほうっておくわけがない。

ほとんど殺されかけたのである。

しかも、もとは自分の家来だった男にだ。

肩にうけた傷あとを見るたびに、

（おのれ、伊織めが!!）

激怒で、目がくらみそうになるほどであった。

「なんとしても塚本父子《おやこ》をさがして、斬れ!!」

すぐさま、兵庫頭の命をうけた唐津藩士八名が、伊織を追っている。

伊織と半平が、幼い伊太郎と共に諸国をめぐり歩き、追手の目をのがれるための歳月が一年、二年とながれた。

しかし、一度も見つけられたことはない。

また伊織も、

「もし見つけられたとて、おどろかぬでもよい。そのときは、わしが闘う。そのすきに半平、おぬしは伊太郎をつれて逃げい」

平然といい、旅をつづけている最中でも落ちついていたものである。

ところが……。

この事件は間もなく、寺沢志摩守の耳へ入ってしまった。

志摩守の病気が非常によくなり、

「塚本伊織と久しぶりに語りたい。呼び出すように」

と、いい出したので、侍臣たちもかくすことができなくなり、もちろん、どこまでも塚本伊織を不忠不義の大悪人として、志摩守へつたえたのである。

「ふうむ……伊織が兵庫頭どのへ斬りかかったと、な……」

志摩守は沈思していたが、あとはもう一語も洩《も》らさない。

そのかわり、翌日から自分が兵庫頭をたすけて政務を見る、といい出したのである。

その後の数年間は、寺沢兵庫頭も、父の志摩守から、きびしく監視をされたらしい。

志摩守は、若い藩主の〔後見〕という名目《みょうもく》で、大名としての心得を日々の政務の上に生かして見せ、これを兵庫頭へ、しっかりと教えこもうとした。

老いた志摩守は、前の病気のことなどを忘れきって、

「そこもとが一国一城の主として、天下に恥じぬものとなってくれぬのなら、塚本伊織の手を借りるまでもなし、この父の手で斬り捨ててくれようぞ」

とまで、兵庫頭にいったそうな。

すさまじい気魄《きはく》であった。

こうなると兵庫頭、父には決してさからわぬ。

(父上のおいのちは、どうせ長くはない。それまでは、仕方もないことじゃ)

と、肚《はら》の中ではにやにやと笑っているのだ。

志摩守は、〔上意討ち〕の命をうけて塚本父子を追っている家来たちも、

「唐津へもどれ」

と、よび返してしまった。

こうして、六、七年の間は、塚本父子も気を落ちつけて生活することを得たのであ

る。

だが……。

寛永十年に、寺沢志摩守が病死し、ふたたび唐津藩主の実権を取りもどした兵庫頭は、

「伊織め、いまに見よ」

またも塚本父子の行方を探索しはじめた。

兵庫頭の執念ぶかさは尋常のものではない。

辻十郎が命令をうけて、伊織探索の主軸となり、寺沢家の者ばかりか、たとえば笹又高之助のような浪人たちをつかって探索の網の目をひろげはじめたのも、このころからであった。

そのうちに……。

あの、天草・島原におけるキリシタンの叛乱《はんらん》がおこった。

寺沢兵庫頭が、この領内での叛乱を取りしずめることができず、ついに幕府軍の出兵さわぎになってしまい、その領地をけずられるという大失敗を演じたことは、前に記しておいた。

大名として、政治家としての、この失敗にも兵庫頭の変形的な自尊心は大いに傷つけられたけれども、

「伊織めをさがせ。塚本父子を殺せ!」

と、相変らず塚本伊織に対する怨恨《えんこん》は、消えるどころか、いよいよ烈しいものとなってきたのだ。

そして……。

ついに、塚本伊織は発見をされ、芝・増上寺に近い通りで、寺沢家の刺客に襲われて斬り死をしてしまった。

あのとき、伊太郎に、

「か、ら、つ……」

の言葉を残したのは、まさに「肥前唐津、寺沢兵庫頭の手のものに襲われた」ことをい遺《のこ》すつもりであったのだ。

茂平次の述懐によって、父と寺沢兵庫頭との〔秘事〕を、塚本伊太郎は、ようやくここに、はっきりと知ることを得たのである。

二年後

水野十郎左衛門と塚本伊太郎が、茂平次をつれて江戸へ帰ってから、二年の歳月がすぎた。

すなわち正保三年。伊太郎は二十五歳になった。

あれから伊太郎は、本多屋敷内の桜井庄右衛門・長屋へはもどらなかった。

もともと、大恩ある桜井庄右衛門へは無断で出奔し、水野と共に近江の国へ茂平次をさがしに行った伊太郎である。

「面目なくて桜井様には顔を合せられぬ」

と、伊太郎は、

(この上は、父の仇《かたき》を討ち……いや寺沢兵庫頭へ、たとえ一太刀でもうらみの刃をあびせ、おれも見事、斬り死をすることによって、桜井様に事情《わけ》を知っていただければ……)

と、考えていたし、水野十郎左衛門も、

「それでよい」

うなずいてくれた。

水野は、二年前のあのとき、

「茂平次は、わしがあずかろう」

こういってくれたが、

「いえ、私めは、これからはもう伊太郎どのからはなれず、かなわぬながらも、かたき討ちのお手つだいをいたしたくおもいまする」

と、茂平次はこたえた。

「それもよかろうが……伊太郎は茂平次をどこへおくつもりか？」

「はい。上野の幡随院《ばんずいいん》へ、と考えておりますが……」

「うむ、それはよい。幡随院なれば安心じゃ。茂平次も近江の寺に長らく暮していたことゆえ、な」

「はい」

「そして、お前は……いや、伊太郎。お前こそ、わしが屋敷へまいれ。これからも、この水野十郎左、どこまでもお前の味方となるつもりじゃ」

「かたじけのうございます」

「では、きまった」

「いえ、水野様。私は私なりに、やって見るつもりでございます」

「なれど伊太郎。相手は大名だぞ。唐津八万三千石のあるじを敵にまわすのじゃ。お前ひとりで、何ができよう」

「かなわぬまでも……これは私ひとりにて、やってのけなくてはなりますまい」

と、伊太郎は、双眸《りょうめ》に烈しい決意の色をうかべ、

「それでなくては、亡き父・伊織もよろこんではくれまいかと……」

「ふうむ……」

「父が、寺沢兵庫頭を討たんとした折も、只《ただ》ひとりでございました。水野様」

「なるほど」

水野十郎左衛門はひざをうって、

「男らしきやつ。ほめてつかわす」

といい、

「ならば、やって見よ。水野も蔭《かげ》ながら、……いや、たのしみに、伊太郎のすることを見物していよう」

伊太郎は、浅草・舟川戸《ふなかわど》の〔人いれ宿〕山脇宗右衛門方へ身を寄せることにした。

近江での出来事、それに亡父・伊織が暗殺された事情など、宗右衛門には、くわしくうちあけたのである。

「よろしい。りっぱに父御のかたきを討ちなされ」

宗右衛門は、伊太郎をはげますと共に、

「なんとか、うちの者を寺沢屋敷へも入れて、様子をさぐらせよう」

たのもしく、受け合ってくれた。

〔人いれ宿〕にたのみ、中間《ちゅうげん》や小者をやとい入れるのは幕府・旗本の屋敷が多い。

小さな大名なら〔人いれ宿〕から、やとい入れることもあるが、寺沢兵庫頭ほどの大名になると、屋敷内でつかう男たちは、国もとからやとい入れるのが常であった。

後年になると、常時やとい入れては経費がかかるので、大名屋敷でも必要なときに〔人いれ宿〕やら〔口入れ屋〕から人をやとうようになる。

しかし、いまのところは、

「寺沢の屋敷《ところ》へ入りこむには、なかなかむずかしい。国もとの唐津から人をやとうときも、いろいろとこまかに身状《みじょう》をしらべてからでないと、ゆるさぬそうじゃ」

と、山脇宗右衛門が伊太郎へいった。

大名なら当然というべきであろう。

ことに寺沢兵庫頭は、過去も現在も、いろいろと秘密の匂いの濃い大名であるから江戸屋敷内の出入りには実にうるさいそうな。

伊太郎が近江で茂平次に出会った二年前のあのとき、兵庫頭は〔参覲《さんきん》〕で唐津に帰った。

そして去年の初夏に、また江戸屋敷へ出て来ている。

だから今年《いま》、正保三年の正月が来たとき、兵庫頭はまだ江戸屋敷にいるわけだが、初夏が来れば、また唐津へ帰国する筈《はず》であった。

兵庫頭の夫人は江戸屋敷に暮しつづけているわけだが、男子は生まれていない。

あれだけ、のべつに女へ手をのばす兵庫頭なのだが、

「なにともして、男子御出生がないと、御家の後つぎが……」

と、重臣たちは心配しているらしい。

去年……。

塚本伊太郎は茂平次をつれて、兵庫頭の参覲の道中をねらい、襲撃しようとしたが、やはり思うようにはゆかぬ。

大名行列の警衛のきびしさは非常なものであって、たとえば、東海道の大井川を行列がわたるときなども、兵庫頭が乗った駕籠《かご》をそのまま蓮台《れんだい》にのせて人足が担ぎ、屈強の藩士二十名ほどが大刀を裸の肩に背負い、蓮台のまわりをびっしりと取り巻いて川をわたるのである。

伊太郎と茂平次は、むなしく江戸へ帰って来た。

そして、今年の正月が来た。

「とうてい、屋敷へは斬りこめませぬ」

と茂平次もいう。

となれば、寺沢兵庫頭の外出時をねらうより仕方がない。

大名が公式の外出には、行列をつくり、家来たちの警護もきびしい。

だから、兵庫頭が〔忍び〕で外出するときをねらうのが、もっともよい。

「時折は、五、六名の供をしたがえたのみで、吉原の遊里などを忍び歩きするようじゃが……なかなかに、機会《とき》がつかめぬ」

と、山脇宗右衛門もむずかしい顔つきになり、

「そもそも屋敷内の家来たちでさえ、殿さまのお忍びがわからぬそうな。おもい立つと、急に出て行く。出て行っては、きっと何か悪い所業《しわざ》をしてのけて、またいつともなく屋敷へもどって来る。これを知る者は、兵庫頭のそば近くつかえる家来のうちでも、十人とはいまい」

伊太郎へ、そう語った。

相変らず、夜の江戸の町は物騒な事件が絶えない。

犯人もわからぬ辻斬《つじぎ》りがおこなわれ、罪とがもない町民が惨殺されることがめずらしくないのだ。

もっとも、武士が斬り殺される場合もかなりある。

幕府も、年々に取締りをきびしくし、番所の数を増やしたりしているが、追いつくものではないのだ。

（なんとしても、寺沢屋敷へ、入りこまねばならぬ）

と、伊太郎はおもう。

だからといって、自分や茂平次が出て行っては、顔を見知られている〔危険〕が考えられ、うかつに近寄れぬ。

そこで、山脇宗右衛門にまかせるより仕方がないことになる。

ところで、宗右衛門の孫でもあり〔養女〕でもあるお金《きん》は、十八の乙女に成長して、人いれ宿の荒くれ男たちを相手に、きびきびと内所《ないしょ》を切りまわしていた。

二年前から塚本伊太郎が寄宿するようになってから、お金はいよいよ美しくなった。背丈ものびのびとし、胸にも腰にも健康な処女の生気がみちみちている。

伊太郎が、お金を見る眼《まな》ざしはまぶしげであった。

それときめたわけでもなく、だれがいったわけでもないのに、人いれ宿にいる男たちは、

「宗右衛門さまの後をつぐのは、伊太郎さまだ」

「お金さんは伊太郎さまと夫婦《めおと》になるのだ」

と、おもいこんでいるらしい。

家の中二階の奥まった部屋に寝起きしている伊太郎の身のまわりのことを、お金はだれの手も借りずにしているのであった。

お金の、伊太郎へ対する思慕は、彼女の肉体が成熟するにつれ、決定的なものとなってきている。

それは、当然かも知れない。

五年前……。

お金は十三歳で、二十歳の塚本伊太郎と出会った。

重傷を負って幡随院にかくれひそんだ伊太郎を年余にわたって看護し、身のまわりの世話をしつづけてきた。

そのころのお金は、感受性のもっとも強烈な年ごろであったといえよう。

それから五年の間。

お金の胸にきざみこまれた伊太郎の印象は、いま、一つ屋根の下に共に暮すようになってから、ぴたりと定着し、

(私、伊太郎さまのほかの男のところへ、お嫁に行かぬ)

伊太郎の意志にかかわらず、彼女は、そうきめこむようになってしまった。

こうしたお金のこころが、伊太郎につたわらぬ筈はない。

伊太郎も、山脇宗右衛門宅で起居するようになってからは、

(おれも、お金どのを……)

なにか、胸の底から燃えあがってくるものを感じてきている。

だが、

(それはなるまい)

であった。

(遠からず、おれは死ぬ身なのだ)

であった。

単なる〔かたき討ち〕ではない。

八万石の大名を討ち取ろうというのだ。

いや、討ち取れぬかも知れぬ。

(たとえ一太刀でも、寺沢兵庫頭へあびせることができたら……)

伊太郎は、死んでもよいと考えている。

(だが、只《ただ》では死なぬ)

つもりの伊太郎であった。

事を決行するときは、幕府にあてて、寺沢兵庫頭が過去に犯した悪行のすべてを書状でうったえるつもりだ。

その上で、兵庫頭を襲う。

そしてもし、兵庫頭を討てずに自分が死んでも、

(たとえ一片なりとも、正義のこころが幕府と将軍にあるかぎり、寺沢兵庫頭へも何らかの処置《さばき》がある筈だ)

と、考えている。

もっとも、このことは、いまの伊太郎の胸ひとつにしまいこまれているのみだ。

お金にかしずかれて送る明け暮れに、ふっと、手と手がふれ合ったりすることもある。

そうしたとき、伊太郎の体内を灼熱《しゃくねつ》のようなものが疾《はし》る。

何も彼《か》も忘れきってしまい、

（いっそ、お金どのを……）

抱きしめて、情熱のままに押しながされてしまうことを考えると、伊太郎はむしろ、この家に暮すことが苦痛になってくるのである。

むろん、このときの塚本伊太郎は、後年になって、山脇宗右衛門の後つぎとなり、名も幡随院長兵衛とよばれ、その俠名《きょうめい》を天下に知られるほどの男になる、などとは考えても見なかった。

ところで……。

この年の二月に入ったばかりの或日《あるひ》のことだが、

「伊太郎さま、た、大変なことになりました」

と、舟川戸の〔人いれ宿〕へ駈けこんで来たのは、八百屋・久兵衛の長男・小平であった。

小平もいまは二十三歳。

去年の夏に、父親の久兵衛が病歿《びょうぼっ》してのちは、家職をつぎ、芝・源助町の八百屋の主人として、弟の忠太郎（十五歳）と共に精を出してはたらいている。

「なにが、大変……？」

「それが伊太郎さま……」

顔色を変えた小平が、伊太郎の居間から廊下へ出て、あたりの気配をうかがった。

どうも、様子が只事ではない。

夕暮れ間近い時刻であったし、お金は大台処《おおだいどころ》へ出て、一日の労働を終えて帰ってくる人夫たちの食事の仕度で多忙をきわめている。

お金の指図で、当番の男たち五名が汗びっしょりになって飯をたき、汁を煮るのだ。

その、にぎやかな物音が中二階のこの部屋へもつたわってくる。

包丁の音が、リズミカルに、こころよく伊太郎の耳へ飛びこんでくる。

山脇宗右衛門は不在であった。

「どうしたのだ、小平どの」

「それが……それが伊太郎さま……」

戸をしめて部屋へもどった小平が、

「寺沢兵庫頭の屋敷へ、出入りがかなうようになりましたよ」

「だれが？」

「私が……」

「え……？」

「いや、私のところの品を寺沢屋敷へおさめることになったのです」

「何と」

さすがに、伊太郎の顔色が一変した。

八百屋・小平の語るところによれば……。

小平の店の野菜を、寺沢屋敷の台所へおさめることになった、というのだ。

これまで、寺沢屋敷へ出入りをしていた八百屋は、外神田《そとかんだ》の宗五郎というものであったそうな。

一口に八百屋といっても、大名家へ出入りをする店だから相当な店がまえといってよい。

ところが、去年十一月末に、この八百屋・宗五郎は後つぎの息子を病いで死なせてしまった。

子供といっては、その後つぎの二十二歳になる男子ひとりきりで、女房にも死なれていた宗五郎は、

（ああ、何も彼も、いやになってしもうた……）

これから生きて行く甲斐《かい》を一時にうしなってしまったとか……。

八百屋・宗五郎は、故郷の越前《えちぜん》へ帰り、仏門へ入り、亡き妻と子の菩提《ぼだい》をとむらうことによって余生を送ろうと決意をしたのだそうである。

そこで、店を奉公人のだれかにゆずりわたそうとした。

そこで問題が起きた。

いい、えこひいきの全くない宗五郎だけに、奉公人のうちのだれへ店をゆずろうかと考えたとき、その選択に苦しむことになった。

奉公人はだれも可愛いい宗五郎なのである。

すると、奉公人たちが、

（ぜひとも自分を後つぎに……）

眼の色を変えはじめた。

しきりに、宗五郎へ媚《こ》びへつらう者も出てくるし、これ見よがしに自分のはたらきぶりを誇示する者もある。

それを見て宗五郎は、

（ああ、実にいやな……あの男はあんなやつだったのか……この男は、こんな汚ない男だったのか……どれもこれも、同輩《なかま》を蹴落《けおと》して、自分が自分がと先を争うばかりではないか。ああもう、こうなればもう、だれかをえらぶよりも、いっそ、この店をつぶしてしもうたがよい）

と、考えた。

妻も子もうしない、無常のおもいにひたりこんでいるだけに、なおさら宗五郎は奉公人たちの紛争がみにくいものにおもえたのであろう。

そして……。

宗五郎は、出入り先の屋敷や家を、仲間うちの他の八百屋へわけてゆずり、奉公人を、それぞれに引き取ってもらうことにきめた。

その段取りを、宗五郎がひそかにきめてしまってから、奉公人たちへ発表するや、

「なんというつれない主人だ！」

怒って、店を飛び出してしまったものも少なくない。

残った奉公人たちは、それぞれにわかれて、他の八百屋へ引き取られた。

「こちらへは、寺沢兵庫頭様のお屋敷へ入ってもらうことにした。よろしゅうたのみます」

と、宗五郎が八百屋の小平へ、はなしをもちこんで来たのである。

小平の亡父・久兵衛と宗五郎は同業者でもあり、親しい間柄でもあったという。

ちなみにいうと、いまの小平は亡父の名をつぎ、八百屋・久兵衛と名のっているわけだが、この小説では最後まで〔小平〕をもってよびたい。それに彼は後年、八百屋の店を弟にゆずり、前名の小平へ名をもどすことになるのだから……。

「ま、そうしたわけなのです。伊太郎さま。八百屋宗五郎さんの奉公人を私のところでも二人ほど引きうけましたが……それはともあれ、これでいよいよ、寺沢屋敷の中へ入りこめることになりました」

と、小平が興奮の面もちでいった。

「そうか。それは何よりもうれしいことだ、小平どの」

と、伊太郎も思わず小平の手をつかみ、強く打ちふりつつ、

「小平どの、たのむ。たのみます」

「よろしゅうございますとも。寺沢屋敷へ八百屋ものをとどけるときは、私が奉公人に化けて出かけます」

「そうして下さるか……」

「ま、見ていて下され」

伊太郎は、小平にも秘密の大事を打ちあけてある。

亡父・伊織の死後、八百屋久兵衛父子が伊太郎へかけてくれた親情の深さは、山脇宗右衛門におとらぬものがある。

その〔こころ〕に対しても、伊太郎は打ちあけざるを得なかったのだ。

「なれど……」

急に、伊太郎が眼のいろを緊張させた。

「どうなされました。伊太郎さま」

「うむ……」

「なにを、そのような眼つきをして、考えこんでおられるのです?」

「五年前のあのとき……父の伊織が殺されたとき、その遺体《なきがら》を、おぬしの家へはこび、通夜もし、葬式もしていただいた」

「はい」

「その折、寺沢家の手の者らしい怪しい者たちが、おぬしの家のまわりをさぐっていたようだ。と、水野十郎左衛門様も申しておいでだった……」

「ははあ……そういえば、たしかに……」

「おぬしの父御も、たしか、そのように申されたが……」

「なるほど……」

「これは、あぶない……」

「ふうむ……」

「もし、五年前のことをおぼえている者が寺沢家にいるとすれば、源助町の八百屋久兵衛が塚本父子と関係《かかわりあい》のあることを、たちまちに見やぶってしまうだろう……」

伊太郎にそういわれると、小平も不安になったらしい。

けれども、すぐに小平は、

「なあに……」

と、胸を張った。

「やって見ましょう。やって見ぬうちは、わかりませぬよ」

「そうだろうか？」

「おぼえているやも知れぬ。忘れてしまっているやも知れませぬ。それに、あのころは、それ何と申しましたか……水野様のお屋敷へかつぎこまれて死んだという……

…？」

「辻十郎」

「さよう、さよう、あのころは、その辻とやらが、浪人どもを指図してうごいていたと申すではありませぬか」

「うむ……」

「その辻が死んだいまでは、もしやすると、私の家などを寺沢屋敷のものたちは気にかけていない、とも考えられます」

「そうかな……」

「ともあれ、小平はやって見ます。まかせておいて下され」

権兵衛奉公

約一ヵ月が経過した。

八百屋・小平は、ぶじに寺沢屋敷へ出入りをつづけている。

塚本伊太郎の不安は杞憂《きゆう》に終ったといってよいだろう。

とにかく、日常の野菜をはこび入れるのだから、三日に一度は、小平が出入りをしているわけだが、

「いまのところ、すこしもあぶないことはありませぬ。ですが伊太郎さま、いましばらく大事をとって……」

と、小平がいった。

小平は、他の奉公人ふたりをつれて寺沢屋敷へおもむき、八百屋ものを大台所まではこびこむのだという。

「このごろは御膳《ごぜん》番の人たちとも親しく口をきけるようになりましたし……勝手口の門番たちとも仲よくなりました。いまのところ、どこから手をつけてよいのかわかりませぬが、きっと、何か伊太郎さまのおよろこびになる知らせをもってまいります

よ」

「屋敷内の警備《とりしまり》は、きびしいか？」

「私どもは、屋敷の南の勝手門から出入りをします。入って突き当りから西側へかけて内塀《うちべい》が張りめぐらしてあって、その奥へは、とてもとても入れるものではありませぬよ。番士がいつも行ったり来たりしております。夜も昼も……」

「なるほど……」

「大台所は、その内塀に沿って東の方へまわります。両側が家来衆の長屋で、この一つ裏の通路をすすむと、大台所口へ出ますので……このあたりはもう気らくなもので、奥につめているさむらいどもも、めったに顔を見せませぬ」

先《ま》ず、この程度の報告であった。

伊太郎は、

（兵庫頭は、この四月に、また唐津へ帰ってしまう。その次に江戸へもどるのは来年の五月すぎだ。小平どのにきいたところでは、とても、いますぐには屋敷内の奥ふかくへ、おれが一人で忍びこめそうにもない）

と、おもった。

二年前に、

「私ひとりにて決行したい」

と、水野十郎左衛門にいいきった伊太郎であるが、こうなって見ると、たった一人では一歩もすすめない。

虹の松原で、亡き父が一人きりで兵庫頭へ襲いかかったような機会をとらえるのは、なかなかにむずかしい。

伊太郎は、兵庫頭が、わずかな侍臣のみをしたがえ、頭巾《ずきん》や笠《かさ》に顔をかくし、ひそかに外出するときを、

「ねらおう!!」

と、考えている。

だからといって、伊太郎自身が江戸城・御成橋《おなりばし》門内にある寺沢屋敷を毎日のように見張るわけにもゆかぬ。そのようなまねをしたら、寺沢屋敷のみか、となりの南部家や加藤家からも怪しまれてしまう。

そして、兵庫頭の参覲《さんきん》道中の行列を襲うことは、

(とても、一人では……)

と、伊太郎もあきらめた〔かたち〕になっていたのだ。

春が来た。

桜花の季節となった。

或日《あるひ》、八百屋・小平が来て、

「伊太郎さま、兵庫頭が忍びで外出《そとで》するときは、いつも私が出入りをする南の勝手門から出て行くそうです」

と、いった。

「そうか……」

おもわず、伊太郎は身を乗り出した。おぼろげながら〔手がかり足がかり〕がついたような予感をおぼえたからである。

「それに……」

と、小平が、にやりとして、

「勝手門の門番のうちの一人で、足軽《あしがる》の佐藤武吉《ぶきち》という若い男と親しくなりまして……」

「おぬしが？」

「はい。いつも世話をかけるというので、二、三度、酒手《さかて》を包み、そっと渡しましたところ……いやもう武吉め、大よろこびをいたしましてね。はい、その、兵庫頭が勝手門から忍びで出入りすることも、その武吉からききこんだのですよ」

「ふむ、ふむ……」

「そのうちに、武吉が私の家へあそびに来ることになっています」

「まことか、それは……？」

「たっぷりと酒をのませてやる、といいましたら、非番の日に、きっと行くと、昨日、よろこんでおりました」

「そうか、それは……」

「ですから伊太郎さま。あなたも、その日に私のところへおいでになりませぬか。伊太郎さまを私の従兄《いとこ》の伊之助ということにして、武吉へ引き合せたいとおもいます」

「なるほど」

伊太郎は感嘆した。

自分より二つ年下とはおもえぬほど、小平は慎重な実行力をそなえている。

「それで、武吉と伊太郎さまが親しゅうなられますなら、伊太郎さまも私のところの奉公人に化けて、寺沢屋敷へ出入りすることもできようかとおもいますが……いえ、そりゃもう、大丈夫だろうとおもいます。奥向きのさむらいどもならともかく、門番や台所の御膳《ごぜん》番など、伊太郎さまのお顔を知っておりますものか……」

と、小平は断言したものである。

小平が帰ってから、伊太郎は上野の幡随院をたずね、茂平次老人にこのことを語ると、

「わしも、小平どのの申すように大丈夫とおもいます」

と、茂平次は、

「なれど伊太郎どの。いまここで急《せ》いてはならぬ。間もなく兵庫頭が唐津へ帰国してしまえば、うるさい殿さまが留守になるので、江戸屋敷の内の警戒《しまり》もゆるんでこよう」

「ははあ……」

「その間……つまり来年の春までの間に、おぬしが小平どのと共に出入りをする。そうして、いろいろと、その……準備《したく》も出来ようというものじゃ。ことによったら、わしも八百屋に化けて屋敷内をのぞいて見ましょうわい」

数日後になって……。

八百屋・小平のところから、

「すぐにおいで下さいますよう」

と、使いの者が〔人いれ宿〕へ駈《か》けつけて来た。

塚本伊太郎は、

（きっと、寺沢屋敷の足軽・佐藤なにがしがあそびに来るのだろう）

すぐに仕度をし、芝・源助町の小平の家へ出かけて行くと、小平の弟の忠太郎が待ちかまえていて、

「さっきから、もう飲みはじめておりますよ」

と、いった。

まさに、佐藤武吉が来ていたのである。

かつて、亡き塚本伊織が暮していた〔離れ〕の一室で、酒宴がはじまっていた。

武吉の相手は、小平がつとめている。

武吉は、肥前《ひぜん》・岸山の生まれで、三十歳。妻子もない気らくな身の上らしい。でっぷりと肥えた〔あから顔〕の、いかにも人の善さそうな男であった。

「おや、伊之助さんか。ちょうどいい。ここへ来て一緒に佐藤さまのお相手をしてくれ」

と、渡り廊下から離れの入り口へあらわれた伊太郎へ、小平がいった。

「かまいませぬか。小平さん」

伊太郎も、今日は髪のかたちまで変え、刀を帯びず、いかにも同業の八百屋らしい服装《みなり》をして来ている。

「さあさあ、ここへお入り」

「では、ごめんを……」

「佐藤さま、この男は、私めの従兄で伊之助と申し、同じ商売をしておりますもので……」

「おう、さようか」

と、佐藤武吉、だいぶんに酒もまわってきているらしく、上きげんである。

小平も、酒の酔いで真赤になっていたが、ちらと伊太郎へ目くばせをした。

伊太郎は、武吉にわからぬよう、うなずいて見せる。

(この男、見たこともない。相手もおそらく、自分の顔を知ってはいまい)

という合図であった。

酒のさかなも思いきって豪華にととのえてあったし、武吉は大よろこびだ。

「おれはなあ、小平よ。こ、このような御馳走《ごちそう》を口にするのは、生まれてはじめてのことだ」

「なにをおっしゃいます。は、はは……」

「いや本当よ。なにしろ、御屋敷では毎日毎日、ひどいものばかり喰わせる」

「まさか……」

「本当のことよ。数ある大名屋敷のうちでも、寺沢がところは、もっともひどい」

武吉、いよいよ酔ってきて〔殿さま〕の姓を呼び捨てにしたものだ。

「そのようなことは、ございますまい」

「本当よ、小平。ぜいたくをしているのは殿さまだけだ」

「ははあ……」

「いやもう、おれがところの殿さまときたら……」

いいさして武吉は何度も舌うちを鳴らした。すかさず小平が、

「寺沢兵庫頭さまが、どうなされたので？」

問いかけると、武吉は急にはなしを逸《そ》らせ、

「さあ、伊之助とやら。おれの盃《さかずき》をうけてくれ」

と、盃を突き出した。

伊太郎は、酒に強いほうではないが、それでも何か〔手がかり〕をつかみたい一心で、懸命に佐藤武吉の相手をつとめた。

「御門番のお役目も、なかなか御苦労なことでございましょうなあ」

酒をすすめつつ、小平がまた、はなしを引き出そうとする。

「そりゃあもう……交替でやるのだが、たまったものではない」

「ははあ……」

「とくに、寺沢家では人の出入りがうるそうてなぁ。もっとも、それは……」

自分で自分にうなずきながら、武吉が、

「そりゃもう、そうなるのが……」

「ま、もっとめしあがって下さい、佐藤さま」

「いやもう、じゅうぶんにのませてもろうた」

「さ、ぐっとおあけ下さい」

「や、すまぬな」

「なるほど、御門番も気らくなお役目ではございませぬなぁ」

「そのことよ」

「はい？」

「殿さまが、お忍びで外へ出るときなどは……いやもう、ぞっとすることがある」

「ほほう」

「出て行くときはよい。ところが……ところがお帰りになるときなどは、どうも……」

「どうも？」

「ぞっとするのだ」

「何が、ぞっとなさるので？」

「殿さまのお着物に、べっとりとその、血がついていることなどあってな……」

いいさして佐藤武吉が、急に声をひそめ、

「このようなこと、他言してもろうては困るぞ」

「とんでもない」

「小平よ。お前だから申すのだ」

「はい、はい」

「その、殿さまのお着物についている血は、殿さまのお躰《からだ》の中から出たものではない」

「ふむ、ふむ」

「他人の血だ」

「へへえ……？」

「他人を斬り殺したとき、はね返ってきた血よ」

「と……殿さまが人を斬る……？」

「辻斬《つじぎ》りよ。おれは、そうにらんでいるのだが……」

小平と伊太郎は顔を見合せた。

「実にどうも、いやになってしまう……」

しきりにこぼしはじめた武吉の盃へ、今度は伊太郎が酌をした。

「あ……よし、よし。いや実に、こりゃ、うまい酒だ」

「お気に入りましたか？」

「うむ、気に入った」

「では、この次にお屋敷にまいりましたとき、そっとあなたへおとどけ申しましょう」

「そうしてくれるか？」

「わけもないこと」

「いや、すまぬ。おぬしには、たびたび、小づかいをもろうている上に、こうしてさんざんに馳走になってしもうて……いや小平。おれに出来ることなら、なんなりと申してくれい」

「ではひとつ、佐藤さまへおねがいがございます」

小平が、ひざを乗り出すや、

「おう、いうてみてくれい。おれに出来ることなら、な……」

「実は、私の遠縁にあたる男が、ぜひともお屋敷奉公をいたしたい、と、こう申しますので」

「ふむ、寺沢家へか？」

「そうねがえれば、この上ないことで……」

「よせ、ほかにいくらでも、大名屋敷はある」

「なぜ、いけませぬ」

「なぜといわれると、そりゃ困るが……」

と、佐藤武吉はことばをにごす。

伊太郎は、胸中おどろいていた。

縁者が、屋敷奉公をのぞんでいる、などということは、小平との〔うちあわせ〕になかったことであった。

のちになって、小平がいうには、

「あのとき佐藤武吉が、おれに出来ることなら……と、いい出したとき、私は、われにもなく、あのことをおもいつき、口に出してしまったのですよ」

なのだそうである。

とにかく、そのときの小平はどしどしと酒をすすめ、たくみに武吉をいざない、

「それほどたのむなら……よし、小平、おぬしがたのみゆえ、おれも骨折ってみよう」

「まことで？」

「うむ、御家中のさむらいで宮尾松之丞《まつのじよう》というお人がいて、この人が中間小者《ちゆうげんこもの》の奉公のことをあつかっておいでなさる」

「なるほど」

「この宮尾様にたのむがよいのだ。もっとも奉公人の身状《みじよう》はきびしくおしらべなさるぞ」

「心得ておりますとも」

「あ……いや、待て」

「なにか？」

「これは、もうすこし後のことではいかぬか？」

「それは、かまいませぬが……」

「実は、いますこしたつと殿さまが国もとへお帰りなさる。その後のほうがよい。殿さまの行列と一緒に、口やかましい御家中の藩士《かたがた》も唐津へ帰ってしまう。だからそうなれば、宮尾松之丞さまの肚《はら》ひとつで、一人や二人の奉公人はなんとかなろう」

「さようで」

「よし、まかせておけ。そのかわり小平。いささか入費が……」

「よろしゅうございますとも。その宮尾さまへもあなたへも、できるだけのことはさせていただきますよ」

「そうか、そうか。そうしてくれるか」

「ま、盃をほして下され」

「うむ、うむ……この酒、たいそう、うまい」

佐藤武吉は、間もなく酔いつぶれ、そこへ打ち倒れ、ねむりこけてしまった。

武吉は明朝六ッ（午前六時）までに屋敷へ帰ればよいというので、はじめからここへ泊るつもりだったらしい。

彼を寝かしつけてから、小平は母屋の自分の居間へ、伊太郎を案内した。

「小平どの。で、だれを寺沢屋敷へ奉公させるつもりなのだ？」

「さて、そのことですが……」

「考えもなしに、あのようなことを？」

「はい。ですが伊太郎さま。ここで一人、だれか味方を寺沢屋敷へ入りこませておけば……」

「むろん、それは……」

「だからというて、伊太郎さまが入りこむわけにもゆきますまいが……」

「それは私が入りこみたい。そうなれば……屋敷の奥ふかく忍び入ることもできよう。だが、あぶない。私の顔を見知っているやつどもがいないとはいえぬ。いや、きっといるにちがいない」

「伊太郎さま。このことをひとつ、山脇宗右衛門さまへ談合してごらんになっては？」

「だれか別の人に入りこんでもらえというのか？」

「はい。伊太郎さま。こうなれば、何事でもあなたお一人でやってのけるというのはむずかしいことです」

「だが小平。敵の屋敷へ入りこむのだ。これは、いのちがけのことになる」

「ま、ともあれ宗右衛門さまへ、はなしてごらん下さい。私が入りこむわけにもゆかず、というて弟の忠太郎では、いささか年も若すぎ、こころもとなくおもいますゆえ……」

「うむ……」

「ともあれ、よい機会《はずみ》です。これを逃してはなりますまい」

そういわれて伊太郎も、しだいに、宗右衛門へ相談する気もちになってきた。

この夜、伊太郎も八百屋小平の家へ泊った。

翌朝になって……。

佐藤武吉は、昨夜、小平とした約束をおぼえていて、

「急ぐなよ、小平。おれがいい折を見て、宮尾さまへもちかけてみよう」

と、いってくれた。

小平は、かなりの金を武吉へわたしたらしい。

武吉は、つめたい春の朝風に、まだ残っている酒のほてりをさましながら、

「ああ……よいこころもちだ」

寺沢屋敷へ帰って行った。

そのあとで、伊太郎は朝飯をよばれた。

「小平どのには、ずいぶんと散財をかけてしもうた。申しわけないことだ」

「何を申されます。私は子どものころから、亡き塚本伊織さまに文字も教えられ、剣術もならいました。まるで我子のように、私を可愛ゆくおもうて下されたのです。それが、いまもって忘れられませぬ。私は私の父と伊織さまと、勝手ながら自分では、二人の父親をもった、と、おもっています」

「さようか……」

「となれば、伊太郎さまと私は兄弟も同様、と、きめこんでおります。なればこそ、私も伊太郎さまの敵討ちには、いのちがけの手つだいをさせてもらいたいのです」

「そこまでに考えて下さるか、かたじけない」

「このように、大名や武家が勝手気ままに、あばれほうだいをしている物騒な世の中で、私どもが独り独りでは、何事も仕とげることはできますまい」

八百屋・小平方を辞した塚本伊太郎は、芝口橋（新橋）をわたらず、三十間堀に沿った道を東北へすすむ。

江戸湾の汐《しお》の香が濃かった。

空の色はおもく灰色で、それがいかにも春めいて見える。

中ノ橋をわたってから、伊太郎が日本橋通りへ出た。

町人姿の伊太郎は、塗笠《ぬりがさ》で顔をかくしていた。

このあたりへ来ると人通りも多い。

当時の日本橋通りは江戸の町のメーンストリートといってよい。

一流の商店が軒をならべ、立派な服装の武家たちや、行列が日中は絶間なく往来している。

伊太郎の前方に、日本橋が見えてきた。

(や……?)

伊太郎は、その日本橋をわたりきって、こちらへすすんでくる武家を見るや、すぐに、近くの商家の軒下へ身をかくした。

供の奴《やっこ》たちを五名ほどしたがえ、水野十郎左衛門がやって来るのだ。

〔やっこ〕というのは、武家に奉公する中間《ちゅうげん》なのだが、気性の荒い旗本たちは、屈強な彼らに派手やかな衣裳《いしょう》をつけさせ、髪を撥鬢《ばちびん》という大仰《おおぎょう》なかたちにゆわせ、鎌髭《かまひげ》を生やさせて引きつれて歩く。

先ず、有閑紳士がシェパードやブルドッグをつれて散歩するようなものだ。

水野は、先頭に二名、うしろに三名の奴どもをおき、みずからは金糸銀糸のぬいとりも美しい小袖《こそで》をまとい、編笠もかぶらずに闊歩《かっぽ》して来る。

(水野さまも、先年、奥方さまをお迎えになったそうだが……どうやら、あの様子では吉原通いの帰りらしい)

と、伊太郎は笠の内から、いまや眼前を通りすぎようとしている水野十郎左衛門をながめつつ、

(お顔が酒光りしておられる。それに、すこしお肥りになられたようだ)

と、おもった。

（それにしても……）

眼前をすぎ、遠ざかって行く水野を見送りながら、

（これは、どうしたことなのか……？）

考えこんでしまった。

徳川将軍・直属の家臣というべき水野十郎左衛門のような旗本が、朝から酒の残り香を発散させ、顔をかくしもせず、堂々と市中を歩きまわっている。

（これで、よいのだろうか……？）

であった。

父の敵を討つまでは、水野のところへ顔出しをせぬつもりの塚本伊太郎であったし、この二年の間に、水野の顔を見たことはほとんどない。

それだけに、

（水野様は、どことなく、お人柄が変られたような……）

と、感じたのである。

久しぶりに、水野十郎左衛門を見て、伊太郎はなつかしかった。

水野には筆舌につくしがたい恩恵をうけている。

水野にしてみれば、むしろ〔退屈しのぎの義侠《ぎきょう》〕であったかも知れぬが、

（父上がお亡くなりなされたそのときから、水野様の御助力なくしては、とうていこ

こまで自分も生きぬいてこられなかっただろう）

と、伊太郎はふかく感じている。

時折は水野屋敷へ、あいさつにも出向かねばならぬところだが、

（寺沢兵庫頭を父の敵《かたき》とつけねらう上は、水野様にもお目にかからぬ）

つもりの伊太郎であった。

水野に会えば、その後のいきさつを語らねばならぬ。

そうなれば水野十郎左衛門も、だまってはいまい。

いかに伊太郎が遠慮をしたところで、

「おれにまかせておけい。唐津八万石の大名を相手の喧嘩《けんか》なれば、いつにても買うてやる」

と、またも水野は身を乗り出して来るにちがいないのだ。

それは大名と旗本の争いになりかねぬ危機を内蔵している。

あの〔伊賀上野の仇撃《きゆうげき》〕事件を見てもわかるように、それはまた幕府と大名との政治問題にまでひろがってゆくやも知れぬ。

伊太郎としては、

（どこまでも水野様へ御めいわくをかけてはならぬ）

と、おもいきわめている。

だから、わざと水野屋敷を訪問しないのだ。

塚本伊太郎が浅草の〔人いれ宿〕へもどり、ちょうど家にいた山脇宗右衛門に、八百屋小平方での出来事を告げるや、

「おうおう、それは小平どのの大出来じゃ」

宗右衛門は言下に、

「この機会《おり》を逃してはならぬぞよ、伊太郎どの」

といった。

「なれど……」

「わしにまかせておきなされ。じゃが、こうなった上は、わしと伊太郎どのの二人きりではどうにもならぬ」

「と、申されるは？」

「おぬしもよう知っている、わしがところの権兵衛な……」

「はい」

「あの男、しかとたよりになる男でござる」

五年前……。

東海道・田子浦《たごのうら》近くの海岸で、伊太郎が笹又高之助たちに襲われ、山脇宗右衛門に救われたとき、権兵衛は宗右衛門の従者として伊太郎のために、いろいろとはたらいてくれた。

大坂へ、塩田半平を、たずねてくれたのも権兵衛であるし、だから彼は、伊太郎の

秘密の半分ほどは見知っているわけだが、そのことを一語も洩《も》らしたことはない。

いまの権兵衛は、りっぱな三十男になってい、山脇宗右衛門をたすけ、この〔人いれ宿〕の運営にいそがしく活動している。

「これは、権兵衛をおいて、ほかにはない」

と、宗右衛門が、

「権兵衛を寺沢屋敷へ入りこませることにしよう」

「なれど……いまここで、権兵衛どのがいなくなると、この人いれ宿が困りはしませぬか?」

「わしも、めっきりと弱ったゆえなあ……」

宗右衛門は、さびしげに微笑をした。

この老人の体調が、このところ、あまりよくないことは、伊太郎もお金も知っていた。

寝こむことこそせぬが、諸方の人足の募集があるたびにみずから出かけて行き、労働の種類や賃銀のことなどを打ち合せるといった毎日の仕事が、かなり苦痛のようである。

それだけに、権兵衛がいなくなることは宗右衛門の心身を尚《なお》も疲労させることになる。

それを伊太郎は心配したのだが、

「権兵衛はのう、伊太郎どのの身がわりとなって寺沢屋敷へ行くわけじゃ。ちがうかの?」

「その通りです。私が行けるものなら……」

「何をいいなさる。おぬしが寺沢屋敷へ奉公できるものではない」

「なれど、おもいきって……」

「あぶない。大事の前の小事じゃ」

「は……」

「ゆえに伊太郎どの。おぬしも権兵衛のかわりをつとめて下され、それで相身互《あいみ》いということじゃ」

「私が、権兵衛どののかわりに?」

「さよう。この宗右衛門の片腕となり、わしと共にはたらいてくれればよい」

「なるほど……」

伊太郎は、おもわず双眸《りょうめ》をかがやかせた。

けれども、

「私に、つとまりましょうか?」

「大丈夫。ここに寝泊りしている人足たちは、みな伊太郎どのを見知っていることだし……」

その夜。権兵衛は宗右衛門の居間へよばれ、伊太郎同席の上で、塚本伊織のかたきが寺沢兵庫頭だということを、きかされた。

権兵衛は、伊太郎が幡随院にかくれて重傷を癒《なお》し、桜井庄右衛門方へ再度の奉公に出るまでは、よく見知っている。

しかし、伊太郎が桜井方をぬけ出し、水野十郎左衛門と共に近江の山寺へ茂平次老人をさがしに出たことや、茂平次によって、すべての〔秘密〕があきらかになったことは、まったく知らない。

その後、伊太郎が〔人いれ宿〕で暮すようになったときも、

「伊太郎さま。なんなりと、遠慮なしに、お申しつけ下せえ」

どっしりと誠意のみなぎった態度で、こういい、その後のことを問いたずねたりしなかった。

この夜、すべてをきいて権兵衛は、

「たしかに、うけたまわりました」

宗右衛門と伊太郎へ軽くあたまを下げ、

「ありがとうごぜえます。この権兵衛を、そこまでお役に立てて下せえますか。きっと、いのちがけではたらいて見せます」

「たのむよ、権兵衛」

「へえ。では、八百屋小平さんの縁類ということで、寺沢屋敷へ入りこめばよいので？」

「そうじゃ、名は変えずともよかろう」

「ただひとつ、気になることが……」

「なんだな？」

「五年前のあのとき、駿河の海辺で、あの浪人たちに、この顔を……」

「なに、見おぼえてはおらぬさ。このわしの顔なら別じゃが……といって、さのことではあるし、そもそも、あの浪人ども、いまは寺沢屋敷におらぬようじゃ」

「それなら、安心でござえます」

翌日になると、八百屋小平がやって来て、権兵衛と打ち合せをすませた。

「権兵衛さんが行ってくれるなら、私もこころづよい」

と、小平はよろこび、

「伊太郎さま。これはきっと、うまく事がはこびましょう」

「そうなるとよいのだが……」

山脇宗右衛門は権兵衛に、

「くれぐれも、あせってはならぬぞ。ともあれ先ず、寺沢屋敷のだれもに可愛いがられることじゃ。そうでなくては、いろいろと屋敷内のことをさぐることができぬゆえ、な」

「へい、あわてませぬ」

八百屋小平が、

「間もなく、寺沢兵庫頭は唐津へ帰ります。万事は、それからのこと」

「それまでに権兵衛。伊太郎どのへお前の仕事を引きついでおいてくれ」

人いれ宿は、一種の私設・職業紹介所のようなものだが、三百年も前のことだから、繁雑な事務をおこなうわけではない。

つまりは、荒くれ男たちを監督し、これに仕事を世話し、家のないものには寝食をあたえ、世間へめいわくをかけぬようにすればよろしいのである。

塚本伊太郎にとって、それほど骨の折れることではなかったといえよう。

やがて……。

寺沢兵庫頭・帰国の行列が、江戸を発して唐津へ向った。

それから五日ほど経て、早くも寺沢屋敷の足軽・佐藤武吉が、八百屋小平方へあらわれ、

「おい、小平。上首尾、上首尾」

「では、お屋敷へ御奉公がかないますか」

「うまくゆきそうだ。その、お前の遠縁にあたる男というのは、いくつだ？」

「三十二でございますよ」

「ちょうどよい。この前にはなした、ほれあの宮尾松之丞さまがな、なんとかうまくして下さるそうだ」

「それはそれは……」

「だが、いますこし、お前のほうも……」

「わかっておりますとも。あなたさまへも、その宮尾さまへも、じゅうぶんにするだけのことはさせていただきます」

「そうか、よし。よし、そうか。宮尾さまはな、ともあれ、その男……たしか、名を権兵衛と申した……？」

「はい、はい」

「一度、会ってみたいと申されたぞ」

「では、さっそくに……」

というので、数日後になり、小平が宮尾松之丞と佐藤武吉をあらためて自宅へ招待をし、精いっぱいに酒食をもてなした上、またも〔礼金〕として相当の金を差し出した。

その席へ、権兵衛がよばれ、宮尾に面接をすると、

「うむ。なかなかに、たくましき男だ」

宮尾は、いかにも実直そうな権兵衛に好意をもったらしく、

「うむ。うむ、うむ……よろしい」

「お気にめしましたか？」

と、小平。

「気にいった。これほどの男なら、先ず寺沢家の中間として恥ずるところはない。よ

し、わしがうまくはからおう。折よく殿も御帰国中であるし、その間に、うまく、わしがお屋敷へ入れてしまえばよい。だがな小平、わしの上役へも、いささかのことはせねばならぬ」

「はい、はい。承知してござります」

また賄賂《わいろ》である。

それから十日目になって、

「おれが権兵衛をつれて行く」

と、佐藤武吉が小平宅へあらわれた。

権兵衛は、このところずっと八百屋小平方へ寝泊りしているから、すぐさま武吉にしたがって寺沢屋敷へ向った。

権兵衛がつれて行かれたのは、屋敷・南門に近い中間部屋であった。

この部屋だけでも、三十人ほどの中間《やっこ》が起居している。

部屋頭は亀平《かめへい》という中年男で、例の撥鬢《ばちびん》の髪かたち、黒ぐろと鎌髭《かまひげ》を生やした流行の〔やっこ〕の風体《ふうてい》だ。

すべて、はなしはとどいていると見え、

「われが権兵衛というか。よしよし、おれが万事ひきまわしてやる。ちからは強いか。どうだ?」

権兵衛は人の善さそうな笑いをうかべ、

「まず、人なみでござりますよ」

と、こたえた。

寺沢屋敷の中間となってから、権兵衛は部屋頭の亀平に、たちまち取り入ってしまった。

少年のころから山脇宗右衛門にひろわれ、人いれ宿にいる種々雑多な荒くれ男たちを相手にして来ただけに、権兵衛が亀平の〔お気に入り〕になることなど、わけもないことだったろう。

「ま、殿さまがお留守のうちに、たっぷりと骨やすめをしておくことさ。来年、唐津から殿さまがおもどりになると、うかうかしてはおられぬぜ」

亀平が、そういったという。

中間のみではなく、寺沢家の江戸屋敷にいるもの、みながそのつもりらしく、

「おもいのほかに、のんびりしているそうで……」

と、八百屋小平が伊太郎へ告げた。

寺沢屋敷へ八百屋として出入りしている小平は、権兵衛にときどき会っているらしい。

真夏が来た。

「すこしずつですが、権兵衛さんは屋敷内の様子をさぐりはじめたようです」

と、小平がいった。

なんとしても、寺沢兵庫頭の帰邸までに、屋敷内の構造を出来るかぎり、めんみつにしらべておかねばならぬ。

それがまた塚本伊太郎の〔ねらい〕でもあった。

屋敷内の様子が、はっきりとわかれば、したがって伊太郎が潜入する手段もつこうというものである。

そのためには権兵衛が、どのような方法で手引きをするか……その計画もたつわけだ。

そして、いざとなったとき、伊太郎はただひとりで、潜入する決意である。

いうまでもなく、ひそかに寺沢兵庫頭の寝所へせまり、これに襲いかかる。むろん侍臣たちもそばにいるだろうけれど、これがもっとも兵庫頭を殪《たお》すための〔近道〕だといえよう。

兵庫頭が〔忍び〕で外出するところをねらって急襲するのもよいが、それよりも寝所へ仕かけるほうが成功の確率が高いことはいうをまたぬ。

伊太郎が〔人いれ宿〕の仕事に精を出すようになってから、お金と共にすごす時間は増大したことになるが、かえってお金の面《おもて》に不安のいろが濃くなったようだ。

急に、権兵衛がどこかへ消えてしまい、そのかわりを伊太郎がつとめている。

山脇宗右衛門に、それとなく問いかけて見たが、

「お前は、伊太郎どのの身のまわりを世話してあげておればよいのじゃ」

宗右衛門は、そういうのみで取り合ってくれない。

（けれど、なにかある……）

お金も、伊太郎と寺沢家の関係はうすうすわきまえているだけに、胸がさわいでならぬ。

何気もない様子で日を送っている伊太郎の顔貌《がんぼう》の底に、きびしい緊張のいろがひそんでいるのを、お金は女のするどい本能で見のがしてはいなかった。

夏がすぎ、秋となった。

そのころになると、権兵衛の内偵もかなりすすんできていた。

「まだ、細かくは仕上っておらぬそうですが……」

と、八百屋小平が権兵衛にわたされた寺沢屋敷の図面を、伊太郎のもとへ持参した。

「おお、まさに……」

伊太郎の感動は、強烈であった。

山脇宗右衛門も息をのんで、図面を凝視している。

現代《いま》はもう埋めたてられてしまっているけれども、新橋から虎ノ門、赤坂へのびている〔外堀通り〕はその名の通り、江戸城の外濠《そとぼり》であった。

その外堀通りと日比谷《ひびや》通りが交叉《こうさ》する地点に、江戸城・御成門《おなりもん》があった。

この門の名は、将軍が芝・増上寺の祖廟《そびょう》へ参詣《さんけい》をするときの出入り口になっていたところからつけられている。のちに幸《さいわい》橋門ともよばれ、柳の間づめの外様《とざま》大名が交替で番士を出し、門を警備することになっていた。

この御成門を入ると、右側に外濠が入りこんでい、右側の角が陸奥《むつ》の国・盛岡十万石、南部山城守《やましろのかみ》の江戸屋敷で、その西どなりが寺沢兵庫頭屋敷である。

寺沢屋敷の西側は、伊予《いよ》・大洲《おおず》六万石、加藤家の江戸屋敷だ。

だから寺沢屋敷は、いまの内幸《うちさいわい》町、日比谷公園からNHKの建物が建ちならぶ一帯、そのあたりにあったことになる。

正確な屋敷の敷地、その坪数はわかっていないが、とにかくいまでは想像もつかぬほどの宏大《こうだい》さであったろう。

寺沢屋敷の正門は北面にあり、通りをへだてて、薩摩《さつま》・鹿児島七十余万石の島津屋敷の正門があった。

南門は、外濠に沿った道に面してい、ここが裏門。

屋敷をめぐりかこむ塀内には、びっしりと家臣たちの長屋が建ちならび、さらに屋敷内には〔内塀〕が複雑にめぐらされて、馴《な》れぬものにとっては、まるで〔迷路〕そのものだ。

「ふむ、ふむ、なるほど……」

宗右衛門は、図面を見入りつつ、しきりにうなずき、

「これで御殿の外がわは、あきらかになったようじゃな」

小平が、

「なれど、内がわが見当もつきませぬそうな」

「権兵衛の身分では、内へ入りこむこともなるまい」

「さようで」

伊太郎は、

「ともあれ、兵庫頭の寝所さえわかれば……私は外から入りこみます」

「うむ。たとえ御殿内部《うち》のもようがあきらかになったとて、内がわから忍び入るはむずかしい。どちらにせよ、庭づたいに入りこむよりほかに手段《てだて》はないのじゃから……」

と、宗右衛門も強くいいきった。

問題は、屋敷内の警備であった。

兵庫頭が不在のいまは、屋敷内の番所も、ほとんど警備されていないといってよい。

だが、兵庫頭が江戸へもどってくれば、屋敷内の空気が一変してしまうそうな。

亡き辻十郎にかわって、寺沢兵庫頭の寵臣《ちょうしん》としてそばをはなれぬ三木兵七郎も、いまは唐津にいる。

新しい奉公人である権兵衛を三木兵七郎が、なんと見るか……。

しかし、江戸屋敷を留守居している家臣の中には、家老をふくめた重臣たちもいるし、これらの人びとは、かつての辻十郎をそう見たように、

「三木兵七郎めは、殿の御愛寵をよいことに何事にもおごりたかぶり、実に、けしか

らぬ」

と、三木に反感を抱いている。

だからおそらく権兵衛が中間として奉公したことも、在府の家臣たちが一存でとりはからってくれ、別にあらためて、口うるさい三木兵七郎の耳へ入れずにすませてしまうだろう、と、権兵衛は考えていた。

とにかく、三木はうるさい。

諸人の屋敷への出入りにもうるさいし、新しい奉公人にもゆだんなく眼を光らせているけれども、多勢の奉公人へいちいち神経をつかっているわけにもゆかぬ。

(先ず、来年に兵庫頭がもどっても、大丈夫)

と、このごろでは権兵衛も自信をもつようになってきていた。

塚本伊太郎は、秋に入ると、

(心身をきたえておかねばならぬ)

い、ひまをこしらえては、上野の幡随院へ出かけて行った。

幡随院の奥庭で、十余貫の鉄棒を何十回となく打ち振って筋肉をきたえる。

真剣を引きぬいて、只《ただ》ひとり、斬撃《ざんげき》の気魄《きはく》をやしなう。

良碩和尚《りょうせきおしょう》は老いて尚、すこやかであったが、伊太郎のこうした所業を見て、何もいわなかった。

伊太郎の武芸は、亡父・伊織に手ほどきをうけたのみであるが、ただの手ほどきではない。

父子ともに十余年を旅に暮していた年月、伊織は懸命に息子へ剣術を仕込んだ。

それが身につき、さらに伊太郎は、この数年間に生死の境を切り抜けてきた経験がある。

（もしも兵庫頭と二人きりで勝負をあらそうのなら……かならず斬って倒して見せる!!）

伊太郎は、自信をもっていた。

だが、そうはゆくまい。

兵庫頭をまもる何人かの敵と闘うことを計算に入れぬわけにはゆかぬ。

こちらは自分ひとりなのである。

寺沢屋敷へ潜入するとなれば、何人もの助太刀をたのむわけにはゆかないし、また伊太郎も、

（余人には、めいわくをかけたくない）

つもりであった。

秋も暮れようとしていた。

その日……。

伊太郎は、夜に入ってから浅草の〔人いれ宿〕へ帰って来た。

午後から幡随院へ出かけて行った伊太郎なのだが、戸口にこれを迎えたお金《きん》が眉《まゆ》を

ひそめた。

伊太郎の顔に、愁いがただよっていたからだ。

「宗右衛門どのは……?」

「今日は疲れたというて、先に、やすみましたけれど……」

「そうか。もしや、どこか躰《からだ》のぐあいが悪いのではないのか、お金どの」

「いいえ、別に……今日は諸方のお屋敷をまわった上に、人入れのことで町奉行所まで出向いたらしく、それで疲れた、ねむいと……」

「そうか……それならばよいのだが……」

伊太郎は、茂平次老人のことを心配している。

幡随院の世話になりつづけている茂平次は、秋ぐちに風邪をひいたのがもとで、いま寝込んでいた。

今日、幡随院へ出かけて鍛錬にはげんでいると、

「伊太郎よ」

いつの間にか良碩和尚が奥庭へ入って来て、

「どうも、な……」

くびをかしげて見せる。

「和尚さま。なにか?」

「どうも、茂平次どのの病状がよろしゅうない」

「え……」

昨夜おそく、烈しい発作が起きて、ひどく苦しんだ茂平次は、今朝になっても意識がもどらぬという。

そのことを知らぬまま、まっすぐに奥庭へ入って来てしまった伊太郎だけに、良碩和尚のことばをきいておどろいた。

「わしは、な……」

「はい？」

「茂平次のいのち、もはや長うはないとおもうているぞや。顔にな、死相が、はっきりとあらわれておるわえ」

「まことで？」

「まことじゃ」

うなずいた和尚が、急に細いしわだらけの腕をさしのべ、伊太郎の肩へふれた。

「伊太郎、おぬし、いよいよ事を決するつもりじゃな」

「はい。かなわぬまでも……」

「寺沢兵庫頭へ立ち向うか？」

「はっ……」

「それもよし。なれど……」

「はあ？」

「なれど、ふしぎじゃ」

まじまじと、和尚は伊太郎の顔を見つめた。

伊太郎がいった。

「私の顔にも、死相があらわれていましょう」

良碩和尚は、しばらく沈黙したまま、伊太郎を凝視した。

「死相が、たしかにあらわれている筈《はず》です、和尚さま。そうでなくてはならぬ筈です」

伊太郎は、不敵に微笑をした。

「ふうむ……」

和尚はうなずき、

「伊太郎。覚悟も、しっかりときまったようじゃな」

「はい」

「なれど、ふしぎよ」

「なにがでございます?」

「お前の顔には、死相があらわれておらぬ」

「え……」

「まことじゃ」

「それは……?」

「それは、どういうことなのであろうかな。お前が、もしも寺沢屋敷へ斬りこむとなれば、万が一に兵庫頭を討てたとしても、よも無事では帰れぬはず」

「いかにも……」

「ところが……お前の顔にあらわれている死の相は、まだまだ十余年も先のことになっているぞよ」

と、和尚はきっぱりといった。

「すると、兵庫頭を討つことが十何年も先ということなので？」

「それは、わからぬ。なれど、ここ数年は、いのちに別条あるまい」

「やはり……私には、兵庫頭が討てぬのでございましょうか？」

「それは、わからぬ。わからぬが、おそらく来年のうちには、お前の身に何やら大きな……それがよいことかわるいことか知れぬが、大きな変事がおこる。これはたしかなことじゃろう」

「変事……」

つぶやいて、伊太郎は遠くを見つめる眼《まな》ざしになった。

むかし、亡父と共に上州・高崎の旅籠《はたご》へ泊ったとき、同じ宿に泊り合せた旅の老僧が七歳の伊太郎の顔を見て、

「生涯に数度、剣難にあわれる」

と、父・伊織へもらしたという。

事実、伊太郎は、ここ五年の間に何度も剣難をうけている。

良碩和尚にいわせると、

「易占《えきうらな》いや星の占いは、そのまま一人一人にあてはめてたしかとは申せぬ。なれど人相手相は、その人びとの来し方行末を、まさに、あきらかにしめしている」

のだそうな。

和尚はいま、

「あと十余年の後に死相があらわれている」

と、伊太郎に予言をした。

そうなると、三十五、六歳から四十前に、

（おれは死ぬことになる）

わけであった。

それが本当だとしても、長命ではないが、別に短命でもない。

そのころの人間は、俗に〔人生五十年〕といわれて、五十まで生きれば、先ず申しぶんがないとされていたのだから……。

三百年も前の、そのころの人びとは、絶えず〔死〕に向い合っていた。

武士も町人も百姓も、である。

武士たちの争いによる斬り死はさておき、何よりも現代とくらべて、医薬の進歩が、原始時代からいくらも進歩をしめしていなかった。

おもい病気にかかれば、もうあきらめるよりほかに仕方がない。

それに、天候が不順で米や食物がとれなければ、たちどころに飢死をしてしまわなくてはならない。

現代人とくらべて当時の人びとが、死をどのように考えていたか、およそ知れよう。〔死〕に向って生きるいのちを、むかしの人びとは、たとえ無意識のうちにせよ、体得をしていた。

だからこそ、なおさらにわが〔生〕を充実させていたのかも知れない。

すぐに、伊太郎は茂平次の病間へおもむいた。

「茂平次どの、私だ。わかりますか？」

伊太郎が何度よびかけても、茂平次は烈しい喘鳴《ぜんめい》にさいなまれ、光りをうしなった白い眼をむき出したまま、こたえようともしなかった。

「和尚さま。やはり……？」

「いかぬなあ」

「よろしゅう、おたのみいたしまする。私も明日からは毎日やってまいります」

「よし、よし」

病間を出て、廊下をたどっている伊太郎へ、うしろから良碩和尚が、

「待て」

と、よびかけた。

「はい？」

「久しゅう会わぬが、宗右衛門どののところのお金どの、たっしゃでおるかや？」

「はい。相変らず元気に立ちはたらいておりますが……」

「伊太郎は、お金どのが好きかや？」

ずばりといわれて、伊太郎は度をうしなった。

和尚は、にこにこと、その伊太郎の純真な狼狽《ろうばい》の態《さま》をながめつつ、

「お金どのは、お前を好きじゃ。これは、だれの眼にもあきらかゆえ、な」

伊太郎、顔をあからめてうつ向いてしまった。

「お前も、好き……そうじゃな」

「…………」

「よし、よし。お前はな、もう、きまっておるのじゃ」

「は……？」

「お金どのと夫婦《めおと》になることじゃよ」

「そのことまでが、私の顔に？」

「そうじゃとも」

「な、なれど……」

「かまわぬ。お金どのと夫婦になれ。ちぎりをかわしてしまえ。すると……また、お前の人相も変ってくるやも知れぬ」

伊太郎は完全に、良碩和尚から押しまくられている感じである。

これから寺沢兵庫頭を討とうという伊太郎にとって、たとえ、お金を愛しているにせよ、夫婦のちぎりをかわす、などとは思ってもみぬことであった。

（和尚さまは、私がお金と夫婦になってしまえば……仇討《あだう》ちのことをあきらめるとでも、おもうておられるのだろうか……？）

わからぬ。

なぜ、いま和尚がお金と自分のことを、このようにいい出したものか……。

〔人いれ宿〕へ帰って、お金の顔を見たとき、伊太郎の脳裡《のうり》に、また良碩和尚のことばがよみがえってきたようだ。

その和尚の声を、ふりはらうかのように伊太郎が、くびをふったとき、お金が酒と食事をはこび、部屋へ入って来た。

「伊太郎さま……なにか、あったのですか？……お顔のいろがすぐれないけれど……

……」

「いや……なんでもない。あの……あの茂平次どのの病気が、もういけぬそうな……

……」

「まあ……」

すこし酒をのんだ。

お金が酌をしてくれる。

階下の人足たちの食事も全部終ったらしく、ひっそりとしずまり返っている。

伊太郎の部屋が面している裏庭で、まだ生きのこっている虫の声が、かすかにきこえていた。

小さな部屋の中に、お金の髪あぶらのにおいが、ただよっていた。

「伊太郎さま……」

「うむ？」

「あの、伊太郎さまは、やはり……？」

「やはり、何？」

「寺沢兵庫頭の……」

「お金どの。そのようなことを、おぬしが口にしてはならぬ」

「あい……」

熱い汁で食事がすんだ後も、お金は、出て行こうともせぬ。

なぜか今夜は、いつものように気楽な会話ができぬ二人なのである。

お金はお金なりに、これから伊太郎が直面しようとしている危機を直感しているらしい。

伊太郎もいまは、茂平次老人の病気のことなどを忘れてしまっていた。

すぐ眼の前に息づいているお金の若々しい女体が発散するものへ神経を集中しているかのようだ。

神経というよりも、伊太郎の二十五歳の肉体そのものが反応しつつあるといってもよい。

二人とも、だまったままで、たがいに視線を合せるのをおそれるかのようにうつ向いたまま、息苦しい沈黙に耐えている。

と……。

なにかの拍子に、ふっと、二人の眼と眼があった。

お金の眼は、むしろ、するどい光りを放っていた。

伊太郎は、自分がどのような顔つきをしていたか知らぬ。

たがいに凝《じっ》と見すえ合った、その視線が、またそれかけたとき、

「お金どの……」

伊太郎の腕がのびた。

お金が、男の腕の中へ飛びこむように身を投げかけてきた。

お金は両眼をしっかりと閉じ烈しくあえいでいた。

両手をかたくにぎりしめて、自分の胸のあたりへ交叉《こうさ》させている。

伊太郎のあえぎもたかまってきた。

伊太郎のくちびるが、お金のくびすじにあてられ、両腕にちからがこもってきた。

「ああ……」

うめいて、伊太郎がお金を抱き倒していった。

お金のからだは緊張と興奮のために、硬直していた。

「お、お金……」

「あ……」

男のくちびるがふれたとき、お金の全身に戦慄《せんりつ》が走った。

伊太郎のうごきが猛々《たけだけ》しくなりはじめた。

女のくびすじへ埋めこむようになっていた男の顔がのどもとへ移動するにつれ、女のえりもとが、いつか押しひろげられてゆく。

お金の、白桃《はくとう》の実のような左の乳房の上半部が見えた。

そこへ、男のくちびるが押しつけられたとき、

「う、うう……」

絶え入るような、うめきを発したお金の双腕《もろうで》が、伊太郎のくびを巻きしめてきた。

「もし……もし、伊太郎さま」

中二階のこの部屋を出た小廊下。そこにかかっている段梯子《だんばしご》の下から、大声に自分の名をよぶのを、伊太郎は耳にした。

「あっ……」

あわてて、お金からはなれ、廊下へ出ると、若い人足が階下の土間から、

「八百屋小平さんがお見えでごぜえます」

と、叫んでいる。

「わ、わかった。いま……いま行く」

「上へお通ししますかね？」

「行く。いま行く」

えりもとをかき合せつつ、伊太郎は、急いで土間へ下りた。

ひろい土間をまわった向うの板の間へ、いま、小平が上って来るところであった。

「伊太郎さま、どうなさいました？」

「え……」

「お顔の色が、妙な……？」

「いや、その……実は……実は小平どの。幡随院にいる茂平次どのが重病で、どうもいけぬと……」

「へへえ、それはどうも……それは御心配なことで」

「そうなのだ」

語り合ううち、お金はそっと、食事のすんだ膳《ぜん》をもって土間へ下り、台処《だいどころ》のほうへ消えてしまったらしい。

伊太郎が自分の部屋へ小平を案内したとき、彼女は、もういなかった。

（これで、よかったのだ……）

と、伊太郎はおもった。

この夜、八百屋小平は、権兵衛のつくった寺沢屋敷・図面の、この前のときよりもさらにくわしいものを持参したのである。

その図面を中にして、伊太郎と小平は次の日の明け方まで語り合った。

依然として、屋内の様子がよくわからぬ。

権兵衛は、

（なにとかして、兵庫頭の寝所の在処《ありか》だけでも知りたい）

と、おもっているのだけれども、それが、むずかしい。

身分のごく軽い小者にとって〔殿さま〕の寝室の在処など、知るべきことでもないし、知る必要もないのだ。

奥御殿の、どこかに、その寝所はある。

そこが庭に面してでもいれば、外がわから潜入することも出来ようが、そうでないときは、いちおう屋内に入らねばならぬ。

いざ、伊太郎が潜入するときは、

（なんとしてでも、おれは助太刀する！）

と、決意している権兵衛だが、どちらにせよ、表向きに伊太郎を助けるわけにはゆかぬのだ。

「いざとなれば……」

と、権兵衛が小平に、こうささやいたそうな。

「いざというとき、伊太郎さまが八百屋の奉公人となって小平さんと共に屋敷内へ入る。これはわけもなく出来るだろう。伊太郎さんの顔を知っている者がいたとしても、そのときだけのことだし、先ず見とがめられることはあるめえ。そしてね、小平さん。伊太郎さまだけが後へ残るのだ。門番たちに気づかれる、というのか……いや大丈夫、そこはおれがうまくやる。それでな、おれが夜になるまで伊太郎さまを、どこかへ隠しておく。こうすれば、とにかく屋敷内へは忍び入れるというわけだ」

伊太郎をかくしておく場所を権兵衛は、いま研究中であるらしい。

「ひろい屋敷内のことだ。どこかきっと、うまい場所があるとおもう」

このことに、彼は自信を抱いている様子であった。

伊太郎がつかう武器は、小平が野菜の荷と一緒にはこびこむ。

これを、うまく権兵衛が受け取って隠す。

「そのように、うまくゆこうか？」

伊太郎は不安であった。

「われらが屋敷内へ入ったとき、権兵衛どのがうまく、その場に居てくれぬと困る」

「さようで。なれどそこは、きちんと時刻を打ち合せておけば……」

「だが、権兵衛どのは、いちおう寺沢屋敷の奉公人だし……もし、そのとき、別の用事をいいつけられたりしたら……？」

小平は事もなげに、

「そうなったときは、もう一度、やり直しをすればよいのです」

「なるほど、そうか……いや、そうだった……」

たちまちに秋が去り、冬が来た。

この年も暮れようとする十二月十八日。

茂平次老人が、幡随院内で息をひきとった。

死ぬ前の十日ほどは、ほとんど意識不明で、伊太郎への遺言など、何もなかった。

（続く）

本書中には、今日の人権擁護の見地に照らして、不適切と思われる語句や表現がありますが、著者自身に差別的意図はなく、また著者が故人であること、作品自体の文学性・芸術性を考え合わせ、原文のままとしました。

本書は一九七九年、新潮文庫より刊行されました。

侠客《きようかく》 上

池波正太郎《いけなみしようたろう》

角川文庫 14638

平成十一年九月二十五日 初 版 発 行
平成十九年四月二十五日 改版初版発行
発行者―井上伸一郎
発行所―株式会社角川書店
東京都千代田区富士見二―十三―三
電話・編集 (〇三)三二三八―八五五五
〒一〇二―八〇七八
発売元―株式会社角川グループパブリッシング
東京都千代田区富士見二―十三―三
電話・営業 (〇三)三二三八―八五二一
〒一〇二―八一七七
http://www.kadokawa.co.jp
印刷所―旭印刷 製本所―BBC
装幀者―杉浦康平

い 8-23 ISBN978-4-04-132334-2 C0193

角川文庫発刊に際して

角川源義

第二次世界大戦の敗北は、軍事力の敗北であった以上に、私たちの若い文化力の敗退であった。私たちの文化が戦争に対して如何に無力であり、単なるあだ花に過ぎなかったかを、私たちは身を以て体験し痛感した。西洋近代文化の摂取にとって、明治以後八十年の歳月は決して短かすぎたとは言えない。にもかかわらず、近代文化の伝統を確立し、自由な批判と柔軟な良識に富む文化層として自らを形成することに私たちは失敗して来た。そしてこれは、各層への文化の普及滲透を任務とする出版人の責任でもあった。

一九四五年以来、私たちは再び振出しに戻り、第一歩から踏み出すことを余儀なくされた。これは大きな不幸ではあるが、反面、これまでの混沌・未熟・歪曲の中にあった我が国の文化に秩序と確たる基礎を齎らすためには絶好の機会でもある。角川書店は、このような祖国の文化的危機にあたり、微力をも顧みず再建の礎石たるべき抱負と決意とをもって出発したが、ここに創立以来の念願を果すべく角川文庫を発刊する。これまで刊行されたあらゆる全集叢書文庫類の長所と短所とを検討し、古今東西の不朽の典籍を、良心的編集のもとに、廉価に、そして書架にふさわしい美本として、多くのひとびとに提供しようとする。しかし私たちは徒らに百科全書的な知識のジレッタントを作ることを目的とせず、あくまで祖国の文化に秩序と再建への道を示し、この文庫を角川書店の栄ある事業として、今後永久に継続発展せしめ、学芸と教養との殿堂として大成せんことを期したい。多くの読書子の愛情ある忠言と支持とによって、この希望と抱負とを完遂せしめられんことを願う。

一九四九年五月三日